客厅里的苍鹰

周国华 著

图书在版编目（CIP）数据

客厅里的苍鹰 / 周国华著. -- 北京：中国文联出版社，2018.12（2024.6 重印）

ISBN 978-7-5190-4087-1

Ⅰ.①客… Ⅱ.①周… Ⅲ.①中国文学—当代文学—作品综合集 Ⅳ.①I217.2

中国版本图书馆 CIP 数据核字（2018）第 287165 号

著　　者　周国华
责任编辑　李　民　周　欣
责任校对　乔宇佳
装帧设计　郝　毅

出版发行　中国文联出版社有限公司
地　　址　北京市朝阳区农展馆南里 10 号　　邮编　100125
电　　话　010-85923025（发行部）　　85923091（总编室）
经　　销　全国新华书店等
印　　刷　三河市华东印刷有限公司

开　　本　710 毫米×1000 毫米　1/16
印　　张　15
字　　数　230 千字
版　　次　2024 年 6 月第 1 版第 2 次印刷
定　　价　78.00 元

文字，让情怀有所安顿（序）

和同事周国华相识时间不短，但说不上熟稔。只是做了总编辑后，因为每周都要审看他主编的《新广播》报，才慢慢有了些交流和了解。

印象里，他对工作还算勤勉。以前做过夜班新闻编辑和时政记者，后来编采播合一，也当了一段时间的主持人。当然印象深刻的还是他在报纸上写的那些文字，有角度，有深度，有趣味，不追热点，不做雕饰，读来引人深思。十几年了，可以算是笔耕不辍。

一起参加过不少次外出活动，能感觉到他待人诚恳热情。单位的大事小情交给他，令人放心；同事谁家里家外有点儿难处，他总是伸出援手，帮忙联络。只是作为一介书生，对职场上的套路很是陌生，眼瞅着与他同时，甚至晚于他入职的同事一个个晋升，他却原地踏步，至今搞不清楚他是无心此道，还是天生愚钝。

回想他这些年作为一名新闻记者的工作，似乎没有发现他报评过什么奖项，也很少读到他的长篇大论，但文字的功底却扎实深厚，有他独到的见地和娴熟的笔力。在互联网、融媒体、大数据喧嚣热闹的当下，应该是一种坚守了。

曾经一对一地探讨过关于情怀的话题，总感觉他内心深处有着某种既柔软又苍劲的执着，说不卑不亢，可能他自己都不愿意受用。但透过他的文字，能看到一个年逾五旬的男人那颗平实的心魂，和已然安顿好了的情愫。

是为序。

北京人民广播电台总编辑

2018 年 6 月

目录

京城走笔

绿色落叶

论文辑录

乡居
小品

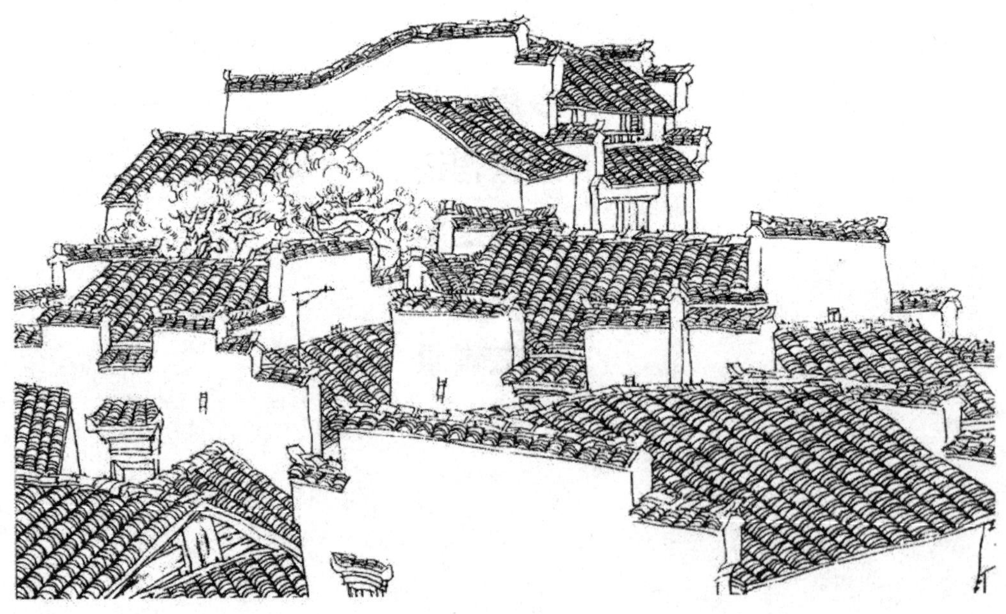

凉粉鱼儿

西屋窗外的葡萄架，这个夏天又把大半个院子遮挡得严严实实。太阳还没下山，伏天的热气让满架的葡萄都打了蔫。枣红色的矮脚饭桌边，七七八八摆上了高低不一的小板凳儿，下地干活的大人还没回来，放学的孩子早早地就候在一旁了。

城里的知了飞到乡下，便改了口音，不知别处，反正我们那儿按照叫声，管它们叫“呜呜哇”。这个时候，聒噪的鸣叫声，让饥肠辘辘的我更是踏不下神儿，时不时扯着脖子喊着：“姥姥，天都快黑了，咱们吃什么呀……”

院子中间的压水井旁，放着一个棕色的粗瓷盆，高粱秆儿做的盖帘儿压在上面，让它显得还挺神秘。姥姥踮着小脚，时不时从井里压上一两瓢水来，替换掉瓷盆里的清水，一副精心认真的样子。屋里屋外跑了不下三四圈的我，这时凑到灶台前，还在忙乎着的姥姥瞥见了我的影儿，和蔼地命令着：“别瞎转悠了，蹲那儿给姥姥添把柴火。”“那您得告诉我今晚上咱们吃什么。”“成，待会儿给你盛一大碗。”

柴锅已经冒上了热气，棒子面贴饼子特有的味道飘满堂屋，我知道，锅底的小白菜炖土豆也会一起出锅儿的，可锅盖上扣着的那个白瓷碗是干什么的呀？嗨，傻小子，姥姥今儿给你们捞凉粉鱼儿了。

是的，热锅上扣着的碗，是在发芥末。这么热的天，年轻力壮的哥哥姐姐一大早就被生产队的大喇叭吆喝到地里去了，每天顶着高粱花儿、玉米穗儿回到家，早就累得散了架。看着小饭桌上清汤寡水的粗茶淡饭，姐姐偶尔会吵闹一番，姥姥的杀手锏单一而犀利：“没肉，要不你啃我大腿。”这样的对白，每次都是在姐姐噙着泪花的咀嚼中偃旗息鼓。又累又饿，不吃，连晚上的觉都睡不踏实。

平素的日子里，用多出几倍的玉米面换上一两斤土豆或红薯磨出的淀粉，再做成油亮滑顺的凉粉鱼儿，真的可以算作夏日里的绝美小吃了：先将淀粉稀释，放入煮沸的水中搅动成糊状，然后倒进用葫芦瓢做成的有窟窿眼儿的舀子里，拿一把木勺儿用力地挤压，汆汆状的鱼儿便在水盆儿里开始游动了。院子里的土水井，这时便承担起拔凉的作用。吃的时候，要配上新鲜的黄瓜码儿和青蒜末儿，当然，少许的盐面儿，足量的米醋，恰好的熟芥末是必不可少的，富裕人家还会加点拌好的芝麻酱。如此的人间美味，怕是一辈子都不会忘掉。

月牙儿已经升得老高了，哥哥姐姐们步履蹒跚地陆续进了家门，没有更多的言语，简单地洗涮之后就是狼吞虎咽的吃饭声，等我拿了个海碗到井台旁去盛我的凉粉鱼儿时，粗瓷盆已经见了底儿。姥姥手里摇着蒲扇，一言不发地瞅着孩子们，怕是早就忘了给我留一大碗的许诺。我知道，整个这后半晌儿，她也水米没打牙呢。

不知沉默了多久，姥姥一边收拾着碗筷，一边像是自言自语地咕哝：“今儿个夜里，牛郎会挑着担子，带上一双儿女，到天上会织女的。”

透过葡萄架上面已经黑透了的叶子，看到稀稀落落的星星在向地上一闪一闪地眨着眼，迷迷糊糊地，我用不大的脑袋瓜儿使劲地想：“牛郎和他的孩子们天亮了还回来吗？那么馋人的凉粉鱼儿，织女在天上会做给他们吃吗？”

又到风清叶落时

地里的庄稼一人多高了，风一吹，哗哗啦啦地响，不远处传来“地牛”呜呜的叫声，打草的几个半大小子不时吼上一两嗓子，不光是告诉别人自己在哪儿，更是为了给自己壮胆儿。老八在这几个孩子当中最大，每回都能找到草多的地方，还告诉我们哪些是猪草，哪些是兔草，哪些人也能吃。我挎着小筐跟在他后头，因为最小，每次弄的草也少，等快到家了，老八会从他的筐里抓上两大把，把我的小筐填满。

那一次，为了抢“甜甜”吃，我被茬子绊倒，胳膊腕儿戳在棒茬尖儿上，眼瞅着血滴滴答答掉在地上，别人都吓傻了。老八一点儿没慌，小跑着从地头拔来几棵“刺儿芽”，挤出汁滴在伤口那儿，一会儿血就止住了。大人们看到我手腕上的疤瘌，都说我命大，要是口子再深一点，小命就没了。

“老八，该睡觉了，明儿还上学呢。”里屋传来老八他娘的咳嗽声。老八手里已经攥着我的一个军长，还要跟我的司令“对碰”，一边应答着，一边用眼睛乜斜着我。“这盘不算，你耍赖！”我有些急眼。老八的姐姐在县医院当护士，下夜班回来，看到我们俩急赤白脸地蹲在炕桌两边掰扯着，笑了一下，开始在脸盆架那儿洗漱起来。“不玩也成，外面那么黑，你送我回去。”“那你得认输，要不就自己走。”

虽说还没到十冬腊月，可街上的风吹得脸生疼。老八姐姐因为长得好看，平常不爱和街坊邻居打招呼。这会儿她拉着我的手，深一脚浅一脚地把我送到了家门口。老八姐姐的手真热乎，声音还那么好听，裹着老八姐姐的围脖，我就知道，明儿天黑了我还去，不是找你老八玩，我还东西来了。

过了年，老八该上初中了，我也进了校门。眉清目秀的老八挖“防空洞”时，会把自己弄成个泥猪贱狗，一点儿也不惜力；本来就机灵的他，念起“批林批孔”发言稿，从来不打奔儿；等到排练“革命样板戏”了，老八更是一板一眼，虽说没演过李玉和、郭建光，可每出戏都少不了他。放学路上，见了爷爷奶奶伯伯婶子，老八可不像他姐，多会儿都是不笑不张嘴。大人们都说，这孩子仁义，大了一定有出息。只是越往后我们在一起的工夫越少，直到有一天，我们也开始相互叫各自的学名了。

这一年的大秋，天还没黑的时候，看见老八姐姐慌里慌张地往外跑，到我跟前儿也没停步。进了家门我就知道了：今儿下午，老八死了。

这会儿的风真大，吹得草根树叶打着旋儿地转。下了学，我没回家，一个人偷偷跑到村头的场院，远远地看着那间孤零零的土坯房。大人们说，老八是横死的，不让我们毛头小子去看，可我什么都不怕。扒开门缝，我看到一个拧巴的身子静静地躺在一扇门板上，那应该是老八了。三天后的一大早，队上给老八用追悼会的形式出了殡，老老少少来了一百多口子。老八是从拉棒子秸的手扶拖拉机上摔下来的，这是他头一年回村干农活。跟车原本是个俏活儿，只有队长喜欢的人才派给的。

老八要是活着，今年也不到58岁，可他走的那年还不满20岁。他们家兄弟姐妹多，他行八，其实他大名特响亮，叫赵恩来。38年过去了，老八知不知道，他最亲的姐姐，30多岁了才远嫁到城里；那个老跟在他身后的小兄弟，因为念了大学，一天力气活儿也没有干过。而已经过了50岁的我，一直就想问问我的恩来哥哥：“你走的时候，拖拉机颠得真那么厉害吗？那天风那么大，你睡在那扇没有颜色的门板上，不冷吗？”

南大河边上

今儿是个礼拜天，戴姨一大早就东院西院地把我们几个五六岁的孩子从被窝里提溜出来，她自己也换上碎花连衣裙，轻快地走在我们前头，欢喜得像只刚下了蛋的母鸡。到南大河边上逮蚂蚱，捉泥鳅喽，谁不去谁是小狗。

这回我特高兴，头天晌午，足足磨叽小半年了，姥姥终于从她那洗得发白的布包里摸索出5分钱，小心翼翼地放到我的手心："听话，买去吧。千万别跟你妈说，也别让你哥知道。"我的脸膛儿那会儿肯定笑成一朵花，全身恨不得都冒出汗来。是买红色的，还是绿色的；是要小鸟样儿的，还是要小鱼样儿的呢？对，一定让秋萍给我一截塑料丝，我要把它挂在脖子上，让他们都看见，我也有小刀了，往后折飞机、叠元宝，再也不用舔上吐沫撕纸了。

秋萍是戴姨的二闺女，比我小月份，一起玩耍，一块儿打闹，每天恨不得长在对方的家里。戴姨在邮电局上班，平常穿着墨绿色的工作服，有时还戴着大檐儿帽，特正经的样子。街坊邻居都说戴姨说话有点侉，秋萍说她姥姥舅舅什么的都住在城里，妈妈说的是一口北京话。这一年戴姨也就30多岁，许是日子过得寡淡，平时很少见到她的笑模样，但是只要和我们在一起，就像换了个人。

南大河里的水怎么都快干了，小河汊边上的草又矮又少，还没到正午，太阳就毒辣辣地晒得后脊梁疼。蚂蚱、天牛、金壳郎今天真多，抓了放，放了抓，一定要逮住最大的那个。戴姨玩起来早没了当妈的样儿，等我们几个抹着汗水相互笑话对方的花狗脸时，戴姨早就脱了凉鞋，在泥塘里摸上鱼了："待会儿戴姨给你们熬鱼汤，烧蚂蚱，谁都不许回自个儿家。"

戴姨家是非农业，平时老有好吃的，可大人们都说她可馋了，有人还说她管别人家要过夹着的死耗子，煺了毛儿，掏了肚儿，给煮煮吃了，真瘆得慌。街坊邻居在大槐树底下唠嗑，还扯出她其实不是北京人，老辈儿说不定是打南边过来的。

我们几个跑着跳着，疯着闹着，眼瞅着就晌午歪了。“走啦，该回家做饭了。”脚拐子满是淤泥的戴姨大声招呼着。“哇”的一声，我的哭声吓住了所有的人：“我的小刀没了……”河边的土坡儿刚才还是那么晃眼，这会儿咋全是灰突突的了！戴姨领着我们找啊找，太阳都到西山顶了，还是没个影儿。用“毛毛狗”穿起来的蚂蚱早就不知被扔哪儿去了，扎进塑料袋里的小鱼儿也翻了肚皮。戴姨蹲下身子，抹着我的鼻涕眼泪：“好孩子，不哭了。回家戴姨给你5分钱，咱买个一模一样的，还让秋萍拿塑料丝给你拴在脖子上，啊。”这一路，谁都没再说笑，我没敢直接回家，不是怕姥姥骂，而是怕她心疼。5分钱，可以买两盒半取灯儿啊。

进了戴姨家，又高又大的戴叔叔黑着脸站在院子当中，戴姨像只猫似的钻进屋，我跟在她屁股后面，想着快点儿给我拿钱。可戴叔叔的一声咆哮，让戴姨顿时慌了神……

再见戴姨，多少次我都想问她：“您答应给我的小刀钱还算数吗？”后来，我丢的那把小刀到底是什么颜色什么样的，自己都想不起来了。如今，我们小时老去的南大河早就改名妫河公园了，秋萍也一定被别人叫戴姨了。不对啊，秋萍千真万确姓戴，那戴姨自己姓什么啊？她还在吗？他们全家一定都挺好的吧。

游走在月色中

九十二岁的舅妈坐在轮椅上，由六十开外的儿子儿媳推进了婚礼现场。县城这家不大的饭店，被四五百位亲朋的嘈杂声充盈着，姐夫的额头全是汗，姐姐也在忙翻了的眩晕中，对从四十里外的小镇赶过来的舅妈一家，甚至没空儿招呼一声。

唯一的外甥已经过了而立之年，可的确是80后。迎娶的新娘伶俐乖巧，但却是由媒人撮合而成的。仪式在父母的操办下按部就班地进行着，中西合璧，场面很是红火热闹，而单个的人似乎孤寂在这样的喧嚣中。经过了此前相亲、定亲、认亲、择日等步骤，此刻的新郎已经疲惫不堪，看不出半点兴奋与喜悦。

回乡下成家，该不是外甥的愿望，在京城读的书，而后打拼了十年，当初怕是连这个念想都不曾闪过；过门儿的媳妇早几年一直在长安街上那家有名的商厦做工，笃定也不会料到还是嫁回老家，即便是被誉为山清水秀的夏都。

小小子儿，坐门墩儿，哭着喊着要媳妇儿。要媳妇儿干吗？点灯，说话儿；吹灯，做伴儿。老北京的童谣，应该不只在城里传诵吧。

新郎的大舅没有在现场露面，这在新亲客那里原本是很缺礼的，但却得到了完全的谅解。知情的亲戚朋友还竖起了大拇指：新郎的姥姥因为年迈多病，已经卧床三年了，而从这个春上，完全进入了植物状态——三年前退下来的大舅，从此没有离开老人家半步。曾经那么强势的一位乡村女教师，即便在不满五十岁那年，病魔夺走了丈夫的生命，都没让她落下伤心的眼泪，如今对外面的世界竟毫无感知了，哪怕是唯一的外孙的大喜之事。

舅妈耳不聋眼不花，此刻喜眉笑眼，兴致盎然，像是大伙儿在给她自己办婚宴。舅舅早在十年前就离开了她，就算活着，今年也不足八十八岁。舅妈是标准的童养媳，十几岁就进了门。她自己的儿媳妇倒是比儿子小了许多，但直到给家里添了男丁，才有了名分和待遇，这之前是不能和全家一起吃饭闲谈的。

十七岁便离开了老街老巷的我，在外甥的酒席宴上，还是认出了许多儿时的小伙伴儿，于是一杯一杯的水酒便停不下来了。“大钉子”依旧肥硕；“刘鸟儿”还在叽叽喳喳；“孟五子”怎么干瘦了；“魏五子”倒是白净了不少；“于老三”竟如此地霸道，横眉吊眼的小儿子愣是他小时的翻版，白瞎了如花似玉的孩儿他妈……读书的年代，也有想家的时候，那时位于塞外的家，被远冷风沙穷紧紧地笼罩着，回一趟是很要一番功夫的。这些儿时一起玩耍的伙伴儿，也就渐渐地没有了音讯。而现在，对故土的惦念，除了越来越显得低矮狭窄的街巷，更多的是聚集在大哥守护着的病床，和病床上母亲那僵硬的身板与无望的眉眼上了。

婚宴进入了尾声，我起身准备离去。隔着几张桌子，外甥木讷地远远望着我。“杰子，好好过日子！”喊着他的小名，算是我临别的叮咛。至于他回答的什么，抑或根本没有作答，我便不得而知了。

赶回京城，还有一百多里的山路。已是掌灯时分，举世闻名的八达岭长城，从车窗外倏地一闪而过。飘动着的云雾，在城里会幻化成那个叫霾的怪物。山坳间黄黄的月亮，忽隐忽现。不知怎的，此刻浸润我心头的，竟是点点的泪珠……

山月可知村里事

马兰村名不见经传，但一代报人邓拓为人熟知。20世纪60年代初，邓拓以其谐音马南邨为笔名，在《北京晚报》上辟有专栏《燕山夜话》。河北省阜平县西部深山区的这个偏僻小村，就是当年邓拓任社长、总编辑的《晋察冀日报》社所在地，由亚洲最大的一块花岗岩形成的铁冠山，坚硬地挺立在村中。退休老人邓小岚八年如一日，帮助马兰小学的孩子们学习音乐、改善就学条件，经媒体报道，引起广泛关注。出生在马兰村的邓小岚即邓拓的大女儿。

离京城325公里之遥的这个小村子，需要5小时的车程，路上还算顺利。中午11点08分，车队进入马兰小学干燥炽烈的操场，孩子们整齐地端坐在并无遮拦的空地上——但愿没等候多久，8个女孩在操场前面表演的手语《感恩的心》，着实打动人心。

午饭是和孩子们在教室里一起吃的。一个凉菜：黄瓜拌豆丝，两个热菜：山药熬豆角、肉片炖青椒。一个馒头，一碗米饭，是我近几年最大的饭量了。

下午不到1点，与同行的记者大鹏一起，来到由他帮扶的11岁男孩白金亮家。四五里的山路，孩子平时要走上半个钟头。白金亮的奶奶赵秀荣，从前院特意赶过来唠嗑。36岁的大鹏说到自己的老家就在离这儿不远的行唐县，爷爷当年也在这一带闹革命，不同的是爷爷他们办的是《晋察冀画报》。70岁的赵奶奶说她年轻时上学要走20里山路，每天只能带一个窝窝头、一块大咸菜，初中毕业后当过两年代课老师，后来回村做了会计。自己从没有出过山，晕车晕得厉害，只坐过手扶拖拉机和马车。她说她知道外面的日子现在可好了，有你们的帮助，孩子们一定会过上好日子。

从白金亮家出来，和大鹏步行回学校集合。白金亮和他年轻的妈妈送我们出了村口，指着满山的核桃树，请我们秋天一定再来：到时候给你们多带点山货，现在青黄不接，啥都没有啊。走在铺着沙石子的山路上，手里拎着山秋子、土鸡蛋和几个坚硬的粽子，还有一副合脚的鞋垫，我们说起了父辈们的艰辛和奋斗，也说到了孩子的现在和未来。

此刻，过午的骄阳正浓烈地吞噬着我们的身影。学校操场上，孩子们恋恋不舍的目光，灼得我们只想尽快逃离。进入京城已是华灯初放，月亮的清辉洒在半空，今天是阴历四月十四。网上说，明天将呈现“超级月亮”的壮丽美景，人们会观赏到今年最大最亮的圆月。我知道，那时山村的月亮会更大更亮，因为我就是从京郊的一个小村庄走出来的。

只是到如今我依旧不知道，外国的月亮真的比中国的圆，城里的月亮真的比山村的美？而无论是哪里的月亮，真的能知道山村里的人和他们的心愿吗……

只有当下

深夜，熟睡中，手机柔和的铃声，同样刺痛了宁静。

原本定好的清晨6点起床，接上引领我人生方向的高中老师夫妇，到风景如画的百里画廊走走转转，同时邀约了十几位旧日同窗。

30多年了，也有相见，也有聚会，但似乎都没有这次有所筹谋，有所用心。

以为年逾七旬的老师有了变化，以为卧床三载的老母亲生了变故，抑或哪个同学的恶作剧……都不是！1：29！“你姐正在医院抢救，够呛。”电话里传来这样的声音。

姊妹五个，我最小，就一个姐姐，她说和我最好。老娘已经大半年没有任何感知了：“以后姐姐就给你当妈。”

3点57分，肺栓塞，姐姐走了，享年57岁。

从京城到县城，一百多里的山路，虽有高速，因为黑夜，因为大车，因为小雨，因为迷雾，因为泪眼，因为恍惚。平日里一个小时多一点儿的路程，这次竟走了将近两个小时。一路上的念叨，病床前的呼唤，以至情急之下对着她温润的脸颊狠狠地拍打，都没有让姐姐再吸进一口气，再说出一句话……

召集和老师的欢聚，托词是“将中秋节教师节统一延后共庆，尔等不得以任何借口不予响应”,结果因为“老家突然有急事，见谅”,便对后面的一切浑然不知了。

姐姐，他们没有问询我的情况，但他们一定不会抱怨我的，你放心。

姐姐， 7月15日儿媳妇刚进了门，8月1日你就病了。兄弟几个连同你的闺蜜们都说，为了给你们刚刚开始的四人世界一个空隙，先别打扰你。8月9日到你家，你嗔怪着：“你住得远，这么些日子不回来便罢，前楼的那个（弟弟）也一个脚踪儿不送。可你倒是打个电话啊，姐姐疼得比生孩子那回都厉害……”——因为急性阑尾炎。9月1日住的院，看到你脸色还不如在床上躺了3年多的母亲，我依旧满是抱怨：“你怎么不听大夫的话？”9月6日，电话里，不知是信号弱还是你气力小的原因，我们只通了不足1分钟的电话：“行了，不说了，下周我回去看你。”9月12日，到了我们心里默认的时间，可天还没有亮，你倒是等等我啊，我的姐姐！！！

你说等我爬起来，我们还去吃呷哺，一天吃它两顿；你说等过些天好利落了，我再跟你进城去散散心；你说你外甥结婚甭给他们太多钱，等姐姐老了会跟你要，你给姐姐多留点儿……

可是，我的姐姐，我们只有刚刚的约定，哪有等待的将来啊？！

3年前，每次从县城回京城，把车子停好，第一件事是给老母亲报个平安：我到家了，您放心睡吧；3年来，每次从县城回京城，把车子停好，第一件事是给姐姐报平安：我到家了，你接着玩吧。因为母亲已经没有了知觉，因为姐姐爱打扑克……

姐姐的遗像是我女儿从家里捧到殡仪馆，又从殡仪馆捧到墓地的；我开着8月14日换的新车，只去医院看望她一次，怕她在心里埋怨我没给她的将来留够钱而没跟她说；可是姐姐，你凭什么在一个月后的9月14号，第一次坐我的黑色三叉星，竟要藏在黑布下的小盒子里啊？我们说好的这个秋天再一起去百里画廊的事儿，该让我如何是好啊？

决定我人生方向的二位老师，我知道你们依然神清体健，此时此刻，能回答我这个简单的问题吗？

清明怀想

地北天南，自古大江东去，而军都山下这条曲曲折折的妫河水，却从来蜿蜒向西。八达岭长城北麓，这座古朴的小县城里，贯穿其间的主街，自西向东拢共不足500米。当初，西南角一幢青砖木质结构的四层小楼，便是她最宏伟的建筑了，也是多少年来这片土地上最高行政机构的所在地。20世纪80年代的中后期，清俊潇洒的我，曾经在这座小楼里做过几年文员，留下了意气风发的身影。

调离这里已经有20多个年头了。妫河南岸这片不大的平房区，依旧坚挺地排列在水碧风清的高坡上。还算宽敞的3间瓦房，经过前两年简单的修葺，可以说面貌还新。此后，从开春后到立冬前，这里便又成了50岁开外的我周末栖身静心的好去处。尤其是夏日的傍晚，一个人独自懒散在屋檐下，藤椅上，悄无声息地等待暮色的凝重，然后抬眼瞭望夜空，依然可以看到和儿时一样的点点繁星。

那时，一到暖和的日子，老同学、小伙伴儿常常聚会在这个小小的地界儿，一坐就到深夜，直到带着半身的露水散去。如今掐指算来，该有8000余天中断了和他们的交往，只是他们片段的消息，偶尔还会走进这个联排平房的小院：

大李华因为离得近，那时是这里的常客。听说这两年因为肾病，每周都要做透析，不光不能正常上班，连基本的社会交往都没有精力保证了，生活水平和生活质量可想而知；

小学同窗阎老七，那年和弟弟一起到山东倒腾土豆，因为赶路急着过铁道岔口，被飞驰的列车卷进去，回来时成了麻袋里的一抔混沌物件；

曾经靠短篇小说《第廿杯酒》获得文学大奖的九忠兄，最后是在一家举世闻名的服务公司武装部长的任上提前离职的。本不安分的他曾向别人炫耀，似乎在晋煤外运的大潮中捞到过不菲的收益，给人以瘦死的骆驼比马大的痕迹，现在应该过得还算滋润；

只是从那座青砖小楼走出去的月亮和栓柱兄弟，虽说都干到了司局级的岗位，如今却没了利好消息。有人说他们一个在房山，一个在秦城，也有人说都还没判呢，要去也得去同一个地儿，因为他们级别是一样的。

…………

女儿是在这个小院里长到六岁，才到京城读的小学，后来又到潇湘腹地念的大学。眼瞅着那么小小的一个可人，出落成亭亭玉立的大姑娘，然后参加工作，然后恋爱结婚，然后就成了这个家的客人。女儿和我一样，没有见过爷爷、姥爷，这些年每年都会带她回去几趟，只是最近不到半年的光景，陪着我送走了她姑姑和奶奶后回到家里，淡淡地说：爸爸，以后我不想跟你回老家了。蓦地，我意识到，从这一刻起，我已经是没妈的孩子了，而没有妈妈的家还是老家吗?

是的，曾经被当年的最高行政长官概括为远冷风沙穷的故乡，如今的确变成了风景宜人的夏都。而20多年前的那次逃离，正是缘于对那座青砖小楼里蝇营狗苟、男男女女的诸多不适。时光荏苒，年逾半百的我，依旧清晰地记得年少时在这片七山一水两分田的贫瘠土地上发生的点点滴滴。长大后，虽然在这个蓝色星球上留下了上万公里的行踪，但挣不脱的，永远是从长安街到小县城之间这百余公里的来来回回。

雾霾依旧沉重，鬓角早已花白，春天的行色还是这样脚步匆匆。端坐在几十平方米客厅的飘窗前，看着车水马龙的繁华街景，脑海里浮现的，却总是乡下小院里抬头看到的满天星辰。

这几年，有引经据典的声音说，清明本来就是一个节日，对此，我无心探究。我只是觉得，这些年，一个人，风也过，雨也走，有过泪，有过错，不记得坚持了什么。如今，我想咂摸透的，只剩下这几个词语：有舍，有得；无舍，无得；只舍，不得……

王老六

已经是后半夜了，虽说还没出伏，但露水沉重，山风阴冷，伸手不见五指。

王老六让我在铁道旁坐好，说等他三五分钟。像一只山狸猫，老六就在我眼前消失了。瑟瑟地，我屏住气息，眨眼的工夫，一个黑影鬼不溜秋地在我眼前龇着一口白牙：“怎么着，害怕啦？来吃黄瓜，还有小萝卜。”甭问，这小子一准儿是从路边老乡家菜地里顺出来的。

那时候没有手机，也还没有BP机和手台，铁路巡道工是个没多少人知晓的行当，白天夜里交接班，全靠两个人各自背着10多斤重的工具袋相向步行，然后凭着交换手牌，证明一天工作量的完成。30多年前，王老六初中毕业后就在青龙桥火车站当了一名巡道工。

我们俩同岁，都属龙，从小一起光屁股长大，这一年都刚过19岁，我的大二暑假，他已经在铁路上干了小三年了。

还别说，带着贼性儿味的黄瓜就是脆嫩可口。不大工夫，对面一柱浑黄的手电光开始晃动，老六说，接头的那孙子来了。会了面，那位工友对老六今儿夜里有个活物陪着他很是羡慕，也因为有我这个所谓大学生的加入而兴奋，拿起辣不嗖嗖的青萝卜嘎巴嘎巴地大口嚼着，呜里哇啦地侃着，然后各自回撤。

凡是用脚丈量过枕木的都知道，步子迈大了，容易扯着蛋；步子迈小了，又容易挤着蛋。和工友会合后的老六此刻格外轻松，蹈着小碎步在我前面走得飞快，还一本正经地告诉我，你别迈大步，不光累，还慢，这一天要是走上两个来回，40多里，耍残了你。突然，他像是急刹车似的停了下来：“完㞗蛋，没跟那孙子换道牌。快，向后转，追！”那是我们大了以后唯一的一次在外刷夜。

三年前夏天回老家，在巷口看到了老六的老母亲，我只叫了一声大妈，老人家眼泪唰地就来了：“老六头年走了，你知道吗？”

30多年了，各自娶妻生子，各自忙东忙西，真的互相断了音讯。可是冥冥中似乎和老六就是有些个瓜葛。龙年的春节，我们几个初中同学各自带着老婆孩子聚了一回。饭桌上，我们俩因为最小，挨在一起。以往街上也照过几面，但这次是这么多年又坐在一起吃饭。只见他满口的牙都已发黄泛黑，一向嗜酒如命的他，一上来就跟我商量，咱俩就这一瓶，咋样？

半斤二锅头，难道真的成了我们的诀别酒吗？这样算下啦，老六走的时候，才刚刚过了第四个本命年。

老六是在班上突然暴病走的。只知道晌午了，大伙儿各自拿出带的饭准备开吃。平时拉拉忽忽的他从不矫情，可那天他觉得有点儿不得劲儿，饭菜又凉，就泡了两袋方便面，还没吃完，连面带血就从口鼻里蹿了出来，送医院的路上，人就不成了，到了也没个准说法儿。

老六一辈子没离开铁路，只是后来这几年不再做巡道工了。单位对他还算仗义，让他刚刚上了大学的女儿先上班，过几年再去把剩下的书念完——谁知道孩子毕业后找到找不到工作啊。

老六的妈妈今年整90岁了，养育了六个儿子两个姑娘，如今一个人独自住在我老家平房的前一排：“孩子们谁那儿我也不去，自己能动弹就不给他们添乱，也少招人烦。”只是我每次回去，竟不敢轻易在巷口多站一会儿了，我怕老人家看到我，不由自主地想起她的六儿子。

老六，几次动笔想写写你，又都放下，不知道你在那边咋样，真的怕你还那么受苦巴累。三年多啦，你不会忘了我吧，就冲我总在想你……

崖畔上的姥姥

刘斌堡村南边两三里地外，至今还有一片黄土岗子，姥姥在那个高高的崖边上，已经无声无息地躺了十七八年，那是姥爷家的祖坟，至今保留着原貌。姥姥要是活着，该有115岁了。

50岁之前，姥姥家还是挺有钱的："那些年兵荒马乱的，家里住着部队，有一年夏天连阴雨，泡塌了姥爷家的夹壁墙，骆驼票子、蒙疆票子都露出来了，黄团长领着兵给咱家垒好了墙，还糊上黄泥，愣是一张没动。"小时候听姥姥这么讲，自然觉得八路军就是好，不拿群众一针一线，直到后来姥姥上了90岁，才跟我说明白，那不是现在的这支队伍。

姥姥小的时候念过几天私塾，算是识文断字了，也没有什么重男轻女、挨家守业的所谓封建思想。三十多岁就守了寡，从大闺女也就是我老娘十七八岁有了老大起，便一直给她带孩子，直到终老在我们家。那个年代家家户户都一样，用姥姥自己的话说：福没多享，罪没少受；一手拉扯大的5个外孙子、外孙女，有一个两个知道心疼人，就知足了。

那年我上初二，姥姥已经73岁了，时不时地会跟我念叨："唉，七十三八十四，阎王不叫自己去。"有一天姥姥蒸窝头，突然眼前一黑就倒在了灶台前。身边的人上前一把抱住，因为离县医院不远，歪打正着地一路没有放倒，经过抢救，姥姥的轻微脑溢血居然什么后遗症没有落下，从那以后竟连个头疼脑热的毛病都没再犯，直到寿终正寝。街坊邻居都说，这老人家一辈子仁义厚道，这是修来的。

只是临老，我们还是让老人家抱憾而去的。本来从打那次被医院抢救过来，家里就给老人家预备下了寿材。柏木的已经见不到了，老爹求爷爷告奶奶，算是淘换下来一两分松木，虽说不算十分厚实，但在街里街坊面前，还是说得过去的。只是不足5年，老爹先急急忙忙地走了。姥姥看着已经油得锃光瓦亮的棺木，淡淡地说：“受苦巴累了一辈子，先给他用了吧。只是你们得答应我，到我那一天不许给我烧了。”而等到姥姥走的时候，土葬已绝无可能了。

老娘走之前躺在病床上整整3年，但就在她躺倒的前一年，不光坐上车来到京城，看了看包括我这个老儿子在内所有孙男娣女的家，回去之后还拖着病体，一定要到姥姥的坟上看一眼。要知道，这一切，都是她的第一次。而唯一的姐姐三年前在姥姥的坟前捶胸顿足、声嘶力竭地哭喊，当时令所有在场的人不知所措。如今年纪轻轻的她已经离开我们快两年了，答案竟如此悲痛地得到揭晓。

京郊延庆，今年刚刚改称区了，父辈们其实还是习惯叫它延庆县，而姥姥那一辈则有“先有永宁城，后有延庆州”的说法。姥姥的娘家在延庆城的自由街，嫁到了永宁城的和平街，却大半辈子生活在县城的胜利街。药王庙51号是我们老宅子的老门牌，在那个院子生活，从那个院子长大的三代人，一共八口，如今已经走一半了。

看到一文友写下的句子：父母在，人生尚有来处；双亲去，此生只剩归途。瞬间真的想痛痛快快地号啕大哭一番，但五十有三的我，竟没给自己创造出一个这样的条件和环境。父亲是在我刚满18岁时走的，如今身形渐渐远去；而老娘走了刚满一年，那个家就彻底散了。

又到七月十五了，姥姥，您在那个多风少雨的土崖子上，不闷得慌吗？您老外孙子想您了，他这会儿怎么觉得那么孤单啊？跟您说说话，您一定不会烦我吧。

启蒙

墙上挂的五张画像，没等人问，不到六岁的我便大声说了出来：马恩列斯毛。低头正在登记的女老师抬了抬眼皮，转身从纸盒里抓出一把冰棍棍儿："过来，给我数数。""一五，一十……一共二十。"女老师仔仔细细地打量了我一番："行了，大娘，把这孩子留下吧。"

那是20世纪70年代初。刚过了年，姥姥看着别人家跟我差不多大的孩子都到后街的小学报上了名，便把我也领了去："知道还差几天，先把我们名字记下，能成就跟上，省得见天见地街上疯跑。"

妈妈那时还在离家十来里地的一所乡村小学当老师，一周只回来一天，但每个新学期都会把旧课本留在家里。识文断字的姥姥只要一瞥见我的影儿，就让我给她说课本上的图，念里面的字，四五岁的孩子哪懂啊，只好问您。现在知道了，那是老人家变着法儿教我呢。

"卫乐生，上课不要吃大贴饼子。"开学头一天第一节课，底下几十个"小豆包"乱了营似的，没一点儿老实气儿。还是那个女老师，一张嘴竟是我们没怎么听过的普通话。就这一句，被我们笑话了好几年：老师是个"侉子"；卫五子不懂得上课不能吃东西。教室里安静了，老师清了清嗓子："同学们，从今天起，我就是你们的牟老师，我会跟你们五年的。"

那个时候小学是五年制。不知道为什么，几乎所有的学生和家长都怕半截儿换老师，而每个老师也总是不厌其烦地强调，会跟班到孩子们毕业。

"这节课我们先不发书，大家互相认识一下。"几天后我们才知道，其实是新的书本还没到。"哪位同学给大家表演个节目啊？"一排小手齐刷刷地举了起来，有奶声奶气的儿歌，有拿腔拿调的样板戏，还有断断续续的快板书。

“树上的鸟儿叽叽喳喳叫，河里的青草配朵大红花呀……”直到一个男同学这一声委婉的唱段被打断，气氛一下子变了。“柳聪龙，这歌从哪儿学的？”“我二姐教的。”“明天让她到学校来一趟。”评剧那时算封资修，《刘巧儿》是棵大毒草。

看着老师绷紧了的脸，我一下子慌张起来：“姥姥，我要撒尿。”“这是课堂，回家叫姥姥去。”全班一片哄笑。这不是高潮，我那可怜的柳聪龙同学，比我大一岁，今年过五十三岁了，但打那以后直到如今，在同学面前都叫刘鸟儿。

忘了过多长时间，学校开始组织加入红小兵。一入学就当班长的我，自然是第一批发展对象。到了讨论阶段，女同桌张小楣把手举得老高，一字一句地揭发我带着男同学打群架，受了委屈的我当即起身，极力表白。老师大声叫着我的名字，呵斥道：“你给我坐下！”讨论会戛然而止。

七个不服八个不忿地跟在老师屁股后面到了办公室，老师往椅子背上一坐，把俩脚放在炉火台上：“知道不是你，可你也得沉住气啊。”因为我的态度不端正，第一批就这样没戏了。

老人们说起孩子能不能有出息，总是念叨三岁看大、七岁看老，多少年后总算明白了这里面的道道。小学三年级那年，牟老师没有践行她的诺言，有人说她调到别的学校了，也有人说她嫁到北京城了。于我，则是一直没她的准信儿。

四十多年过去了，牟老师，您得有六十多了，家里家外都好吧，您还记得我吗？

河里洗澡

有人发现这样一个诡异而有趣的现象，每当回忆小时候的事儿，自己都是站在高处往下看，画面里那个自己好像是另一个人，可当时自己真的是那样吗？尤其是在别的小伙伴儿眼里。由此也就整明白了那些回忆录或者传记之类的书，要是再没点儿有趣的故事，也就一钱不值了。

这几天燥得厉害，我和杨小二、王老六几个人早就约好，等礼拜天中午家里人都出去了，在药王庙街西头碰面，一起去洗澡。

小的时候老家人管游泳都叫洗澡，祖祖辈辈就生活在七山一水两分田的山区，从来没见过游泳池是个什么模样；估摸着到现在也没几个小伙伴儿能熟练掌握哪种泳姿，那个时候会个狗刨儿就了不得了；至于泳衣，就更是多少年以后的事了。光着屁股下河，不叫洗澡又是什么。

那时的南大河还有好多小河汊，到了伏天，简直是老少爷们的乐园。我们几个终于陆陆续续地到齐了，忘了谁出的还是几个人凑的，反正不到五毛钱，一头钻进路东那爿杂货铺，做贼似的指着柜台里的一盒烟：就要这个！然后撒丫子向南跑去。

在水里汩泅了半天，身子是凉快了，可也都累了乏了。爬到岸边，拿出来刚才买的那盒烟。这可是我们小哥几个头一回抽上自个儿的烟卷儿，甭提多兴奋了。掰扯半天才打开，火柴又湿了，就着大太阳地儿晾着，心里这叫一个起急冒火，终于可以划着了，于是开始规规矩矩地发烟。可等大家都拿到手，你看看我，我看看你，全都傻眼了：这烟咋跟大人们抽的不一样啊？人家都是雪白雪白的，咱这咋黢黑黢黑的呢？看看烟盒，大小也一样啊，点着了一抽，一口就把人呛得嗝喽嗝喽的。王老六琢磨来琢磨去，终于看出了门道，扯着嗓子喊道：这“特么”是黑棒儿，刚出的。那年我们应该刚上初中，大家都不知道什么叫雪茄，王老六也是把茄字读成茄子的音。这以后很长一段时间，天坛牌雪茄都是他的最爱。

甭打听，晚上回家，满嘴的烟袋油子味儿，身上一刮一道白印儿，大半天瞅不见个影儿，那样儿不得挨一顿削？街坊对门住着，谁也瞒不了谁，第二天上学也就没有人打听各自都被用了什么家法，只是相互踅摸一眼，然后就等着好了伤疤忘了疼，再琢磨个新点子。

当然了，孩子们在一天天长大，大人们也一天天变老，等初中毕业时，各自也就有了不小的自由。记得就是那个暑假，又是这几个小子，偷摸把家里的自行车扛出院子（自行车那时是家里的四大件之一，没个正事是不能动的，尤其是对我们这些半大小子），在街东头集合，准备去离家20多里地的古城水库，也就是现在的龙庆峡，还是洗澡。

走在半路上，买了二斤白海棠用军挎装着，杨小二主动给大伙儿背上，一路说说笑笑，骑个飞快。可等到了目的地，坏了，这杨小二半个脸怎么肿得像个茄包子似的，可气的是他自己还没一点感觉。几个人这可就毛了烟儿，也玩不到心上了。杨小二一副满不在乎的神情：“你们该干吗干吗，我忍一会儿就成。”那次他应该没有下水。回来的路上大家分析来分析去，觉得小二一定是偷吃白海棠过敏了。可人杨小二不置可否，也没耽误大伙儿痛快地玩耍，大家也就当一乐和，没再说啥。

现在说起这段儿，想想就后怕，要是有个好歹，谁都脱不了干系，那个时候大家都够二的，是吧。

要过年啦

灶膛的火苗蹿出来一尺多高，姐姐烤红的脸膛透亮着，俩手抱着风箱把儿，一推一拉地，并没有平时那样显得吃力。柴锅里的水已经打着滚了，升腾的热气缭绕了整个堂屋。老爸系着已经看不出颜色的围裙，里屋外屋地晃动着，看不出在忙乎着什么。

“二十三吃糖，二十四扫房，二十五做豆腐……”乡下的年，过得就是有滋有味。对了，今天已经是腊月二十六了，割来的肉，老爸还会像往年一样，给全家八口人熏上一方吗?

那时候肉铺的肉，不过八毛四一斤，平素的日子谁家要是买回二两，一定是用毛拓纸裹着，用纸捻绳系好，挑在食指上，说不上趾高气扬，也是志得意满地踱着方步回家，只是老爸很少有这样的神情让我们看到。

但他有一手上好的熏肉本事，街坊邻居一进腊月就会找他帮厨，于是我们也就可以在每年滴水成冰的日子，比别人家的孩子多打几回牙祭。至于老爸的手艺究竟有几道工序，就没人在意了；烟熏火燎地咳嗽个没完，兴许还被老妈嗔怪。只记得老爸说，要想让熏好的肉滋味醇厚，锅底的熏物一定得是上好的柏木枝，灶膛下是要备好果木柴火的。

“老闺女，起起身，咱家的大肉要下锅喽。”老爸招呼着姐姐，猫下腰，将好大一坨物件放进滚开的水里，浸了起来。其实这之前满院子都弥漫着一股呛人的味道，我们知道那是老爸用姥姥平时熨夹袄的三角铸铁烙铁，烧红后在生鲜肉上刺刺啦啦地去掉零碎的皮毛，那种刺鼻味直到现在也残存在记忆里，挥之不去。

姐姐拍拍屁股上沾惹的土灰，站起身来，眼巴巴地盯着大锅上高粱秸编织的锅盖，一言不发。看得出对预备出锅的肉块儿，她已经是满满的期待了。

因为还要熏制，所以在开水里煮沸的时候并不长，老家人把这样的过程叫作浸一下，而究竟该用哪个字对这道工序进行概括，到现在也没人说得准。除了这几天烹制肉食，其实一年四季，家里的“火头军”一直是年迈的姥姥。此刻您盘着小脚坐在炕头默默不语，不知道对来年的光景做着怎样的打算。

跑出来跳进去的我，吸溜着鼻涕，在当院干枯的花椒树下抖着空竹，这会儿脑门儿上已经冒出了热气，正恹恹地想回屋歇会儿，忽然就听得姐姐一声尖厉的啼哭：就不嘛，我要让弟弟们吃肉，不要这死猪头。紧接着是老爸讪讪的赔笑声：好闺女，今年收成差，工分低，咱家没买那么多肉，猪拱拱儿也香着呢。回头爸爸给你踅摸一副羊拐，算是赔你的。

哭声渐渐地低下去，但久久没有停歇。那天晚上，姐姐是在抽噎中进入梦乡的。而我记得，那一年，一个生猪头也要两块多钱呢。

又要过年了，姥姥、爸爸、妈妈、姐姐，你们的老外孙、老儿子、老弟弟家吃的喝的什么都不缺，可你们在哪儿啊?!

执着的躲闪

那时的妫河两岸还是杂草丛生、树高林密的荒芜地带，城里关外的人都叫南大河边上，因为没几个人认识这个“妫”字。

虽说还没入伏，正午也已经热得让人心烦。清早，天还没有大亮，我便跑着到河边的树林里，踅摸一处幽静平坦的地儿，准备开始看复习资料。跟别的同学比起来，家里地方应该不算小，前后院十多间房子，但老老少少吵吵闹闹，加上没有人觉得读书是个什么了不起的事儿，所以，已经上了高二，马上就要高考的我，凭着17岁的稚气，总是躲得远远地干我的事情，并打心里认定，无论如何，都要考上个什么学校，离开这个乱哄哄的家。

这样的想法，其实高一时就在我心里扎下了根。那时还没有分文理科，统共8个班划出了重点非重点，而我当时是在一班，应该还是个文体委员什么的。班主任葛老师，一位从京城来的老大学生，样子和和蔼蔼的。到了下半学期开学的时候，葛老师在教室门口把我叫住，和我商量着说：你来做我们班长吧，那个谁不干了。我才不呢，我要专心读书，我的文艺委员也不干了。葛老师因此苦口婆心地和我谈了好多次，最严重的甚至围着操场追堵我，但任性的我获得了最后的“胜利”，从此两耳不再闻窗外之事。

单调的日子总是那么漫长，《子夜》的作者是“巴金”，《毁树容易种树难》成了我永远的梦魇，但离别的愁绪转瞬到了眼前。刘筱要送五里地外的鲁力回家，行李都在自行车上捆绑好了，不成，我得跟着，谁让鲁力那回把小五子的门牙打掉了跑我们家躲了小半个月，我们才是铁哥们儿；二虎跟晓芬咋还不回家，他们都在城边上住啊：二虎，你妈刚才还找你呢，赶紧回家吧。田成你什么时候走啊，我送你。不急，明天吧。从鲁力家回来，天已经大黑了，我没有回家，而是在校园里和田成晃荡了一晚上。

闷热的伏天，焦躁地等候。越是离发榜的日子近，越是打心里起急。干脆，到乡下去吧。这天一大早，天阴沉沉的，不到六点，我跟姥姥打了声招呼，便徒步向田成家赶去。他家离县城小30里地，这之前跟他坐车去过一次。他私下早就告诉我，家里老两口儿没子嗣，他是爹娘抱养的，但对他特好。虽说还没有进山，但赶到田成家时，已经是晌午歪了。一路上的大雨浇得我早没了筋骨，进了家门我便烧了起来。田大娘给我熬了一碗姜糖水，等我身子清爽了，已经是一个礼拜之后了。

记得还是田成的老爹骑车把我送回家的。姥姥看着瘦了一圈的我说，人家早就捎来口信儿，说你病了，家里这才没急。三五天后，已经神清气爽的我，举着一根3分钱小豆冰棍儿进家门，忽然看到东屋的窗台，一截砖头下压着一个牛皮信封，风吹雨打的，早已皱皱巴巴了。好奇地挪开砖头，看到封皮上收信人的名字是我，落款为北京师范学院。

那一年，北京升入大学本科的概率只有百分之几。而直到有一天晚上，县里的大喇叭郑重其事地念到十几个人名，其中有我，家里人这才相信，老疙瘩不用家里再养活了……

雨后的褶皱

麦子已经熟透了，“三夏”时节，大人们都得两头忙——那个年代被称作“早战”“晚战”。天本来已经麻麻亮了，这会儿怎么又黑成了锅底？南墙根儿那边不时传来一两声咳嗽，迷迷糊糊地，应该是下地的人回来了。抢收麦子得在一大早露水没干透的时候，颗粒归仓，可不光是句口号。

“傻小子，快起吧。要是出‘老爷儿’都该晒屁股啦，还不紧着上学去。”姥姥在灶膛已经忙乎了一个时辰，这会儿擦了把手，直直腰，算是歇口气。父兄姐妹们一个个泥猪贱狗似的进了堂屋，抓起热锅上的贴饼子，就着大咸菜和玉米糊糊，吸溜吸溜，听起来吃得真香。眨么眼儿的工夫，便又没了踪影—— 一天的劳作，其实刚刚开始。

前几日的连阴雨早已让大道小路满是泥泞，早早放学的孩子们光着脚丫，把个不长的街巷吵闹得像个蛤蟆坑。嘿，快看，那个女的好像进你们家了。小伙伴儿扯着脖子喊着。其实我早就瞅见了：细碎花布的连衣裙，踮着脚尖儿东挪西跳的，一看就不是这条街上的。可是她为什么上我们家了啊。不成，得赶紧回去看看。

“大娘，您就答应我吧，最多个把月，保证不给您全家添乱。”说着一口北京话的连衣裙央告着，姥姥诺诺地回应：“房子倒是有空闲的，可孩子们都老大不小了，早出晚归的，怕是搅扰了你。”“大娘，我从村里赶到县城，天不亮就出山了，您要是不答应，我这会儿也赶不回去啦，谢谢您了。”

连衣裙的湖蓝碎花真的挺好看，北京姐姐说话的声音真的很脆甜，送给我的这本《汉语成语小词典》还是头一回见：姥姥，您就答应下吧，回头我跟哥哥姐姐们说去。

这一年我上初二，应该是高考恢复的第二年。连衣裙姐姐从离县城一百多里地插队的东山村赶到县城，想找个清静的人家借宿，一边参加县城的补课班，一边看书复习。

当然，我的小心思起不了大作用，还是到了礼拜天，做乡村教师的妈妈看到临时住在南屋的连衣裙姐姐，就着从房梁上垂下的小灯泡，一整夜没完没了地翻看各种资料，才应承下她住到7月高考结束。打那后的40多天，她也和我们一样，一口一个地叫着姥姥，还和姥姥一起吃住了。

那年语文试卷的作文题似乎带有浓重的政治色彩，每考完一科，连衣裙姐姐都和我兴奋地叨唠几句。高考结束的第二天一早儿，天还没放晴的意思，连衣裙姐姐收拾好简单行李，把所有的书本都留给了我。姥姥一大早给她做了炒米水饭，她稀里呼噜地吃着，眼泪也噼里啪啪地往大海碗里掉："姥姥，不管我考上没考上，往后每年的这一天，我都来家里看您……"

中午的一阵大雨，把下地干活的哥哥姐姐们都浇回了家。踩着扑哧扑哧的泥水，第一年回乡务农的姐姐进了里屋："姥姥，外屋窗台上咋有一个信封？"抢过被雨水打湿得皱皱巴巴的牛皮纸信封，我急慌慌地打开，里面掉出四张"大团结"和零零碎碎的几叠粮票面票。"这丫头，说好了不要的。"姥姥咕哝着。

40来年过去了，姥姥和妈妈相继作古，一直没能跳出农门的姐姐，前年也突然离开了人世。而我们全家，一直也没有了连衣裙姐姐的丁点儿消息。

江南三月行

黑色的轿车在墨玉般的太湖之滨穿梭，天阴阴的，并不沉重，微雨点点，轻抚着车窗，除了车轮的疾驰，发出沙沙的声响，一切就显得这般宁静。

烟花三月下扬州，万古人间四月天，旧时文字里，月份指的是阴历，对应现在，都是令人沉醉的时节。送孟浩然之广陵也好，别林徽因于千古也罢，无不蕴含了许多心头的美好。彼时，旷世奇才的诗人和博闻强识的学者，用这样的语句，表达了多少不可企及的向往和痛彻心扉的痴迷。

在瘦西湖，在拙政园，在鼋头渚，在街巷深处的名人故居，一行十余人，老的少的，男的女的，彳亍着，寻觅着，便是返还了住地，依旧咀嚼着，回味着。这江南的三月，该荡涤了多少曾经如花似玉般女子的情思，消纳了几许如今已历练成粗壮汉子的愁怨。景色宜人，只是大家都没有了时时惊异的年龄；故园神游，更多的是抚今忆往的感慨。

倒是在扬州个园，置身于精巧时，神情竟端的旁逸出了粗放。

个园位于扬州东北角，是中国四大名园之一。清嘉庆二十三年（公元1818年），两淮盐业商总、嘉道年间八大盐商之一的黄至筠，当是为排遣胸怀中的闲逸，在明代寿芝园旧址上建造而成。刘凤诰所撰《个园记》曰：“园内池馆清幽，水木明瑟，并种竹万竿，故曰个园。”另有一说为，个园的主人家财万贯，崇尚诗书，虽学养颇深，仍谦逊地取竹字的一半儿作为私家花园的名号。

园子的确不大，但雕琢精细，布局清晰，而无论步入何处，都能感受到主人的小心翼翼。重官抑商的旧制，让即便是富贾一方的黄至筠，也不敢造次地盖上五间北屋，于是我们看到修整规矩的正房，也只能是“明三实五”。而正是这份外弱内强，才让个园历经沧桑，虽几易其主，至今风貌依然。

没到过江浙，总有这样的误判，吴侬软语，似乎流淌的都是燕语莺声，但真的置身其间，却是一派明丽，柔韧中透着铿锵。

曾几何时，朱自清先生的散文，给人的感觉都是隽永细腻，尤其是《说扬州》一文里谈到当地的小吃，更是极尽这样的能事。可当他的生命走向终结时对妻儿说：“有件事要记住，我是在拒绝美援面粉的文件上签过名的，我们家以后决不买国民党发售的美国面粉。”又透着何等的豪迈刚毅。

这一次得以走进先生局促的故居，浏览那些纤细的笔墨，胸中块垒依旧不能散去，更平添了细碎究竟生于粗粝，还是粗粝终将生成坚韧，更凝聚成浩然磅礴之力的感喟。

江南虽好，宛若天堂，但人间境况，竟存有这多烟火。短暂的小憩，倏忽便止于俗事的羁绊。再回京城，思绪并无缘由地零乱，只是有一点渐渐地凸显：岁月悠悠，山川依旧，金戈铁马中的桃花春风，摔打磨砺后的柔韧坚守，似乎才是万载江河水长流的精神支柱。

三月江南，锦绣成花，人间四月，烟雨迷蒙。北方粗犷的日子，怕是只有融化在南国柔韧的细碎里，方不失为有趣味的生活，而只有参透了这样的时日，才敢说获取了有意义的生命。

一分也是爱

“国子，给大娘买盒烟去。”

东屋住房儿的大娘手里举着一毛的票子，甭问，里面一定裹着一个五分的钢镚儿。顺着话音，我颠儿巴颠儿巴地接过钱，一溜烟儿地跑出院子，屁大会儿工夫，一只手攥着一盒“冬梅”烟，另一只手里便多了一分的跑道儿钱。

“冬梅”烟的图案至今印象深刻，翠蓝翠蓝的底色，一枝鲜红鲜红的梅花，疏疏落落地斜立在上面。一毛四一盒，东屋大娘每回都给我一毛五，一个礼拜差不多会喊我三五回，这样过个十天半个月，我手里就会出现一枚五分的“银毫子”，再和小伙伴儿演“长青指路”那出戏，他们就会听我的摆布了。

《红色娘子军》里，洪常青给吴清华指引到椰林寨找红军的崎岖小路，那个造型简直帅呆了；小庞在旁边低下身子的扮相，又是多么飒爽；吴清华踮着脚尖儿，舞动着被南霸天打成一丝一缕的红衣裤——整个画面一直萦绕在我心间：只是，洪常青给吴清华的两个“银毫子”究竟值多少钱，才是我年少时分最想破译的密码。

那个时候是真穷啊。三分钱一两粮票就能买一个火勺，五分钱就可以吃上奶油冰棍儿，学校每年就组织一次春游，两毛一的果子面包外带一瓶一毛五的汽水，现在想想，有谁不把这些当奢侈品。妈妈在乡下当小学老师，三十七块五的工资挣了得有小二十年，直到七十年代末，为了让高中毕业在家闲逛了大半年的挨肩儿哥哥接班，办了提前退休的手续，工资总数也才四十九。

不过穷日子有穷日子的滋味。两个五分钱的钢镚儿当道具，我和我的小伙伴儿能演一个夏天的样板戏；过年时家里给买的一挂小鞭，那得拆开了单个儿放；压岁钱要是有了块的单位，会美得整夜睡不着觉的；三毛八书费换来的崭新课本，回家得用桑皮纸包得平整洁净……

就算到了1987年，女儿出生后，那个方方正正的硬纸盒，依旧装满着我穷苦的生活：女儿是冬天里出生的，一直喝从牛肚子下直接挤出的鲜奶，把铁桶中浮着的草根儿拿小篦子捞一捞，用提子打出来，灌进医院用过的葡萄糖玻璃瓶里，就是女儿一天的口粮。只是每到月底，我便在硬纸盒里扒拉来扒拉去，凑够了五毛一斤的奶钱，便没了四毛九一盒的“春城”烟钱。

于是又想起了“前进”牌香烟的故事。前面说每回给东屋大娘买烟都有一分钱的落头儿，可怎么得过十天半个月才能攒一个“银毫子”呢？原来到了学校，刚从师范毕业的年轻体育老师也对我情有独钟，一犯烟瘾就把我叫过去，掏出两毛钱后不容回话：给我买盒烟去，要“前进”的。到现在我也不知道他知道不，那个牌子的烟是两毛一，每回我都得给他垫一分钱，真的很不情愿啊。

现如今，一分钱只存活在微信红包的玩笑间，可有谁还能因为一个钢镚儿的爱恨情仇而久久不能释怀呢？

而那青涩的欢愉，淡淡的愁怨，化作满满的回忆，即便年过半百，难道不会时时浮现在我们脑海里吗？

网事情殇

一丝幽凉，从密林深处，衔来满街飘零的菊黄。远山绯红中，一抹彤云，融进问路的秋风，揉碎了西天斜阳。一叶知秋，往事惆怅，网事亦有忧伤。

（一）

手机里存了一首歌，整整十年了。那年17岁，痴迷一款网络游戏，有一个小女号整天跟着我，遇到各种难事都是我出面摆平。再后来，我们在游戏里结婚了，而自始至终我们没有给对方看过照片，没打过一个电话。

突然有一天，她对我说，给你发一首好听的歌吧。打开的时候有提示，文件存在风险。我没想太多，但就在我面带微笑沉醉其中时，我的装备被盗了。从此，她也消失在我们的世界。

我心里清楚，这一切或许只是个套路，但令人念念不忘的，往往不是一个人，而是一种曾经没有，以后也不会再有的感觉。

（二）

19岁那年，第一次和她接吻，快亲上的时候，她突然说等一下，然后小心翼翼地拿出三块糖，草莓、苹果和荔枝味的，让我挑一个。我指了一下那个荔枝的，她二话不说撕开糖纸含住，然后全程一股荔枝味。她说：人生那么长，我没有自信能让你记住我，但我要让你知道，你的初吻是荔枝味的。

时间就这样沉淀下去，毕业几年后，她辞职开了爿糖果店。多少年后再见到她，夕阳的余晖斜映在她的脸庞，一如当年那般楚楚动人。强忍泪水的我告诉她：荔枝糖的味道一直没忘，只是我们再也回不去了。

或许，这已经足够了。有些人，有些事，一旦错过就是错过，不再擦肩，也不需回头。

（三）

记得那年大二，和班上某女对上眼了，那种纯纯的爱。她到图书馆借书，我撑着细花阳伞等，手臂上搭着她的外套。

那时候学校打饭已经用卡了，而我们只用一张，每次吵架她都要饿肚子。后来快分开的时候，有一次吵架她好几天不好好吃饭，吓得我给她妈妈打电话。地震那年我们已经分开了，逃出来到操场上，第一时间找到她，也只是远远地看了一眼。

那个谁，好久不见，也许此生不再见。

（四）

牛郎与织女、梁山伯与祝英台、董永与七仙女、许仙与白素贞的故事，被称为中国四大爱情神话，他们传递的讯息，在民间被解读的意蕴大体一致，那就是由于各自机缘的不够巧合，留下的是长恨歌般的悲戚与苍凉。

是的，古时候真的没有互联网，然而口口相传，竟也有如此旺盛的生命力。

奈何桥，孟婆汤，网上的筒子们定不会信。但不知道大家有没有遇到选择性失忆的实例：前女友车祸醒来，只记得我的名字，记得我是她男朋友——而不记得自己早已有了老公、孩子。我能说我听到后，泪眼婆娑，暗自神伤吗……

往事恓惶，往事亦有沧桑。

翠绿色的单车

清明一过，春天的脚步便匆匆忙忙，花儿谢得太快，故人的踪影更是飘杳。只是满街的小黄车、小红车、小蓝车遍地开花，让京城依旧春色满园。在这满目的纷扰中，那辆翠得鲜亮的小绿车，惊着了我的眼眸。

那一年，大嫂刚进门，因为之前父母许下的“三转一响”一样也没能兑现，慢慢地，婆媳之间便生了芥蒂，甚至发展到明火执仗的争辩。

母亲当时在离县城十多里地的乡村小学当老师，因为步行奔走，一个月下来回不了三两趟家。这一年，学校终于跟上面给她争取了一个自行车购买指标，记得全家为了是要“加重永久”还是“轻便凤凰”，商量了好几个晚上，最后才定下了当时最为时尚但是贵了十几块钱的那款。

印象里，这应该是自打我记事儿后，家里添置的第一件高档家什。因为欠下新媳妇的，年轻的大嫂觉得她应该有天然的支配权；不满二十岁的姐姐刚刚回乡务农，当然也对这辆新车满怀着憧憬；妈妈是个本分认真的人，觉得要是把组织上派下的车子给了家里，会让人戳脊梁骨的。

于是，这辆黝黑锃亮的、带有链盒的、安着双铃盖儿的“凤凰大链套”，成了全家说不得、碰不得的“炸子儿”，时不时地发出脆响，虽说杀伤力不很强大，但足以惊着每个人的神经。

拗不过儿媳妇的强势，一开始，车子还是落到了大嫂的手中，当然只是并不明确的使用权，针锋相对的婆婆牢固地掌控着产权。

这天午后，顶着烈日下地不到半个时辰的姐姐，哭号着撞进了家门。原来别人家的女孩子好好赖赖都有了自己的交通工具，每天三五里地的路程，姐姐一直是靠两条腿“一二一”地步行，劳累不可怕，路上家养、野生的动物，总是让姐姐提心吊胆。听姐姐后来说，那天，她落在了人群的后面，被狼撵了好半天。

父亲这次真的急了。等母亲好不容易回了家，打闹着让她收回了那辆自行车的使用权，但没能分配给自己唯一的女儿——母亲从此把这辆车锁在了学校。而父亲舍着老脸，东挪西借，给女儿用三十块钱，在“收购组”买了一辆别人淘汰的“二手车”：惹得儿媳妇满是怨怼不说，女儿则因为车子又旧又脏，并不十分领情。只是过了几天，姐姐才慢慢骑着它上了路——父亲买来一桶绿色的油漆，用了一个通宵，把这辆蠢笨的“二八大梁”油得通体翠绿透亮。

多少年以后，父母相继作古，卒年五十七岁的姐姐也早早地走了，老宅子已经被辛劳的大嫂占去了大半的地界儿，可兹要一提起当年的“凤凰大链套”，依旧是满腔的愤懑。

如今，独自混迹京城的我，常常会让黑色的“三叉星”趴在车库里。周末，骑着橘色的“摩拜”，悠然穿行在京城的大街小巷，有时忽然想到，当年风华正茂的大嫂从乡下嫁到我们家，现在知不知道自己已经变成年过六十的老妪；城里满街筒子各式各样的共享单车，她会不会有兴趣来瞧瞧看看。

流水落花春去也，天上人间。而究竟哪辆翠得鲜亮的小绿车上，承载着我唯一的姐姐，和她不舍的魂灵？

江水泉

那时候江水泉只是个地名，原本是一片贫瘠的旱地，既没有江水，泉也早就干涸了。

离开这里已经快四十年了，或者说从来也没有在这片泥土里摸爬滚打过，所有的记忆都是那么遥远，只模糊地记得这里甚至不如队上另外两块地有名，它们分别是李家坟和大戈廪。

李家坟有机井提供浇地的水，除了可以种棒子、高粱和谷子，还能辟出几块菜地，加上离家近，大伙儿都愿意到这儿下地干活儿；大戈廪在京张路口的北面，单程就有四五里地远，来回一趟都是个事儿。但那儿土质肥沃，大田作物还是比较高产的。至于大戈廪三个字是不是这么写的，问过家里的老人，他们也闹不清楚，只是说读音没错，至于怎么写就含糊了。念过几天书，识了几个字，姑且取其面积还算大，戈壁般遥远，是块仓廪之地的意思吧。

印象里江水泉倒是荒坡地，甚至坟茔凌乱，盐碱荒芜，农作物的产量既过不了"黄河"，更跨不了"长江"，也就是亩产甭想上三五百斤。小时候天擦黑回家不算什么，说去李家坟逮蚂蚱，也无妨，因为虽说叫李家坟，但离几个生产小队的场院并不远，人烟也不稀少。可要是夏静天都黑透了还没着家，又说漏嘴到江水泉一带逛荡去了，爹娘甚至爷爷奶奶都会火冒三丈，严加嗔斥的。

江水泉的荒芜，现在的妫川人各有各的记忆。因为离上学的初中不是很远，放学后的时光经常是在那儿打发掉的。城里人应该分不清墓地与坟丘的差异，而坟与丘也不尽相同。那年因为看《地雷战》，知道了"一硝二磺三木炭"的配比可以做出火药，木炭能搭伴儿烧制，硫黄可以淘换，硝碱就得自个儿踅摸了。每家后园的茅坑，也就是城里人说的旱厕墙边可以刮到，但量忒少。于是有心细胆大的孩子，像发现新大陆似的告诉铁瓷的小哥们儿，江水泉的盐碱地可以大片大片地扫到硝面儿。一传十十传百，每个小伙伴儿都像独行侠似的前去收获。一个风雨过后的傍晚，扫了不多硝面的我，真真切切在江水泉土崖边被雨水冲破的丘子旁，看到过泡在棺木里的尸首。关键是不远处，平日一听名字就令人毛骨悚然的棺材山，那一刻更铁青得阴森恐怖。

记得都上了中学，还经常和小伙伴儿在一起做这样无邪的交谈：夜里边又梦见北面的棺材山塌了，连着的山峰都七扭八歪，吓死人了；没错，我也梦见东南面那两个三角形山头倒了，等天暖和了太阳可从哪儿出来啊？

现如今，山形丝毫未变，天色还是那么通透，夏天的早晨，只要没云遮雾罩，太阳依旧从东南方向那两个三角形的山头中间一跃而起。山外早已习惯了雾霾风沙的交替问候，但棺材山脚下的江水泉公园静谧安然。一对新人正在摄影师的摆布下并无羞涩地秀出各种Pose——山清水秀，草绿林密中的婚纱照，一定会让他们惬意一生。

是的，江水泉公园不是我记忆中的那个江水泉，但这片陌生而熟悉的土地，还会和我一道，追忆起那个懵懂少年的童趣时光吗？

这一片生我养我的土地
——写在母亲离世一周年前后

延庆，是我的家乡；胜利街，是我成长的地方；药王庙19号，是生养我的所在。随着母亲离世整整一周年，故乡的这片土地，似乎离我越来越远；家乡的亲人，变得越来越不再亲近。时至今日，我依旧热爱着这片生我养我的土地，但因为我们家庭目前的状况，这里正在成为我的一片伤心之地。

一、关于历史——承认历史是为了创造未来

历史，不过是任人打扮的小姑娘。每个人都会站在各自的角度，趋利避害地做出回忆和判断。记忆，总有偏差，谁都对有利于自己的那一部分印象深刻。在利益面前不做主动放弃，情有可原。但亲情在先，义字当头，才能有理有力。兄弟姐妹之间，相互帮衬，那是情分，不能强求；不去关爱，各自打拼，也无可厚非。而本分的东西，虽然各有各的认知，但公序良俗，规矩秩序，不容忽视，不得逾越。

我以为，爹娘走了，大哥应该责无旁贷地担当起家长的重任，少盘算一些自己的得失，多为弟弟妹妹们的和睦相处做些事情，少去纠缠过往的孰是孰非，更不应该争执那些所谓对原有大家庭贡献大小的话题。因为那是在父母面前都不一定能讲清楚的，何况他们已不在人世。而无论什么原因，做得不到位，本身就不理直气壮，再要求弟弟们给予家长般的敬重，结果可想而知。

二、关于现实——面对现实是为了改变现状

现实不过是老去的爹娘留下的几间土瓦房，和老娘用她的身躯换来的不多的现金，兄弟几个陆续都远离了药王庙19号那个杂乱的院子，而我自打22岁结婚后在这个院子居住的时间没有超过一周。

当初我以为，应该没有谁还会把在爹娘庇护下获取的那点财富，当作自己小家庭不可或缺的一份产业，所以在去年我提出一个征求意见稿，就是为了抛砖引玉，引发每个家庭成员向前看。不急于去做析产，不在目前复杂的格局上扯皮，正是为了回避和化解矛盾，共同创造未来。我以为，学识、见识，决定胆识；自古成大器者，眼界宽广，不拘小节；与时俱进，大刀阔斧，才能使问题迎刃而解；墨守成规，抱残守缺，只能是江河日下，走向衰败。一年过去了，能不能捐弃前嫌，开创一个新局面，我不再抱有信心。但我依然确信，大的手笔，大的气魄，需要大的情怀。

至于老娘身后留下了什么名目的钱财，到底有多少，我只有耳闻，谁也没有给我一个清晰的说法。我能记得的是，当初丧葬事宜完成后，我少要了200元现金，我跟大哥说，把老娘的那个老年证给我，上面还有一点钱，算是补偿和纪念，但到现在我都没收到。其他的钱财，我现在的态度是，温则恭谦礼让，燥则锱铢必较。

三、关于换位——舍弃本位才能赢得敬重

我觉得我们哥们儿之间，本应以关爱对方为出发点来加强沟通；换位思考，不能只从自己认知的水平去做判断。在这个问题上，谁负主要责任，谁起带头作用，不言自明。总说不看别人怎么说的，要看你们怎么做的，这几年，供养和伺候病床上的老娘，大家都尽心尽力了，但在团结兄弟姐妹这方面，请老大哥扪心自问，都做了些什么？我能表白的是，奉养老人，是我应该做的，所有的付出和努力，都不必总挂在嘴上。

我们都是年过半百的成人，谁在这个方面因为做出了一些必要的牺牲，就觉得自己委屈，就哭哭闹闹，要死要活，都是孱弱无能的表现。如果再私字当头，总是盘算自己的那个小九九，如此，该怎样将执掌门庭、重振家业的大任交付给这样的弟兄。当然，如果不认为这些有什么必要，则另当别论。

我想请几位哥哥冷静地想想，当初老娘第一次从北医三院回到老宅子，账目是怎样的凌乱，最后是怎样收场的？哥几个的AA制晚餐，我作为最小的兄弟，是怎样表现的？从县医院那次出院，为什么账目还有出入，我又做了怎样的妥协，这期间一位朋友还我的1000元欠款，又在哪个账上做了记载？老娘最后这一年一直能住在医院，是在什么背景下做到的？我想不通的是，到了今天这样的局面，原因究竟是什么？我每次的相互协调，求同存异，僵持不下时的主动承担，目的又是为了什么？

四、关于和谐——和谐相处必须遵从规矩

关于这一点，我没有更多的考虑，我只想在这给我们大伙儿提个醒：别只在名誉和礼数面前，总把自己当成个领头羊（RBZ）；等该多奉献一点的时候，就开始装糊涂(ZDH)；对已经占有了的那点儿利益，始终看成是宝贝疙瘩(WBB)。这样，不会得到大家由衷的敬佩，也不利于构建和谐的家庭氛围。

最后我需要说明的是，当初三哥翻盖南房，跟我做过商量；大哥扩建后面的房子时，给我打电话说是为了将来有变化时，给大伙儿争取更大的利益；决定收购前院东屋，我事先事后都没得到任何音讯；而至今院子里没有一个拉屎撒尿的地方，我记得是老娘永远的痛……

51岁，我没了爹娘；第一个这样的春节，自我意识里当家做主的大哥节前节后的所作所为，大家有目共睹。这些年，每次回老家，多半不是奔丧，就是祭奠，我真的够了。前些年，我曾想如果母亲走了，姐姐会日夜呵护我；现实是姐姐走在了母亲的前面，更早地化作一抔黄土。重拾美好记忆，需要我们共同的努力。而作为最小的弟弟，我依旧梦想着几位哥哥宽厚仁爱的胸襟，仗义执言的担当和勇于舍得的豪气。有，我们仍然是一奶同胞；没有，我们各奔东西。

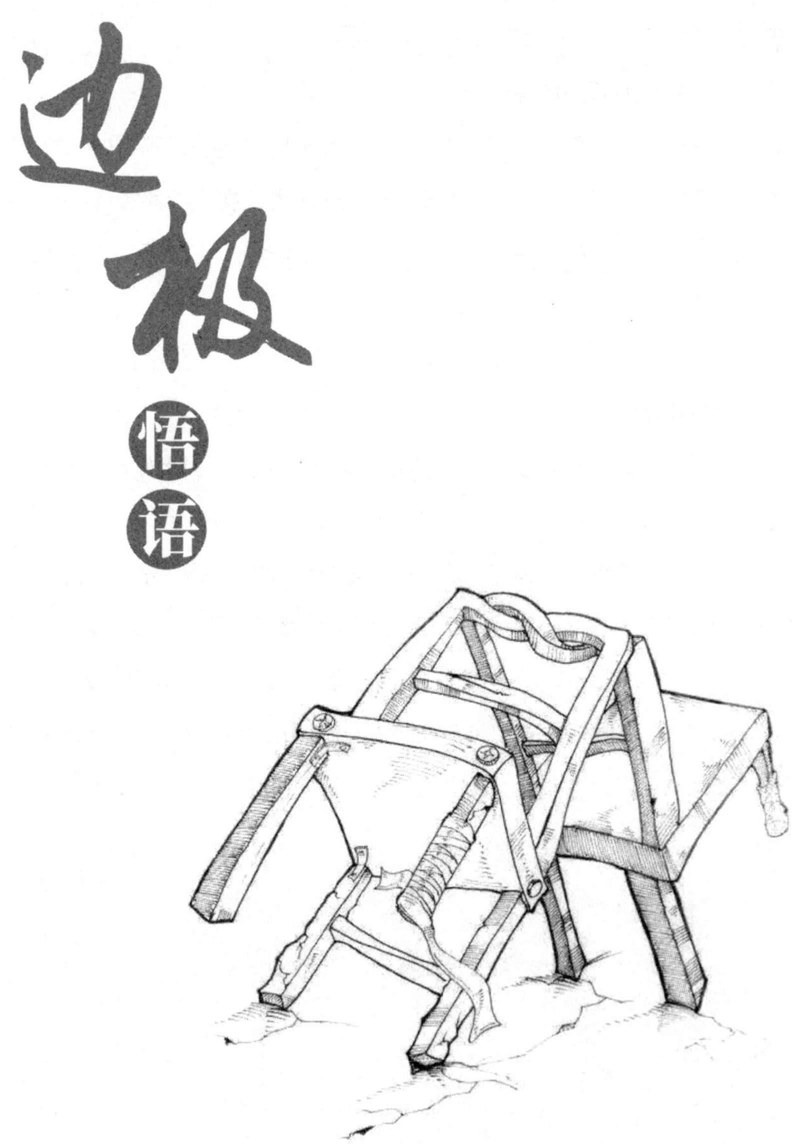
边极
悟语

客厅里的苍鹰

夏日，午后。

窗明几净的客厅里，一只通体晶莹的苍蝇，扇动着翠格灵灵的翅膀，逡巡，游弋。

它时而踌躇满志，为主人眼下富足的生活自豪；时而忧心忡忡，替主人日后的生计担忧。它时而欢畅飞舞，因着主人餐桌上留下的残羹都是这般高贵；时而哀怨低吟，为着哪怕是主人的宠物都没有察觉它的存在。

这真是一只忠心耿耿、心无旁骛而又忙碌无比、身心疲惫的苍蝇。正是因为它的玲珑轻盈，矫健敏捷，它成了客厅里唯一巡视过各个角落的生灵：

这大好的时光，男主人却酣然沉睡，为什么不再勾画更上一层楼的蓝图；这氤氲的氛围，女主人竟然如此慵懒，而不去思索让这个庭院更加华美亮丽；小主人最应该勤勉上进，为整个厅堂的进一步光彩照人拼争努力……

这只不知疲倦的苍蝇一刻不停地飞舞着、忙碌着：园丁此刻一定又在假寐，任由池水外溢；女仆肯定坐在梳妆台前，觊觎着那支尚未开封的口红；桌角的饭粒不会招惹小强的侵蚀吧？油画边框里的尘土千万别掉落到沙发上……

此刻，这只苍蝇感觉自己已经羽化成一只苍鹰，盘旋在客厅上空，甚至觉得可以对这里的一切发号施令了——女仆忽然走进了客厅。

倚靠在藤椅上的女仆屏气凝神，怎么听到一只苍蝇发出令人烦躁的叫声？环视四周，没有什么顺手的家什可以拍打，于是她开启了空调，打开门窗。那只可怜的苍蝇立刻失去了方向，一阵冷风便把它吹到了室外。

主人们还在夏日午后的小憩中。女仆开始勤快地打扫，因为她并不确定，刚才那只苍蝇，是否下落过哪个地方……

大愚若智：该如何不再被戏谑

一大早，小区内的学校里，高音喇叭又雄赳赳地嘹亮起几十年一成不变的进行曲，带操的当然是体育老师，高亢的声调煞有介事，向后转都得发出“砖”的音调，以示其不容辩驳的威严，只可惜大了的孩子一句“数学是体育老师教的”，让他们颜面尽失。

进入六月，酷暑难耐。每当这样的时日，总会有人祭出心静自然凉的古训。是的，不蹭热点，不上热搜，不刷存在感，当然也就少了些躁动。只是历朝历代，都少不了有人扮作无事不晓、无处不在的“知道分子”，像极了伏天里的知了，聒噪着，热闹着，自得其乐地吟唱着。有道是，呆若木鸡，兴许大智若愚，而更多的情形则是引车卖浆之徒，把自己认定为上知天文下知地理的消息人士，做慷慨激昂状。用乡下人的话说，跟个明白二大爷似的，直怕别人把他当哑巴卖了。

早就有大数据显示，任何喧嚣一时的人物事件，其受关注的时间不会超过十六天。可总有各色人等，耐不住这半个月的寂寞，匆忙表达出自己的观点和判断，往往又因为所依托的信息源和立脚点并无全面和优势而言，被戏谑为吃着地沟油的嘴，操着皇城根的心。等到下一波风吹草动，因为性格和使命的驱使，便又开始血脉偾张。呜呼哀哉，我可爱的蓝精灵，等着你们斗败了格格巫，黄花菜还不都得凉了，这可咋整？

小时候就听过这样的说法，叫唤的狗子不咬人；现如今知道了，总在朋友圈晒美图的，未必都身临其境；真正出席了昨天晚上会议的人，绝不会在微信上向大伙儿通报半点儿音讯。早年间有《一场游戏一场梦》的流行歌曲，咏叹的是捉摸不定的爱情，现如今兹要不把自己装扮成无所不知的栋梁精英，就不会被变化多端的世事人情所叨扰。

因为即便已经很内敛很谨慎了，也保不齐让人背后糟改成一个大愚若智的傻瓜。的确，一把岁数了，啥都可以不在乎，但不吝归不吝，自个儿吃几碗干饭，这辈子总该有个准数吧。

学贯中西：做一个托底的人

入职三十余年，近日梦里竟将自己的家宅安置在了一片清净的校园内，很是舒畅了一番。上学时读过三百多部中外名著，当然都是汉语文字的，以致经常在脑海中浮现三两段自鸣得意的语句，且混乱地认为是自己的原创。直到有高人点破，才发觉不过是化了古人的言辞，抑或根本就是人家的原话，作为一个半吊子书生，顿时很是羞赧一番。

因为压力大，女孩躲到公司卫生间里低声啜泣，哭完出来洗了把脸平复情绪。打开门的瞬间看到清洁工大妈站在门口，手里拿了一块巧克力："这是买给我孙子的，还没来得及给，你这么年轻，没什么过不去的，吃块糖心里能好很多。"

2017年11月25日，九十岁的港大之宝"三嫂"安详离世，不少校友和学生获悉后纷纷致以悼念和谢意。"拎出个心来对人。"曾有记者问她与学生们保持友情的秘诀，三嫂这样平静地回答。三嫂对香港大学的贡献，在于用自己的生命与爱，关怀与引导了一代代学子。一生只认识五个汉字的她，八十二岁时被授予香港大学名誉院士称号。

小时候姥姥讲过一个黄团长的故事，说他长得英俊帅气，每天带着弟兄们给姥爷家挑水劈柴扫院子。有一次夹壁墙被连阴雨冲塌了，露出藏在里面的蒙疆票子，这些当兵的二话没说，不到一个时辰就用黄泥给糊好了。直到姥姥临走，才说清楚这个团长是国军的。

村里另一个老奶奶说，1942年闹灾荒，树皮草根吃没了，饿得人眼冒金星。来了个神父要盖教堂，凡是干活的人都管饭。十里八村的男女老少都来了，神父监工甚严，盖了拆，拆了盖，灾荒闹了三年，教堂就盖了三年，没饿死一个人。后来大家终于明白，洋神父不仅赈灾，更在意人们的自尊：学贯古今，不问西东；参透百年，没有对错。向上向善，才能做一个为他人、为社会乃至整个世间托底的人。

再诉衷肠：哪怕有些真情仍被辜负

大寒过后的第二天清晨，不少早起的京城市民发现，说好的2018年初雪仍未看到。市气象局官方微博“气象北京”诗意地更新消息，称“雪落痕轻，昨夜北京已现初雪”。只是情真意切的不少网友偏偏不买账，执意地发问雪姑娘的进京证咋又没办下来？娇嗔地抱怨初雪爽约。但雪，的的确确轻轻柔柔地下了。

一档电视综艺节目里，年过七旬的老太太把自己打扮得花枝招展，笑逐颜开地诉说着自己幸福快乐的生活。直到主持人把患有阿尔茨海默症的老伴儿请到台上：2+3等于几？等于9；我是谁？董卿；我漂亮吗？你今天真漂亮！简短的对话后，老人家流下了五味杂陈的泪水。常人看到了老两口儿日子的艰辛，但老太太却表现得满心欢喜。

其实只要稍加留意就会发现，不少老人的思维和智慧，到了八十之后，基本上呈返老还童的状态，只是他们自己不予认可罢了。小事儿精于算计，源于他们总在反复强调的“我过的桥比你们走的路都多”；大事儿疏于谋划，因为他们不再善于接纳新事物，即使有那份心，也没那个智力了。老不歇心少不努力，诚然如此。但老辈人的操心与付出，任谁也阻挡不住。

近些个时日，总有一个声音在引发共鸣：20世纪80年代是国人睁眼看世界的黄金阶段，也是人们付出真情最慷慨的时期。挣脱了许多禁锢，发现了太多美好，也不吝激情的挥洒，更收获了前所未有的喜悦。或许对于某一个体，还会有付出与得到的不够均衡，但正像那个年代一位诗人所感慨的那样：不是一切火焰/都只燃烧自己/而不把别人照亮/不是一切星星/都仅指示黑暗/而不报告曙光/不是一切歌声/都掠过耳旁/而不留在心上。

面对即将进入的21世纪第三个十年，减去五十的我，依然用六岁的智商和情商确信：即使有些真情还会被忽略，普罗大众的匆匆忙碌，断不会被轻易辜负，因为柔软到骨子里的东西，才是最坚硬的。

静夜沉思：像婴儿熟睡般宁静

说老实话，给自己出这样题目，并不能保证敷衍成篇。迟迟未能动笔，一是杂事烦乱，二是心绪不宁。有人说静夜沉思容易，但就我的观察，很多人在虚飘匆忙的当下，早已忘记了如何独自发呆。

近几年，周遭熟识的老友同事，时不时传来罹患重病或不久人世的震颤消息，坦然处之的同时，对那些令人昂扬和激越的喜讯，便有了渴望的冲动。而个人觉得，即便是“超级蓝血月”这样的天体变幻，也算不上“喜大普奔”的事件，不过是给浮躁的自媒体添一抹清虚。

于是一位年届五旬的老友初得麟儿，着实值得恭贺，竟聊发少年情致，高歌一曲《生命欢歌》：

孩子 乖 快睁开清澈的双眼 有爸爸妈妈的臂弯 从此你便不惧黑暗

孩子 乖 快发出嘹亮的呐喊 有叔叔阿姨的护卫 从此你就拥有欢快

你可知道 从此 你的一哭一闹 都伴随你爹娘不尽的缠绵

你可记住 从此 你的一颦一笑 都融进你父母一生的缱绻

就这样一株娇艳的花蕾 就这样带来万千的呼唤

就这样一个蓬勃的生命 就这样吟唱不尽的诗篇

只是等到自己的娃儿有了娃，竟兀自默诵起印度哲思诗人泰戈尔这一诗句：孤单是一个人的狂欢，狂欢是一群人的孤单。不是吗，生发于自己内心深处的欣喜也好，忧郁也罢，究竟和别的个体有怎样的关联？自我的离愁别绪不应该影响他人的情感起伏，同理，快乐与幸福的分享，同样也不能希冀别人的感同身受和集体共鸣。

早年间，一位老同事在一次正儿八经的会上，不无感慨地分享过这样一段话：在单位尽量不说家里的高兴事儿，回到家坚决不谈单位的烦心事儿。虽然很难做到，但个中滋味，只有风吹雨打后，才能深深体味。

春江花朝秋月夜，往往取酒还独倾。先贤圣达的人生境况告诉我，古今多少事，赋予笑谈后，更多的是归寂于婴儿熟睡般的宁静。

春风拂面：端的爱恨就在一瞬间

节日期间，公交车上偶遇著名体育解说员，电视里清瘦俊朗，现实中和蔼高大，没两站他就下车了，所以只闲聊几句。看着车窗外老人健步鞋、运动衫、双肩包，身形矫健地去儿子家看孙子，由衷地为之欣慰。

年逾古稀的高中语文老师，两年前将96岁的老母亲伺候到寿终正寝，如今写就了洋洋16万字的回忆录，马上就要结集成册了。斗胆将这些文字分成往事如歌、歌如心潮、心潮如水三个部分，真挚地感激欢喜之余，也对他们夫妇二人相濡以沫的朴素日子深切艳羡。

“最好不相知，便可不相思。最好不相惜，便可不相忆。最好不相予，便可不相弃。”仓央嘉措的情诗被后人频繁改编传诵，但其寓意应该不囿于情事。商场职场官场战场，相逢相爱相杀相恨，荣辱高下之间，总有些天机，也总是在转换。

二十年前，职业生涯曾一度跌入谷底，赋闲在家俩月，着实品味到了失意与不公。好在身心强健，孤单落寞中，潜心研读了高人从禅佛道儒等不同角度对《菜根谭》的阐释，至今虽然词句不再熟稔，但相信会在骨子里留有印痕。

“人无千日好，花无百日红”——古人的智慧实不相欺。孔夫子两千年来角色的多端变化，鲁迅先生对看客形象的无情勾勒，可以警醒自己每一次态度的表达，每一回是非的认定，都需要谨而慎之。不知者无过，但不能成为急于做出判断的借口。

春风十里，眼瞅着桃花又要朵朵开放。锦上添花易，雪中送炭难，但不落井下石总该是基本操守了。风物长宜放眼量，爱与恨也不会是一瞬间的事儿吧。

只是世间万象，别都等背不动了才放下，记不清了才看开，留不住了才舍得。

真情付出：就让我将二进行到底

从来都觉得自己智商勉强及格，情商不足三成，官商干脆为零。

记得都上小学三年级了，才有了第一个正经书包，还是姥姥把姐姐用过的拆洗干净重新缝制的。说是书包，其实就是布口袋上缀两根带子，蓝不蓝绿不绿，单边竖挎在肩上，很是抢眼。于是，十来岁的秃小子，在老师和同学眼里，多少有点儿二，但的确没影响我对知识的汲取。到了高一，把班干部的职务赖掉，从不跟女同学说话，天天起个大早到妫河边上的小树林去背书。只是个子开始飞长，一个暑假过后，原本就不够长的旧裤子便成了八分腿了。到如今老同学聚会，女老师还总拿这事儿打镲，可见当初的二货形象多么深入人心。

刚入行做记者时，写过一篇题为《那山一座峰》的手记，至今感触尤深：九曲山路间，五十二级台阶上，三五间灰白了的土瓦房，这家小小的分销店，便是八亩地一带六百五十多户人家的衣食所在了。过年那几天，韩玉青在小店里值班，“破五”了，一家人还没一起吃上年三十的饺子。而老韩在回答我的问题时，只重复一句话，谁让咱是山里人呢。

这个春节，陈可辛的微电影《三分钟》刷屏了。因为值班，妈妈连着好几年都是在火车上过除夕的，这一次，也只能在站台和儿子见上一面。拢共三分钟，乘法口诀表还没背完，妈妈让他珍惜时间，孩子还是执拗地念到了九九八十一。“儿子明年就要上小学，我上回吓唬他，如果还是记不住乘法表，就不能上小学，更见不到妈妈了。”

至此，我的问题是：山里人真的很傻吗？孩子真的很拙吗？而如果一个智商情商官商都不欠缺的人，依然说些傻话，办些蠢事，甚至明明白白就想一辈子把所谓的二坚持到底，难道不可以吗？于是，我默诵出了这样的词句：莫听穿林打叶声，何妨吟啸且徐行。回首向来萧瑟处，归去，也无风雨也无晴。

小桥流水：好日子也得慢慢去品

傍晚驱车下班，电梯直接入户，一声我回来了，妻儿老小嬉笑开怀，全须全尾儿地进了家门：平淡的生活令人舒坦；周末清晨，几净窗明，阳光斜照，花鸟正欢。睁开双眼，呼吸均匀，腿脚轻便，身心不倦。伸个懒腰，起床吃饭：散淡地活着，真好。

可是别忘了，即便是每天都洗澡，也不可能把身上的污渍全部清理干净。想做一个冰清玉洁的人，过上毫无破绽的日子，怕只能是一厢情愿了。

旧时老家有全科人儿的说法，指的是父母、配偶、子女都健在的人，也叫全福人儿、全乎人儿，如果再有姑伯姨舅，就更圆满啦。那时有个老例儿，新郎新娘头一宿睡觉，必须要请“全科人儿”给铺床叠被。一边拾掇一边念喜歌：“床上先铺压炕被，小两口一辈子不受累；褥子铺平见四角，来年生个大胖小儿……”反正全是吉祥话。因为各种原因，如今全科人儿已然杳无踪影，只是祈盼美满生活的愿望，不曾有半点儿消逝的迹象。

但《红楼梦》里，秦可卿在贾府极其兴盛的时候，便有言道：“如今我们家赫赫扬扬，已将百载，一日倘或乐极生悲，若应了那句‘树倒猢狲散’的俗语，岂不虚称了一世诗书旧族了？”凤姐听了此话，心胸不快，十分敬畏，忙问道：“这话虑得极是，但有何法可以永保无虞？”秦氏冷笑道：“婶娘好痴也！否极泰来，荣辱自古周而复始，岂人力所能常保的？”

是啊，静夜沉思，月盈则亏的道理，放到自然界都深信不疑，放到心里，就不去正视了。人，有时就是奇怪得很，十全十美不光总挂在嘴边，有时念叨次数多了，骗得自己恨不得都信，等一旦遇上点儿不痛快，就心浮气躁，甚至积怨成疾。

似月光下的流水，千千万万普通百姓的日子，终归还是在春暖花开时，担水劈柴，淡看云烟。世事纷繁，心安，则一切从容、简单。

大胆留白：让缺憾也有一席之地

和一位退下来潜心钻研书法、绘画的老同学交流时聊到：留白会收到意想不到的效果，越想面面俱到越容易露出破绽。她给俺这个门外汉的回复是，留白太需要功力了，书朗画简最难为之。深以为然，且不仅书画。

带过一个学生，婚宴是在家乡办的，回京后想请大家聚一下，找我商洽。孩子想到了上级领导，部门主管，闺蜜朋友，甚至刚入职的同事，只怕怠慢了每一个熟识的人。我的建议是，不必多虑，当你顾及所有人时，别人也就感受不到你真挚的友情了。洒向人间都是爱，公平是公平了，但却毫无效益。

一档情感类电视节目，把异国相恋了三两年的一对青年男女请到现场：男孩每天给国内的女友发5.21元红包，换来的是近一年来女孩提出过十几次分手。同样不是这方面的专家，也不去探究个中缘由，更关注和思考的是，空间的距离没有带来思念，时间的挤迫让人产生了厌倦。或许放开手脚，留有间隙，更有利于黏合。

想想你的朋友圈或者走动频繁的亲友，往往不是因为波澜不惊的素日和光鲜亮丽的优点吸引彼此，恰恰是一些意外事件和一些坏习惯或者说缺陷，让大家越发联系紧密。没有婚丧嫁娶，不到年节假日，不设牌局酒局，不再相互攻讦，只有互相帮助，一起念佛，想象一下，会不会寡淡无味。

开过一个玩笑，哥几个约定戒烟戒酒，戒吃戒喝，戒赌戒色，结局只能是戒玩戒活了。现实中如果真有这么一位，无异于一方了无生趣的行尸走肉。大家在一起，有指摘、有怨怼其实并不可怕，师徒四人中，只有“猪八不戒”还算讨人喜欢，不是吗？

只是这个世界，力求完美的人忒多，微瑕有趣的人太少。可有谁见过没有尾巴的狐狸，事事完满的结局？不信，咱骑上毛驴溜一圈，上眼好好瞧瞧。

花开千里：总有些记忆不曾抹去

小时候姥姥念叨过的童谣，关于时令的，记得有：“二月二，龙抬头。天子耕地臣赶牛，正宫娘娘来送饭，当朝大臣把种丢。春耕夏耘率天下，五谷丰登太平秋。”随着春分节气匆匆而过，从南国到北疆，虽未有万木葱绿花团锦簇，却已见丝柳含烟云水朦胧。

进了学堂，京城来的先生，让我读懂了北宋诗人宋祁的《春景》：“绿杨烟外晓寒轻，红杏枝头春意闹……为君持酒劝斜阳，且向花间留晚照。”红杏树上花枝俏丽，斜阳丛中把酒欢愉，热闹的景象鲜活生动，繁盛的境况惹人迷醉。塞外老家，至今依旧留有“过了清明寒十天”的民谚，老辈人总会提醒年轻人，莫忘了春捂秋冻。耳濡目染，也就更能体味白乐天“人间四月芳菲尽，山寺桃花始盛开”的描述，知道了乍暖还寒，最能历练一个人的操守和性子。

每个初春，庄户人家望眼欲穿的都是金秋的累累硕果。古书上有“前殿塑风调雨顺，后殿供过去未来”的记录，村西头吴秀才说，寺庙里执剑者风也；执琵琶者调也；执伞者雨也；执龙者顺也。风调雨顺，原本指的是守护众生的四大天王，后来才引申为五谷丰登，国泰民安。

姥姥是在一个花没全开的春日走的，将近二十年了，模样已经苍白。但她讲述的那个寓言故事，总在每个温暖的梦中重现：有时候，一锭金子只能换一个窝头。早年间十年九旱，难得赶上个好光景。那一年，好不容易春雨不断，谁知竟连着下了七七四十九天。财主拎着满箱子的金银财宝，佃户只拿了一褡裢杂和面窝头，一起顶着蓑衣爬上屋脊避水，这便有了一对一的交换。姥姥说，为人处世，不光虑后，更要实在。

几十个秋冬春夏，看惯了桑田变化；驻足过海角天涯，不再以四海为家；静心于泼墨煮茶，更笑谈人事浮华；远离了庙堂市井，问寻起野鹤闲花——终于明白，有所谓也好，无所谓也罢，凭栏自问，扪心自答，无悔便可淡看新芽。

只是春风一吹，兀自又会想起些什么，和哪一个他？

故人西辞：生死未敢两茫茫

这几日，路上行人又纷纷……

开在冥界的彼岸花，有着血一样鲜红绚烂的颜色，当魂灵渡过忘川便了断今生种种。忘情水，也就是人们常说的孟婆汤，相传一喝便忘却前世，但不是每个人都情愿喝下。为了来世再见今生的最爱，宁愿跳入忘川河，孟婆会在这些人脸上做个记号，成为酒窝，历经千年磨难，才有可能重返人间，然后带着那个酒窝，去寻觅前世惦念的人。

以上认知，多相传于民间关于生死轮回的说辞，曾经被认定为封建迷信。好吧，我们相信科学。只是多维度时空的论断，同样让人感到缥缈玄虚。我们回到现实。这些年来，总在小范围的不同场合，重复着对自我身心处置的思考，被友人哂笑过，被亲人阻断过，但似乎更坚定了这样的信念：当生命即将走向尽头，笃定不允许过度治疗，也绝不做非人性抢救；对身后的遗骸，不置于墓穴，不期许祭奠，就让自己杳然无痕地奔向远方。

1的N次方永远是1众人皆知，但2的N次方，眨眼就会是一个天文数字，恐怕很多人不会相信。有专家撰文论述，从遗传学角度来讲，孔子后裔的说法其实并不存在。孟子云："君子之泽，五世而斩。"也就是说先辈对后世的影响，经历五代就基本上灭绝了。就孔子后裔而言，孔子的第6代后裔只继承了1/64的孔子基因，到目前的第80代，就只继承了约一亿亿亿分之一，这个数字与0，怕是没有多大区别。

稍稍读过几首古诗词，知道故人当然不是指故去的友人；西辞，也并非在描述亲人驾鹤西去。对先人形式上的怀恋和祭奠，于逝者本体其实并没有多大意义，而无论活在世上还是阴阳相隔，两情若是久长时，便无惧音讯时断时续——两相茫茫，恰恰是活生生地视而不见。

不负春光：且把彼岸当故乡

春花绚烂，春光无限。怎样判断春天真的来了，好办：当你看到街头有人穿上了短袖丝袜，有人依旧棉衣厚裤时，没错，春天就是在这样的嘈杂中热热闹闹地来了。有童声在问：春天来了，冬天还远吗？呵呵，远着呢，这中间还隔着炎炎夏暑和飒飒秋风。

这几日，作家周大新的长篇小说《天黑得很慢》受到热议，“变老并不是悲惨的事，那像是夏季天黑得很慢”。周大新说：“这让我想起了米兰·昆德拉说的那句话：老人是对老年一无所知的孩子。很多老人并没有做好面对老年的准备，他们以为这段路与以前走过的童年、少年、青年、中年路段没有太大的不同。”

生老病死原本是自然界的客观规律，如何面对不再年轻的自己，坦然应对老去的躯体和衰败的生命，的确是一个重大课题。有心理学家告诫：人之所以能乐而无忧，就是要对能够把控的事情和不能掌握的事情都不去思虑——已经把控，何必担心；不能掌握，随它而去。

浙江大学最近开设了一门古老的炼丹课，有同学根据唐代药王孙思邈著作《备急千金要方》，做出“孔圣枕中丹”。据说这枚丹药主治读书善忘，久服令人聪明。有人觉得这是对中医药学的藐视和污蔑，而当事者则认为这是对传统文化的光大和传承。无意介入其中的争议，只是想到了历代帝王朝思暮想和神话仙境梦寐以求的长生不老药。幸甚呼，哀哉矣。

小的时候总听老人说，谁谁像个“活怯猫子”。大了知道是在笑话有些女人渴望青春永驻，胡乱把梦想涂抹到现实中，红的绿的愣往脸上画，当然主要是揶揄这些人言行的“不着调”。如今懂得了萝卜白菜各有所爱，也就容下这千奇百怪了。

只是，青春的蓬勃，强健的活力，沧桑的沉稳，不是各有得体的美吗？春意盎然，倾情投入，及至不负夏雨与秋月。待到缓缓步入人生的严冬，便将彼岸作故乡，又有何心焦呢？

赴汤蹈火:还有什么值得我们奋不顾身

早几年就有这样的言辞——人的一生中至少要有两次冲动:一次说走就走的旅行,一次奋不顾身的爱情。

清明时节,突如其来的大雪,惊了先人,扰了路人,美了游人,忙了诗人。宋吴惟信有“梨花风起正清明,游子寻春半出城”的诗句,有人借此意境续道:清明雪、桃花风,映日格外红;山一城、水一城,梦里笑春浓。晴空鸟语润千里,宁负长风不负卿。

只是随着年龄的增长,那一腔说做就做的冲动热血,已然被荡涤成温吞的白水。因何赴汤蹈火,怎样奋不顾身,似乎只有在古籍中寻觅了。

魏晋年间,嵇康与山涛等七人被称为“竹林七贤”,司马氏专权后,嵇康隐居山阳,而山涛到朝中做了官。嵇康写给山涛那封绝交信中,有“狂顾顿缨,赴汤蹈火”的词句,表达了决不趋炎附势的决心。景元三年,因言论放荡、毁谤朝廷的罪名,嵇康被逮捕入狱,不久便遭杀害——平生艳羡山林,独自守志如初,竟以生命远行为代价。

当今或许不再是一个谈论爱情的年代,纯粹的爱到底是相濡以沫,还是相忘于江湖,不得而知。一位父亲在女儿婚礼上对新郎的叮咛,动人心魂:第一个抱起她的人,是我不是你;第一个牵她手的人,是我不是你。可是,能陪伴她一生的,我希望是你而不是我。如果有一天你不爱她了,不要背叛她,打骂她,跟我说,我带她回家。因为她花钱的时候在娘家,赚钱的时候在婆家,除了父母,她谁都不欠——明知必须放手,依旧执念初衷,足见父辈的殷殷深情。

在这繁杂的世间浸淫,人心会慢慢失去柔软,旅行或许可以填补空白。殊不知,风光游与休闲游竟差别于天壤。读万卷书,行万里路,只有二者交融,方才相得益彰。因为眼界的开阔,更多的时候并不等于心智的增长。

有人说，随着国家文化和旅游部的正式挂牌，诗终于嫁给了远方。只是舞台上，一见钟情的剧中人，生活中还有飞蛾扑火般的舍生忘死吗？

礼尚往来：因为即便是盗亦有道

桃李芳香的这个清晨，从繁闹的望京SOHO驱车前往更为喧嚣的国贸CBD，人行横道上，挤满了行色匆匆、梦寐金领的年轻人。绿灯状态下，有意点刹，静候着徒步大军的通过，招惹得后车一片蛙鸣。忽然，一位时尚斯文的少年，褪下卫衣的单帽，在车前深深鞠了一躬。顿时心头一热——传说中的互为尊重，终于目睹了现实版。而以往礼让快车贼车时，心里还有“不是他家的买卖大，就是兜里的钱不够花”的念想，此刻竟有了些“高俗”的意味。

《诗经·卫风》中有“投我以木桃，报之以琼瑶”的诗句，如今怕早已生疏了，至于“匪报也，永以为好也”的境界，更是让人觉得求之不得。礼尚往来，原本是公序良俗中的基本准则，现如今竟也变得稀缺了。

还是这样一个微风和煦的傍晚，下楼买些菜肴预备充饥。大堂需要门卡才能出进的，刚把门打开一道缝，文质彬彬的青年便斜着身子挤将进来，没有谢意，不管不顾。应该是同一幢楼的邻里，便多了一句嘴：“小伙子，可以点下头吧？”于是得到了一个字的回复：“靠”。论起苍苍白发，真的可以做他的父辈了，但就这么硬生生地被靠了回来，只能心里暗暗揣摩，这孩子的爹娘没有调教过他吗，新婚的妻子该怎样容忍他呢？

有长者在微信里转发了几句鸡汤，说每天起来要做六件事：微笑、理解、包容、欣赏、善良、感恩。猛地一看，的确“伟光正”，可越咂摸越觉得难以日日时时地做到。当年孔子在家开坛讲学，季府的总管阳虎特意探望被拒，便留下一只烤乳猪，因为他知道孔子是最讲究礼数的，于是得到了回访。圣人况且如此，那六件事没做到位，应该不必惴惴不安吧。

还是那个春秋年代，跖是远近闻名的大盗，他对属下圣、勇、义、智、仁的教导，被后人概括为盗亦有道。如此，家有家法，行有行规，人群才懂廉耻，社会方能进步。

因为，一味渴求平和，单向倡导谦恭，世界大同焉能自来，美妙春光怎会永驻？

心无旁骛：有些坚守只源于单纯

“幸福不是故事，不幸才是。”“那我不想跟你发生什么故事了。”

“我真的已经努力变成你想要的样子啦。”“但我已经不是我原来的那个样子了。”

“如果当时你没走，后来的我们会不会不一样。”

18年前，一个女生第一次唱起《后来》，18年后的今天，她将这首歌拍成了名为《后来的我们》的电影。这个女生就是奶茶刘若英，而这一处女作未映先火，多少人被这些台词扎心了。是的，深爱过的人难免相念相忆，在梦里想牵起他的手，又总是触碰不到；也总想在街头偶遇，然后问问他过得好不好。

无论是情窦初开，还是少年懵懂，绵延一生的执着，只因世间少有，才值得被生生不息地传诵。

一位长者这个春日再下江南，在善琏小镇发现一个堪忧的问题，闻名遐迩的湖笔制作后继者寥寥无几。湖州善琏出名笔，文字口碑多有赞誉，明孝宗弘治年间的《弘治湖州府志》记载：“湖州出笔，工遍海内，制笔者皆湖人，其地名善琏村。”但当今的年轻人谁愿意把自己的青春消耗在此？一位年近七旬的老笔工，温婉慈祥，眉清目秀的面庞，透出江南女人一生的静洁。13岁就从事毛笔制作的她，对秉承祖业的感慨溢于言表，祈望自己的笃定坚守，能唤起晚辈心甘情愿的传承。

由衷地祝愿如此工匠精神的弘扬，在光怪陆离的当下，如对初情儿的恋恋不舍，而不是虚幻的奢望。

有些时日了，在车上一直收听一个频率——慢生活895。于是记起了那首小诗：

记得早先少年时

大家诚诚恳恳

说一句 是一句

……

从前的日色变得慢

车 马 邮件都慢

一生

只够爱一个人

与一个越来越快的世界相比，从前的慢转化成一种美、一种好、一种朴素的精致、一种生命的意味。即便是加鞭快马从身边一掠而过，心，依旧坦然、淡定、从容——因为，活到老的唯一要素，就应该是回归简单。

真诚倾听：随后的表达方能沁人心脾

前几日，央视戏曲频道《角儿来了》，收拾精当的女主播请来晋剧“爱爱腔”的创立者，主旨原本介绍的是不折不扣的承袭，除了把自己放在行家里手的位置，还安排嘉宾的爱徒现场“演绎”，殊不知演绎恰恰是推演变换之意，与传承有了差池，自信满满地乱入和慌不择言的表达，让人替她着急。

小时候在老家，骡马牛羊还是随处可见的，不被吆喝时，耳朵一般都耷拉着。“你给我竖起耳朵好好听着”，是师长对子弟晚辈一句训斥的话，因为人的耳朵本来都是竖着的。不知何时起，经常在“戏匣子”里听到主持人亲切地对听众交代：好了，现在就请您竖起耳朵，聆听我们的声音。让什么把耳朵竖起，又聆听怎样的教诲，可爱的是当事者觉得并无不妥，这可如何是好。

上了年纪往往不自知地落下唠唠叨叨的毛病，自认为有了足够的阅历和经验，于是就放任固有的主见和乖戾的脾气。有时以为赶上了时髦，其实极有可能早被落下十万八千里。当今社会，最容易得到的，就是信息的获取和学问的探究，假如时时扮成一个“知道分子”，喋喋不休地好为人师，有教养、太亲近的人，不会表现出反感，但总会出现尴尬的局面。于是经常记起紧睁眼、慢张嘴的俗语，可是话说千遍，真能做到还是挺难。

婴儿清澈的双眸和沉静的睡眠，给人以纯真的向往和安逸的遐思。此刻，他们还不具备说话的能力，发不出只言片语，但却成功地吸引了众人的关爱和注意。而当成年人尤其是渐入黄昏的老者发现“听我说”已然不好使后，及时调整为“您说吧，我听着呢”，应该会获得其乐融融的效果吧。因为在这个世界，发声者如若不想自讨没趣，需要一直拥有至高无上的威仪和掷地有声的话语权，可能吗?

褪去铅华：只为拎清真实的斤两

一位三线演员，长相不是很惊艳，但还算顺眼，也有辨识度。但最近却被网友吐槽大不如前了，本人于是发飙回怼道：你不整说你丑！你整了说你残；为什么要在意别人的想法？做自己最好。姑娘这后半句说得对啊，既然有这样的认识，又干吗非整不可呢？不过脸是她自己的，整与不整，她开心就好。

想起多年前一位同事，当时已届不惑，每天总会有各种理由迟到、早退。最离奇的一次，是跟大伙儿敞着嗓门、眉飞色舞地解释："今儿早上出门，穿了这件短裙，后面一男的开车跟着我，吓得我赶紧又回小区了，然后那哥们儿在楼下一直盯到这会儿。"唉，可爱的徐娘，为了圆一个慵懒的谎，咋就这么豁出去了呢？

说一小鲜肉在片场赶上天降微雨，为躲避便在雨中疾跑，撞倒了美女助理："别跑啦，打开你手里的伞啊！""你傻呀？打开伞我能跑得快吗？"

一程序员刚换了工作，在新单位楼下吃早点，赶上摊主不支持移动支付，于是让妻女送来八块钱。"看到五岁的女儿攥着钱跑来递给我，又尴尬又幸福。"可是，爷们儿，你确定自己没有患上社交障碍功能症吗？

极其熟稔的一码字君，数年来笔耕不辍，以每周一文的速率发出自己的感知，希冀这些哲思和史迹有朝一日能产生振聋发聩的效应，但总是不温不火，应和者寥寥。忽一日，在圈里发了一张垂垂老者林间漫步的旅游留影，并配发一首名曰《自题》的七言绝句：井冈竹海有闲翁，京城职场亦从容。招展旌旗今犹在，诗书漫卷终作空。虽对仗和平仄均不讲究，却引来蜂拥关注，于是感慨道：换个角度审视一下自己，不困顿在固有的认知范围内，才能真正豁然开朗。

如此，把自己看轻的那一刻，虽然需要付出沉重的代价，或许才正是一人、一家、一国最有分量的时候。

殊途同归：技术流艺术流原本不分伯仲

现如今理工男、程序员横行天下，互联网成就了他们的高薪高职，融媒体恨不得成为一句嘹亮的口号，没有大数据做依托干脆就别张嘴，金融领域里的精算师俨然成了支撑天下的栋梁。社会发展到今天，百无一用的文科生不免要弱弱地问一句：当初那1300年，考取状元真的只需一篇八股文吗？

赶紧去问度娘，结果还真是。文状元就是一篇八股文，武状元就考射箭和举重。由于采用分科取士的办法，所以叫作科举。如此打破了世家大族的特权垄断，扩大了统治基础，促进了社会稳定。但导致官僚队伍壮大，从事科研的人才相对稀少。

于是又重温了将相和的典故：战国时赵国舍人蔺相如奉命出使秦国，不辱使命，完璧归赵，封为上大夫；又陪同赵王赴秦王设下的渑池会，使赵王免受侮辱，被加封为上卿。老将廉颇则认为蔺相如不过是一介书生，只有口舌之功却比他官大，当然最后以负荆请罪为终。

老话有吃不穷穿不穷，算计不到就受穷的说法，似乎家国都是靠盘算着过日子，才保持长盛不衰的。其实这样的认知很是片面，历史上没有哪个国家是通过算计强盛起来的；生活中哪个家庭财富的增长，也不是仅仅靠家门出了一个会算计的当家人。总有人拿“你不理财财不理你”忽悠普通百姓，问题的关键是你得有财，而第一桶金的获取，肯定不能指着精打细算得到。

如此，技术流以精于算计为自豪，艺术流把善于挥洒当骄傲。其实，穷其一生，只要心智没有欠缺，最终并无太大差异。只是崇尚技术流的人生，都是在小心翼翼但自得其乐中平稳度过的；而遵从艺术流者，更多是在跌宕起伏中风风火火地一路走过。

当然，不入流者另当别论。匆匆忙忙来过，辛辛苦苦熬过，浑浑噩噩走过，现实生活中，这样的人还是大量存在的。

温情永远：让这些真实故事告诉你

那时候发小儿大华子还年轻，刚刚娶了纤细文弱的妻子。婚后很长时间没有小孩，很是让人心焦。慢慢地抽烟喝酒玩牌，两个人的日子过得磕磕绊绊，汤是汤，饭是饭。

后来各奔西东，少了联系。只陆续听说他女儿出生了，换了几次工作，总想整点儿营生发财，也没有什么大的起色。再往后就传来他得了重病、熬了一段时间就撒手人寰的消息。等前两年见到他妻子，只一句话：唉，甭提了，活儿都让我干了，病都让他得了。

如今，他的遗孀把公婆留给的老宅翻盖成三层小楼，开办了农家客栈，算是对他的一个祭奠。

学弟小张儿子出生后，媳妇就被确诊为乳腺癌，弟妹看到我来了，把小张支开："哥哥，我不会拖累他太久。只求你帮我盯着点儿，我活着的时候别让他乱来，我死了也别让他受罪。"转达给小张，得到的回答是："哥哥你放心，我不会让你操心，也绝不会让她伤心的。"而另一位一直暗恋着小张的学妹则对我表示："哥哥你看着，我肯定不会给他们添乱。"

此后的整整九年，小张一家安稳度日，孩子也慢慢长成了半大小子。那位远远观望的女同学，不恋不嫁，静静地恪守着诺言，直到孩子的妈妈悄然离世，默默地嫁给了小张。

前些日子，两口子给唯一的儿子操办婚事，又想起了见证他们这段温暖生活的我，不禁涕泪唏嘘。

同事老王的老伴儿走了之后我们才知道，自打二十年前夫人病休在家之后，老王一直就是家里家外一把手，上上下下地打理着日子，用相濡以沫不足以描绘他们这一世的婚姻。看到老王泪眼朦胧，还要忙前忙后的身影，紧紧握着他颤抖的双手，无言劝慰。年届七旬，却迎来这痛彻心扉的解脱，该如何让一个并不威猛的汉子坚强挺过。

正所谓：鸳鸯瓦冷霜花重，翡翠衾寒谁与共。

于是不免让人感慨，每每发出那句“愿天堂里没有病痛，只有欢乐”的祈望，这个时刻，该显得多么苍白无力、于事无补。

因为永远的温情，只生动地存在于你我或欢愉或艰辛地生活着的这个世间。

远走高飞：再聚首已然物是人非

又到了，微雨迷蒙、梅青竹绿的毕业季。

有多少往事，重上心间，仿佛就在昨天。

当年那一帧师生合影毕业照，青涩、本分，齐整、规矩。

多少人就这么散了，便不再团聚，即使相见，也没有了从前。

少芳和二双那时同在县城高中的文科班就读，热恋让他们忘乎所以。

等毕业我们就结婚吧。从小在县城长大、学习尚好的少芳说。

那敢情好嘞。来自乡下的二双能考进县重点，全靠一股子机灵劲儿。

于是高考那几天，少芳故意丢题落题，二双也说根本就没好好答题。

发榜了，少芳如愿以偿、名落孙山；二双遮遮掩掩、进了中专。

你等我三年，毕业后就回来娶你。二双信誓旦旦，少芳泪眼扑簌。

三十五年过去，对于二双，只需弹指一挥。

家乡的斗转星移，之于少芳，该是怎样的雨雪风霜。

这一天，已然做了局级官员的二双，要回县城和老同学相聚了。

有好事者帮着联络张罗，也有人把消息悄悄传递给了少芳。

推杯换盏，微醺的二双远远地大声问询：你怎么那么像少芳啊？

哦，你认错了，我是她姐姐少芬，她有事来不了，让我问你好。

妾弄青梅凭短墙，君骑白马傍垂杨。

白乐天诗里面的女子，怀揣的该是怎样意重情浓的深切思念啊。

风停了，雨住了，再回首恍然如梦，再回首我心依旧。

只是，看透了人间聚散，能不能多点儿快乐片段。

于是在心底，又默念起那个年代那首朦胧小诗：

两幢摩登的楼

夹成不长的甬道

细雨蒙蒙

向街心轻轻飘洒

撑起红色的蘑

粉色的蝶

和丛中的悄悄话

融进丝丝幽怨

和根根白发

走远了

七月的风

还是在泥泞路上

只收起

斑斓的五色花

迷蒙中的坚毅

这几天湿漉漉的，空中不时传来几声轰轰隆隆的响动，只是总也成不了气候，正所谓雷声大，雨点小，很是黏人。

而这几年总有一个浮躁的论调在坊间飘动，似乎职业尊严、职业方向、职业自豪感与获得感越来越让人迷茫。但当我们走进热火朝天的工作生产第一线，俯下身子真切地和普罗大众做一番掏心掏肺的交流，看看他们朴素真实的日常生活后，空调房和电脑桌旁的无论宏图大略还是顾影自怜，顿时就显得苍白和纤弱。

早年间到了这样的时节，农民会早战晚战——三夏大忙让他们不得不挥汗如雨：到手的好收成要颗粒归仓，大田里的庄稼得茁壮成长。而当傍晚的“双绛”化作西天的彩云，月牙挂上了晴空，伴着草虫低吟，树影斑驳，摇动着手里的蒲扇时，乡居的人们又有着怎样的一番惬意。

这样的场景，还有谁静心追忆；这样的岁月，还有谁梦寐以求。“一场大雨后/彩虹划过天空/美丽再次绽放/我要我的自由。”这歌唱得是如此洒脱，但夜深人静，扪心自问，究竟怎样的物质与精神，才是我们前路的尽头。

只是，天，就算不再晴朗，我们依旧需要阳光明媚的坚守；人，哪怕无须再见，彼此仍然有着初心不变的问候。

技与艺的交融统一

这个夏天，洋溢着欢快，也充满了离愁。这几日，身边又有一些孩子离开高中校园，离开了朝夕相处的同学和老师，甚至告别了学生时代。

一年一度的高考志愿填报，哪些技巧会让考生如愿以偿，这样的历程究竟需要的是技术还是艺术，这看似并非同一范畴的本领，竟如此有机地融为一体。

两年一届的北京市的士艺术节已经连续举行了三届，的哥的姐们将他们的才艺展现出来，一次比一次水平高，一些歌舞可以说颇具专业水平。的士司机当然靠开车的手艺养家糊口，然而每天十几个小时的劳顿，丝毫不影响他们对琴棋书画的向往与热衷。安身立命和多彩人生，在他们身上，似乎从来都是对立统一的。

技术是关于劳动工具的规则体系，其目的在于提高劳动工具的效率性、目的性与持久性。艺术，是才艺和技术的统称，是用形象来反映现实但比现实有典型性的社会意识形态。如此晦涩，还是让我们钻进阁楼，到故纸堆里寻求标准答案吧。

“我叫蔡澜，听起来像菜篮，买菜的篮子，所以一生注定得吃吃喝喝”，这是蔡澜微博里的一段自我介绍。身为美食家，他毫不掩饰对于吃的热情。蔡澜与金庸、黄霑、倪匡并称为香港四大才子，有食神的美誉。就像职场上存在领导艺术一样，吃吃喝喝这样的大问题，也一定需要技与艺的完美融合，正所谓色香味俱全，精气神兼备。

红了樱桃，绿了芭蕉。往事有如一幅水墨画，有的淡淡地离去，有的却浓重地留存下来；而当如今的平素时光终究变成过往，又有多少人和事，让我们由衷感喟，让我们静夜沉思……

窗冰花与年夜饭

“昨夜无人画，今早窗上挂。没用七彩色，神功一奇葩。”窗冰花无疑是我们每个人对童年无邪而美妙记忆的印记。词人有“岸边观月斗转星移，窗前赏花杨柳新芽”的感叹，农谚则说“三星冲南，又过一年”。但无论如何，举家团圆的年夜饭该怎样个吃法，都不该成为城市乡村共同关注的大问题，因为没有人真的相信，AA制会有七成人赞成。

“城会玩”这样的简缩语，有多少人知道它原本的含义和衍生的太息。“远冷风沙穷”，是25年前主政延庆的一位领导对当时这个塞外山区的高度概括。如今，美丽乡村，京郊夏都是她的代名词；百里画廊，四季花海成了她的真实写照。“巍巍海坨山，长城碧连天；雄关塞外，绿水青山，那里有我勤劳的祖先。”这样的唱词，依旧不能忘怀；那里的乡亲，总被深情惦念。

窗冰花当然会随着初升的暖阳渐渐消融，过冬的衣被开春就会被收纳起来。城里人说的五九六九，开门大走，和乡下人说的五九六九，河边看柳，其实都在表达着对春暖花开的热切盼望——无论是城里人还是乡下人，谁又能否认我们原本是一家呢？就像我们追忆童年的那份纯真，从来都分不清哪些是城市的，哪些是乡村的一样。

深切地企望，城外那些还没有发达富足的乡村和那里的父兄姐妹，都能在酒足饭饱之后，和城里人一样再次回想起幸福童年里奇妙的窗冰花，都能就着眼角泛起的浓浓笑意，咂摸着其乐融融的年夜饭……

何处春风稳稳吹

“花朵开在落叶之上，绽放的幸福，吐露忧郁。”这样的诗句如今还有谁去咀嚼，不得而知。只是看到窗外银杏树金黄的叶子似乎刚刚被凛冽的寒风一夜催落，眨眼间又挂上了新绿，于是兀自感叹：春花秋月，初阳暮霭。昨夜东风吹破，山寺人间花海——暖暖的春天真切地来啦。

前几日，音乐人李海鹰、唱作人杨乐等演艺界大咖和热心听众做客京城一家极富影响力的文艺广播媒体，在直播间里一同感叹光阴似箭。花甲之年的他们风采依旧：《弯弯的月亮》婉转了几代人的乡愁，而《音乐响起》又触摸了多少泪流满面的柔软。在北京上空飘荡了22年之久的这家文艺广播，记录过多少演艺界的人生起伏和世态炎凉，陪伴了几代听友的青葱岁月和欢乐时光。

常听有人说起，退休生活惬意美妙，除了旅游遛鸟，就是种花养草。但是仔细了解，却发现没那么简单。“莫道今朝花似雪，常忆当年月如钩。金戈铁马凌云志，化作乡愁绕指柔。”如此，是否准确描绘了这一人群落寞中的悠然？

她，京腔京韵，情韵流芳；她，不浊不飘，清脆真切。她，就是北京市非物质文化遗产——京韵大鼓。有详细的文字告诉我们，这一源于清末民初，曾流传于沧州河间一带的民间曲艺，至今已传唱百年。而其艰难曲折的发展历程，同样并非一路春风。

“有一天，开始从平淡日子感受快乐。看到了明明白白的远方，我要的幸福。我要稳稳的幸福，能抵挡末日的残酷，在不安的深夜，能有个归宿。”——稳稳的幸福，我们谁都需要。

可谁能告诉我，哪里的春风，会一直稳稳地吹，而我们，又将被吹向何方？

相忘在仲夏夜

“辣椒是我的灯笼裤，蚕豆皮鞋咔咔响。你要问是哪一个？我是小木偶，名字就叫小叮当！我是小叮当，工作特别忙，小朋友来信我全管，我给小喇叭开信箱……”如今，有谁还能把这首电波中的儿歌完整地哼唱出来；又有谁能告诉大家，给几代人带来童年欢乐的《小喇叭》，还在准时准点儿地播出吗?

高三最后那节课，严肃的政治老师依旧认真地点了一次名。如此宝贵的时间，她只是和全班漫无边际地聊着天：感谢大家忍受了整整三年，想记住你们每个人的脸。然后在黑板上规规矩矩地写下“年轻真好”四个大字，再转身，已是泪流满面。

西屋的光亮，来自那只顶棚上坠下的黄灯泡，屋里的地是碎砖头儿砌出来的，两爿土炕，一爿灶台，全家八口人寡淡地过着日子。姥姥还在打扫着堂屋外飘转的绿色落叶，十来岁的姐弟仨带着一身土跑进院子，吵嚷着还没吃饱，抓起剩下的两个烤土豆，转身又钻进暮色里。老爸“早点儿回屋歇着”的呵斥，似乎真的就是耳边风。那年夏天真热，那个家现在散了，我想它了。

是的，明眼人早已看出，这样的描述，想表达的正是，相忘，恰恰是因为早已铭记。

欢愉在“费厄泼赖”中

“早晨没刷牙你们不让吃东西，晚上刷了牙你们也不让吃东西，你们还讲不讲道理。”在一个三岁男孩的心目中，这样的规则简直没有天理。至于什么是Fairplay，他不去也不必了解。

然而，被我们的文化先驱译为“费厄泼赖”，意即公平游戏的这一语词，当它不仅仅局限在体育竞赛的原本范畴后，在成人世界里就真的在不折不扣、一以贯之地实施着吗?

巴西里约奥运会如箭在弦，相信地球村里的体育健儿，会全面恪守“费厄泼赖”准则，给全球带来一场痛快淋漓的体坛盛宴。是的，凡游戏，必有规矩，遵从秩序，方乐而无忧。但就像世界杯赛场上类似“上帝之手”的事例不止一次出现一样，规则之外的东西似乎并非都是懊恼。

而所谓同学，其实就是这样一群人：他忘记的，你还记得；你没印象的，我却一直珍藏。大家的记忆拼在一起，就是那个白衣飘飘年代的原始样貌。因为曾经朝夕相处，所以才会毫无芥蒂；因为男生都曾似上城的“陈奂生”，女生尽如打官司的“秋菊”，所以时至今日，也才并无尊卑。“费厄泼赖”精神，似乎完整地体现在每次同学聚会时。

8月的里约正值冬季，尽管最低气温都在21摄氏度以上，但举办夏季奥运会，多少有点名不符实。如同在社会生活中，“费厄泼赖”所指的公平竞争，恰恰忽略了“对等性”这一重要元素。因而在这一精神发源地的英国，更多地利用着它的补充含义：不要过于认真，不要穷追不舍，和谐快乐，才是人类的终极目标。

如此，当孩子们困惑于牙是刷还是不刷这一重大课题时，家长们是否也可以不必过于强调规则的严整，从而让每一个置身“费厄泼赖”氛围中的社会成员，更多地领略他们应得的那份欢愉。

旧日的时光

老北京有一首童谣，当不待见某个小伙伴儿时，大家会起哄道：跟我学（xiáo），长黄毛；跟我走，变黄狗。其实用不了屁大会儿，大家又在一起玩得其乐融融。只是从那时起，便晓得了融入团队虽然很重要，但保持独有个性，同样很有必要。

一家咖啡馆挂出了一块牌子：对不起，本店没有Wi-Fi，请和你身边的人多多交流。如此真情告白，瞬间击中了许多人的心，觉得真棒。可没过多久，这家咖啡馆便倒闭了。

多纳托雷是拍过《海上钢琴师》的国际著名导演，冯小刚问他对潮流这玩意儿怎么看，他回答：如果一块表走得不准，那它每一秒都是错的；但如果这表停了，那它起码每天有两次是对的。没有Wi-Fi的咖啡馆一定很温馨，而它的倒闭不一定是因为没有Wi-Fi。

是的，促膝谈心，面对面的交流，从来不会被其他沟通形式所取代。如今这样的交流的确越来越少，但更显得弥足珍贵。匆匆忙忙、慌慌张张的都市职场生涯，让人更加向往简约的慢生活，哪怕是在冬日周末，品一曲咿咿呀呀的传统唱腔，抑或做一次深刻的慢阅读。

“小小子儿，坐门墩儿，哭着喊着要媳妇儿。”“拉大锯，扯大锯，姥姥家唱大戏。”如此这般，正是由于旧日的时光，儿时的伙伴，留给人们的，都是美妙的记忆，因为长大后，我们都有意无意地剔除了当年的阴霾。

交错与混沌的时光

青春不老，岁月慢行。悄无声息地，我们在霾与雾的灰黄中遁入新的一年。

苏轼曰：逝者如斯，而未尝往也。都市里，多少人来去匆匆，只怕被时代的洪流抛却，而当一人向隅时，更多的是回味慢生活的美好时光。一方面我们怀恋小时候的味道，一方面我们又千方百计逃离生养了自己的家园，如此纠结地，我们一步步走向两鬓带霜。

二十多年前，京郊昌平沙河北，朝宗桥曾是进出京城打尖儿歇脚的必由选择，自打八达岭高速建成之后，尤其是改名京藏高速至今，曾经的呼朋唤友，曾经的美味佳肴，如今都杳无踪迹，甚至不能鲜亮在匆匆过客的记忆中。

业界有人说，新浪和搜狐早已沦为传统媒体，而提起京城互联网的先驱者，谁还记得瀛海威？谁还感念张立新？但那个风风火火的强女子营造的第一个网络神话，她不无怅惘地感叹 “长江后浪推前浪，前浪死在沙滩上” 的一举手一投足，依然像一张张动图，活泼泼地在眼前跳跃。

从互联网+到相互深度融合，一波波浪潮似乎总也没有形成大趋势，现象级的产品至今也没有一个量化了的说辞，像歌里唱的那样：“一步步追不上离人影，一声声诉不尽未了情。”在遗憾与追悔中，我们不把自己抑郁成疾，似乎都是一件艰难的求索。

罢了，能搞清百年传承方闪烁非遗之光，能让更多的人明白腊八节为什么吃粥，已然是一件功德无量的事了。

因为，只有厘清思绪，方能远达千里。

傻狍子和黄大仙

这个鸡年，民俗专家又落空了，都过了十五，也没让大伙儿整明白到底是公鸡年还是母鸡年。倒是那些创意团队鼓捣出了各式各样禽类玩偶，糊弄得三岁妞妞回姥姥家拜年，非跟姥爷说鸭子年吉祥如意。不光如是，有好事者还让平素并不招人待见的黄鼠狼着实火了一把，顺便捎上了它的堂弟伶鼬，没辙。

记得二十几年前，刚刚混迹京城时，坐着两块钱的蹦蹦车带孩子上学，眼瞅着一板车十几箱鸡蛋倾覆在广院门前的路边，我的感叹是三轮车夫这下赔惨了，而六岁的女儿则心疼鸡妈妈这好多年的辛苦算是白费了。是啊，明明千辛万苦创造财富的是其貌不扬的母鸡，等它幸福地高唱着“咯咯哒”时却被人呵斥，而平日趾高气扬只干些“踩蛋儿”打鸣事由的花冠子公鸡，则每每成为同类的代表和象征。

东北那旮旯的神兽傻狍子究竟有多傻，网上罗列出了三二一诸多条目，有实在看不下眼的大善人规劝道，狍子都傻到这份上了，咱就别再动心思算计它了，可残酷的森林法则和食物链并没有半点儿开恩的痕迹；华北这一带的黄鼠狼被尊称为黄大仙，可绝不是给人带来祥瑞的意思，恰恰相反，谁要是沾惹上它的臊味，那可是极其晦气的。顺便科普一个乡野常识，黄鼠狼绝对爱吃鸡，吃不下了它也会咬死。别的地界儿不敢断言，塞外老家，冬夜里鸡窝兹要有动静，一准是黄鼠狼在作祟。

机敏的黄大仙人们都避之不及，憨蠢的傻狍子大家又嘲讽有加，唉，这可如何是好。难道卑鄙是卑鄙者的通行证，高尚是高尚者的墓志铭，就永远是生物界的金科玉律了。

呼吸在同一天空下的深度雾霾里，出没于广袤大地上的凛冽风雪中，我们既不情愿“撞克”上黄大仙，也不甘心总做一只傻狍子，您说是吧?

梦里春风无色颜

村头大槐树下，一根木杆儿上挑着一盏昏黄的汽灯。囚了整整一冬的男女老少，这阵子像往年一样，晚不晌儿只要放下碗筷，就急火火地聚拢在这儿。天是暖和些了，可还没到种瓜点豆的节令，所以还能舒坦地闲散个十天八天。

是四爷爷又讲起他以前的事了：那年月，穷啊。吃不饱穿不暖，还要走上几十里路进山采药，就寻思着能娶个媳妇，有个家。说起来俺比那些臭小子勤快多了，吃的苦就甭提了。最后咋样，俺成了村里第一个过上好日子的人。

四爷爷如此描排，怕不是一日两日一年两年了，直到有一天四奶奶洗刷完了，踮着小脚也来到大槐树底下，听了四爷爷的爽朗笑声，接茬道：对，勤快，勤快地骗了财主家的小女儿做老婆，就过上了好日子。四爷爷颤了颤嘴角，嘿嘿地收起了得意的笑脸。

选择要比努力重要嘛，村里的秀才当初怕是也概括不了这么精到。种瓜得瓜，种豆得豆，每年春上，老人们都会用这样的农谚激励一代又一代的年轻人，而年轻人则在网上用漫画的形式给予轻微的回击：很多时候我们努力半天，结果不过是个屁。孰是孰非，怕是千百年来的社会实践，会给我们一个公正而明晰的答案。

正像社会学者问过许多人那个问题一样，还记得您做过的梦是什么颜色的吗？春风十里，百花争艳，但谁能告诉我，风的颜色？

如今，四爷爷走了小二十年了，四奶奶成了村里唯一的百岁老人，每年重阳节，上面都会来人看望她。四奶奶越来越耳背了，谁的话也不喜欢搭了……

头顶上的精灵

意大利人科洛迪笔下的匹诺曹，是个一说谎鼻子就变长的小玩偶，到现在100多岁，应该早就成精了；蒲松龄笑骂皆文章，笔下的鬼怪颇有性格，倘若不转世，得有370多岁，可称老狐仙了。天地倏忽沧海桑田，什么物质历经千锤百炼，能成为浩瀚宇宙的百变精灵，人类智慧眼下还不能回答这个问题。

都说头上三尺有神明，可心里头的良知，每个人都自然生成、永久携带吗？于是，在东方的某个角落，我们更多感受到了曹匹诺的真实存在。

曹匹诺说："嗨，你们知道吗，俺三叔曹操的墓地被发现了，可是没有大人的尸首，简直了，那本来就是小曹操的坟茔嘛。"

曹匹诺又说："对了，你们给评评理，花果山本来就不止一座，猴哥一个跟头十万八千里，他咋就不能住两个地界儿，争来争去的，有啥意思。"

曹匹诺还说："早年间就有一任清知府，十万雪花银的说法，现如今房价十万一平方米，你们非让人说清楚款子的来路，无聊不无聊！"

曹匹诺还又说，曹匹诺又还说……可爱的曹匹诺，你"特么"可真能说。

天暖和了，地底下的生灵都活泼泼地来到了阳世间，活着的人和走了的人，极容易春分过后，在梦里梦外进行细节丰富的对话，于是便有了清明祭祖的习俗。小时候听老人们说，灯头冲下，人鬼不分。囫囵着，并不知道个中寓意，现如今看得经得多了，于是心有戚戚焉。

轰轰隆隆地，春雷乍响，眨眼间天地迷蒙，是要播撒春雨了吗？但愿神仙打架，百姓遭殃的桥段不再重现。

囫囵着&混沌着or清明着

电视连续剧《大宅门》里有一个桥段：后厨面案的师傅家里揭不开锅，趁着夜色偷了一袋白面被逮个正着，二奶奶得知年轻气盛的七爷不依不饶，出面调停，一句厨子不偷，五谷不收，算是把事情圆满解决。

记得刚刚戴上红小兵臂章的时候，每天都到大队部看当日的报纸，虽然还不能完全整明白，但还是囫囵个大概。那是一个深秋的傍晚，浏览完当天“人日”的“北日”的还有“参考”，恍惚中看到外屋墙角处有一团物件，便好奇地想凑近看看，值班的治保主任低声吼住了我：小孩子家家的，赶紧回去。正纳闷呢，那一团物件发出痛苦的呻吟和尖厉的谩骂：郭阎王，我靠你娘心！

好几年过去了，我才断断续续地把这个场景还原：40多岁的刘长腿上有老下有小，三个孩子常常吃不饱；偷了集体半麻包玉米，郭主任用“老头看瓜”的手法把他捆绑了一天一宿；因为不能动弹，水泥地又硬又凉，刘长腿满地蹿稀……

郭阎王原名记不真切了，只知道那个年代他改名郭革命，据说很多年后出殡时，队上没几个人给他送行。

小时候姥姥总念叨说不聋不瞎，没法当家。每当有人让她评评理或者断是非时，老人家总是劝解道：“翻饼烙饼油炸糕馅饼，反的瓦正的瓦，都在你家房檐上。”后来知道孔老二原名孔丘，大号孔仲尼，被尊称孔子，也叫孔夫子，他的孝子贤孙一直在这颗蓝色星球上繁衍生息，似乎明白了许多道理。

懂点儿黄经节气的人都知道，一年到头只有春分、秋分、冬至、夏至四天昼夜明晰，而八月十五要是云遮月了，正月十五也未必雪打灯。其实从远古到现今，大多时候都是天地合一，混沌不开的。倘若真的做到了物我皆忘，还去算计何日清明，不知有何意义。

为什么我不知道

记得20世纪80年代的大学校园，一个月明风静的夏日傍晚，图书馆里白衬衫、花衣裳都在屏气苦读。突然“啊”的一声大叫，令人惊悚。只见一位个头儿不高、身穿军褂的男同学手里举着半块板儿砖，怒目圆睁，一位虎背熊腰的同学头上滴下了鲜血，一脸懵头懵脑，看着四周。不大一会儿，几位同学控制住了打人者，保卫处的老师也赶了过来。

如此不协调的一幕，自然引起了全校的震动。是斗殴，还是误伤？是情怨，还是家仇？是少年懵懂，还是哥们义气？过了一段时间，事件的来龙去脉便有了分晓：只因挨了一板儿砖，那哥们曾经并无所指地说过气功毫无作用，而那位男同学则是笃信者，他说我有病，我俩到底谁有病？

现代医学界定了人格障碍的概念，同时对人格缺陷也有所框定，只是很少有人正视这类人群对社会的影响。而越是心理处在亚健康状态的人群，往往越坚信自己是人格健全的。于是，这个司空见惯的现象引起了俺的关注和思考：为什么打呼噜的人声音那么响，而他自己却听不到？

准确答案度娘早就告诉了我们，只是希特勒从来不认为自己是与人民为敌的，就像被公认相貌平平的女人也喜欢被称作美女一样，人类的自我认知往往与实际状况相去甚远，且常常以己之长去度量他人之短。

大学时代那位拿板儿砖拍花了同窗的男生，就因为同学们认定了他真的有病，连保卫处的老师最后都谈之色变、避之不及，直到最后毕业也不了了之，只是不知道现在他过得咋样。

何似在人间

城里的共享单车像春天盛开的花朵，只是丝毫没有凋谢的痕迹。于是想起了小时候乡下，靠“腿儿着”赶路，自行车还算是金贵物件儿的日子。

记得那时家里还是有一辆旧自行车的。这天，老爸又把这辆“永久二八大梁”鼓捣出来，甭打听，过一会儿张叔他们就会过来：拿拿龙，膏膏油，换几颗珠子，修修脚蹬子……这辆老掉牙的车子，只是老爸一个喝酒小聚的道具：多少年了，每隔仨俩月，它都会被拾掇一番，每次都是张叔他们来帮忙。直到有一天它终于颠簸得散了架，哥几个见了面吵嚷着，以后再也喝不上老哥的酒了。老爸则回应道：啥时候想喝酒了，哥哥我砸锅卖铁也给兄弟们淘换去……

子孙们的日子，当然越过越红火。看过网上有这样一个段子：一哥们儿和发小儿出了车祸，昏迷了过去。醒来被告知可能下半生再也不能下地走路了，这时发小儿坐着轮椅来了：嘿！往后咱们可以做伴了。家人的照顾，生活的富足，这哥们儿三年后奇迹般地站了起来。他到处走了走、看了看，然后决然地又坐回轮椅上去见发小儿：我觉得还是这样和你在一起比较舒服。“不，伙计，我已经等了你三年！”发小儿说完，径自站了起来。

如果说老爸那一代因为穷困，为了每次的二两小酒，还能保有砸锅卖铁的情谊，那轮椅上的世间真情，如今还真的有吗？

就像有人感慨的那样，时隔多年，你终于回到故乡，忽然发现你想念的其实并不是这个地方，而仅仅是你的童年。而无论是忠贞的爱情，还是纯真的友谊，都能清澈如初，真情实意，经年不变吗？

难不成起舞弄清影，此情只应天上有？但愿并非。

倘若我们真的老了……

这个春夏之交，一场子虚乌有的“鸟巢慈善发钱大会”，惹得大批老人听信传言，千里赴京且迟迟不肯散去。有评论表示不懂了：本来人到老年应该什么都看淡了，可为了免费领几个鸡蛋、几斤粗米心甘情愿被洗脑，几十年的生活经验哪里去了?

是骗子有如神助，还是老人越活越糊涂；是世界变化太快，还是贪心总在作怪?反正身边老人执迷不悟以致倾家荡产的事例屡见不鲜，多少睿智贤达的专家学者，散了场子自己又是怎样过活的，也不再是什么秘密。我们可爱的长辈们抛却积累一生的磨砺艰辛，对那么多假话空话瞎话鬼话笃信不已，也是让人醉得够够的了。

“当你老了/头发白了/睡意昏沉/当你老了/走不动了/炉火旁打盹/回忆青春。”两年前的《中国好歌曲》，赵照这首《当你老了》源于对母亲深厚感情的歌曲传唱在大街小巷，但原诗《when you are old》，则是1889年1月30日，二十三岁的爱尔兰诗人叶芝献给美丽的女演员茅德·冈的。

叶芝对于茅德·冈一见钟情，一往情深，后者则始终拒绝。直到52岁的叶芝向已经死去丈夫的茅德·冈再次展开攻势，甚至向她女儿伊莎贝拉求婚依然被拒，才停止了这无望的念头。事实上，叶芝还是无法忘记茅德·冈，直到生命的最后几个月，还写信约她出来喝茶，但仍旧无果。

那一年，有作者拿着编好的林徽因诗文样本，让已经衰老得瘦骨嶙峋的金岳霖过目，问他可否为文集写点儿什么，半个世纪的情感风云还是在他脸上急剧蒸腾翻滚。终于，他一字一顿、毫不含糊地回绝道：“我所有的话，都应该同她自己说。”显得那样神圣与庄重。

是啊，不管是芸芸屁民，还是灼灼诗神，抑或煌煌大家，当我们老了，走不动了，真的能做到不贪财，不好色，不恋栈过往吗?不知道!

何以忘情山水间

《这么慢，那么美》是瑞典作家罗敷所著的一本鸡汤之作，讲述了慢出精彩，慢出美好，以简博繁，有舍方得的人生哲理；近日那位格斗狂人二十秒的搏杀，把个安居乐业的现代生活，敲打得支离破碎，让人瞬间坠落到了蛮荒时代。什么是真，什么是假，什么是情，什么是爱，当今世界哪里还需要睿智谋略，哪里还存有义薄云天？一阵喧嚣，几记老拳，齐活。于是，一时间江湖大乱。

“这么近，那么美，就在河北”，五年前，北京的近邻为自己打造的这句广告语，令人艳羡；这几日，土豆网的橱窗有“取悦别人很难，逗乐自己简单”的宣传语，言简意赅；前两年，巷口那爿捏脚屋“唯吾知足”的招牌，因为对“口”字的合理运用，匠心独具；只是头两天看见街头很正统的题板，写有“祖国江山美，全赖党旗红”的标语，就有点差强人意，不耐琢磨了。

大千世界，从来都是林林总总熙攘纷繁，穷则独善其身，达则兼济天下并无不妥；齐家治国平天下，那是古往今来志士仁人的一腔宏愿。道佛禅儒，任谁都可以把一部薄薄的《菜根谭》作一番淋漓尽致的说解，只是忘了当代的一副楹联：自古科学无神使，由来实践是英雄。

且莫谈国事春秋，也不论古今中外，还可抛江河湖海，更淡看清风明月，单就一个男女情缘，又有谁能忘乎其间：曾经想过，再相遇，该是怎样的场景，会懊悔，会追忆，会嗔怨，会歉疚，会相视一笑，会抱头痛哭……而若再相逢，已若无其事，那才是最残忍的报复。因为你给我的，和你给他的一样，那我还要它作何。

但现实是，过眼的红颜，风吹云淡，唯有你的双眼，映在我心间。放眼望，天际远，你就在云水之间。

如此沧海桑田，竟叫人如何相忘于天地人寰。

真水无香自清流

一起玩得挺好一哥们儿，前些日子突然轻微脑卒中住院调理，亲朋好友一通关心教育，献计献策，可谓煞费苦心。只是俺觉得每个人的身体条件、生活状态、成长环境等都不一样，怎么可能靠一个办法就管用呢？一时一事不尽相同，随心所欲但不放浪形骸，心思周到但不必过于缜密，一切都会释然。戒烟戒酒戒吃戒喝戒色，干脆戒活吧，呵呵。要是靠禁戒可以身心健康，长命百岁，那大伙儿都叫八戒得了。

想一想五十多年的老爷车，电路、水路、油路、发动机还有车身、灯光、漆色都会有这样那样或轻或重的毛病，到了这个岁数，出现什么情况都正常。兹要不报废，还得接着开，人的生命其实就这么简单。小心翼翼地苟延残喘，毫无意义，您说是不？俗话说，人生有三苦，撑船打铁做豆腐。咱没吃过这些苦，所以更要珍惜眼前的一切，不是吗？此所谓五十而知天命。

有道是，水一旦深流，就会发不出声响。不觉得那些呼朋唤友、身边始终有一群人围绕的社交达人，内心深处会没有寂寞；也从来没发现因为私底下多看了几册书，多念了几遍经，然后借助现代传媒手段，不失时机地四下里嚷去，就会被人称作大家，当成导师了。即便他自己感觉已经羽化成仙，迟早也是昙花一现，转瞬即烟消云散。

这个周末，又到了长城以北的那个农家小院，散淡赋闲，悠然舒坦：柴扉土狗，清风拂面；火勺熏肉，照吃不误；故土不离，天高云淡。已经出院在家静养的那哥们儿得知后由衷地艳羡：正所谓远离喧嚣的生命，才恰如一汩无色无味的清冽甘泉，无论跳脱，还是舒缓，都会那么安然。

给三个挚爱的女人

还没到端午，京城就暑热难耐，夜里开着空调睡觉，姐姐打来电话说着家长里短，一会儿非让我把空调关上，我说没事，热得直冒汗。姐姐说，我这特冷，肯定是你那边的凉气吹过来了，你也别逞能，五十好几的人啦，回头感冒了。蓦地醒来，泪水浸透了枕巾：姐姐一个人在那边快三年了，到现在她还不够六十。

记得上大学的第一个寒假，我是在医院度过的，因为肺炎。快好了给姐姐写了一封信，收拾杂物准备出院时，姐姐急急火火地进了病房。一百八十里山路，七八个小时，倒四五趟车，没抹一把汗，便是劈头盖脸的一顿数落：长能耐啦，这么大的事儿也不跟姐姐说了，别忘了你还不够十八呢。

那年春节，寒风刺骨，重感冒的我打着点滴，电话里跟妈妈说，等正月十五再带着老婆孩子回去看她。大过年的你不回家，一个人待在那个地方干吗？——妈妈很生气，气得想不起来问问老儿子为什么这时候还去医院。

妈妈四十九岁开始守寡，京郊十几间平房的老宅子，只有她一个人守着。八十岁过后昏迷在病床上整整一年。每周回去看她，我们没有了任何言语交流，但就算最后一次我赶着到单位上班，临别依旧有两颗豆大的泪珠从她眼角淌下。

姥姥除了七十三岁那年闹过一回轻微脑溢血，痊愈后连头疼脑热都没犯过，九十六岁时无疾而终。有一次妈妈跟姥姥挂了火，以致义正词严地向我兴师问罪：“我和你姨还都在，用不着你给你姥姥送终。”弄得我云里雾里。后来听老街坊说，你姥姥总是说你给她的钱最多：“等走的那天，不用别人，我老外甥一个人就都管了。”

姥姥说，别怕人家占你便宜，那是因为你有；姥姥还说，别跟女人置气，她们这辈子都不容易；姥姥总说，老爷们要把心思放在宽处，家里家外的日子才会过得欢实。

文字的意蕴

如今提笔忘字不再是令人羞怯的事情，如果我们还去讲述仓颉造字的传说，普及造字六书的知识，就有些不招人待见了，如同“果”对“裸”说，你穿上了衣服还不如不穿。

果壳网力图告诉人们，科技有意思，而我们要说，码字原本也是一技术活儿，且语言和文字，还有着很大区别：演说家的慷慨陈词与写作者的准确表达，其间隔着不止一道梁。许多人出口成章，但未必能下笔如神，而著作等身者，或许恰恰口讷语迟。

其实很多人对文字传递出的信息，更像叶公好龙：程序员对文字的掌控，播音员对文字的表达，官员们对文字的利用，书法家对文字的把玩，往往未必走心。有一款软件，给出一个汉字，就能延展出一首律诗，得意之余更多的是无趣。就像当代科技让每个人都成了拍摄者，而并不能造就摄影家一样，移动传媒的广泛普及同样不能替代白纸黑字的曼妙神奇。

事实上，好的文字也是有音韵的。刘勰的《文心雕龙》，许慎的《说文解字》，都在给人阐释其中的精道。对于文字，使用但不探究，需要却不珍视，喜欢而不挚爱，说到底还是令人遗憾的。纵观历史，没有文字的民族，基本上都逃脱不了被融合被同化的命运。

杏花春雨江南，小桥流水人家，轻拢慢捻抹复挑之间，文字的神圣地位从来都不可侵犯。李后主、白居易、朱自清、白先勇、孙犁、黄霑……大家的风范，让文字的气韵和寓意源远流长。声音有魅力，影像能逼真，但如果欠缺了文字的传承，一切都显得苍白无力。因为案头卷、枕边书、座右铭，全部来自文字的记载。

当然，我们应该清醒地认识到，写作从来就不是为了影响世界，而只是为了安顿自己。借此，我笃信，愚钝而传统的坚守，一定会让美妙的文字及其娴熟的使用者，拥有永恒而多姿的魅力。

锦云的衣裳

今天晚上，很好的月光。

这几日闲得越发飘忽了，晚上坐在院子里乘凉，看着日日离不开的手机，忽然陷入了惶恐和迷茫。这满屏的图文，竟只写了两个大字：无聊。

乡下日子的时候，先生就告诉我，人生得一知己足矣，酒逢知己千杯少也是极少出现的。后来进了学堂，晓得了距离产生美，便觉得自己如苍鹰一般俯瞰大地，像鲲鹏似的翱翔天宇。只是难为水后，便陷入了我什么都不再想说、你说什么我也不爱听的孤单境地，唯一发出的呐喊，便只有救救孩子了。

像一条蛰伏的地龙，对于群和圈，不算陌生，感觉微信的基本功能，本不该是目前的样貌。一直冷眼观察，发现荒腔走板的群与圈更多具备弱势感和阴性美，老人和女人无疑是这里的主力军。老人们在这里秀起居，那是刷存在感；秀旅行，只是为求关注；秀哲思，则由于此生尚未做到。女人们在这里秀美食，那是经年的欠缺；秀孩子，总离不了自家的亲；秀宠物，怕更是畏惧独处的寂寥了。

尊重老人和女人，是因着他们的经验和智慧，而不是他们的年龄和容颜。因为拥有强大内心的独立个体，是不必在虚妄里展现或证明什么的：熟悉而亲近的，不用表达即可心知肚明；陌生而疏离的，即使千言万语也不会为你心动。控制别人思想的领袖欲，原本无从谈起；向权贵们表达顺从的谄媚样儿，终究学它不来，便不如躲进小楼里了。

至于谣言满圈飞，箴言随群到，转发如刨坟，鸡汤似砒霜的微信怪象，虽说要包容、要克制，大抵终究该有些尺度和底线的——如若想听最想听的声，想见最想见的人，群和圈是最不牢靠的。

就像近在眼前的云，这里的画与话大多泛着金光，实则离不开皇帝新装般的打扮；或似远在天边的海，总是难以靠近和驾驭，背后有怎样的情形和变幻，任谁也捉摸不透。

这样想着，猛一抬头，月光已然凋落。黑漆漆的夜里，谁家的狗还在叫着，大人们已睡熟好久了。

满眼都是爱

六月，阳光明媚，海域辽阔。皇家赞礼号，中国天津至日本福冈。来自六十多个国家五千余人的团体，四夜五天的远航。情侣、夫妻，举家、独行，或健硕，或羸弱，天南地北、各色人等，构成了这个具体而微的大千世界。

这艘世界第三、亚洲第一的豪华客轮，远没有泰坦尼克号声名远播。船舱内没有免费信号，许多人便索性关闭了手机，相互的沟通和情感的交流，只能依靠原始的呼唤。嘈杂细碎中，尚不能承载众人转身不见的担忧和心神不宁的好奇，但却让人体会到了单纯而久违的、近在咫尺的挂念。

泰坦尼克也被译作铁达尼，原意为硕大无比，寓意永不沉没，但于一九一二年四月处女航时便撞上冰山失事，两千二百零八名旅客和船员，只有七百零五人生还，而疏散妇孺过程中展现的人间大爱，刻骨铭心，摄人魂魄。

一百多年后，皇家赞礼号风平浪静地往返，仍然延续着世间真情：可容纳三千人就餐的自助餐厅内，一位白发苍苍的老者被同样满头斑驳的夫人当众数落，独自走向船舷，默默凝视大海。当夫人走过来牵上他的臂弯，二人便相依相伴缓缓地走向电梯间；灯光昏暗、烟气缭绕的游戏厅内，几近古稀的老婆婆，在儿女的陪伴下，毫无顾忌地袒露出少有的痴迷与疯狂，赢得的竟然是欢呼与喝彩……

百年修得同船渡，千年修得共枕眠。只是谁都没有亲身印证过，但这并不妨碍人们对因果缘由的笃信。既然同行，已然共眠，就百般呵护，千般珍视。所谓同舟共济，相濡以沫，便是常人理解的万般爱怜。

于是想到，地球上，公海里，没有了思想、没有了主义、没有了国度、没有了疆域——当一切符号都不复存在，将人类紧紧关联在一起的，便只剩下爱了吧？

虚怀向人境

进入七月，开始闷得厉害，天一大亮，地就开始冒火，到了晌午，空气便像开了锅，人也容易烦躁起急，总想寻一个清凉的地界儿。

一学妹情致很高，这阵子迷上了涂抹扇批儿，劳烦她整一件儿把攥手摇，于酷暑里扇动些微风，便有了些遣词造句的商榷。画面是墨竹，背款儿俺将名家的词句读成了骨傲心虚，以致将错就错，非让学妹篆书为傲骨虚怀，来遮掩自己的学浅才疏，且美其名曰连心肝肺肚肠通通不要啦。

这期间双方各持己见，似乎都有道理。于是便想到了换位思考这个堂皇的命题。人们总在谆谆告诫，凡事要多替别人想想，站在对方角度，退一步海阔天空。甚至将孔夫子的以德报怨断章取义，似乎严苛了自己，天下就太平了，殊不知得寸进尺就是这么来的。

电视剧《大宅门》里有这样一个桥段，日伪时期，白景琦关了百草厅，王喜光跟着关静山上门威吓："七老爷，你也替日本人想想，皇军是要让全世界看到一个大东亚共荣的北平，你自己的买卖也不能说关就关。"呵呵，如若这个时候再有旁人给七老爷布道换位思考的教义，孰是孰非，一目了然。

以德报怨，何以报直？请您不必思考，迅速给出答案。这大热的天，您就算躲进山洼洼里，凫在水泡泡中，该烦还是烦，该躁还是躁。哪有什么世外桃源，清凉盛景，不过是落魄名士的一厢情愿，达官贵人的巧语花言。

于是俺还是坚持在折扇的背面题写了不讲平仄的这二十个字：竹有低头叶，梅无仰面花。虚怀向人境，傲骨走天涯。

就让我孤单地老去

每当我独自发呆，便傻傻地想，当我老了，走不动了，会像谁呢?

总有人强调，细节影响成败，而我更相信，教养引导言行，性格决定命运。高考之夜的广场舞大妈，一定明白此刻不应放纵，然而她们从来都振振有词；那些倔强的老汉，即便年逾古稀，依旧时时争强，处处好胜，用老家的话说，这是老小孩儿在夸脸呢。

小时候半夜大哭，把爸妈吵醒了，爸爸问咋了，我说想吃饼干，妈妈大声呵斥，爸爸说，算了，我去买。下楼敲了几家店，把饼干买上来递给我，我却说，我不吃圆的，我要方的。然后是一顿男女混合双打。

少不更事的执拗，多半儿被大人说成不懂事儿；成人之后要是仍然以自我为中心，会被视为贱人的矫情；倘若老了还依皮撒赖，只能让人敬而远之。

有人说，打火机一出现，火柴就消失了；数码相机一面世，胶卷就没市场了；微信一火爆，短信就少人发了。的确，没有什么会在原地等待，跟上时代的步伐，原本就是每个人的必修课。如果因为能熟练使用一些新物件，就自诩时尚了，未免太过简单。观念不曾改变，只懂得些皮毛，再四处炫耀，会让人不好意思当面挑明，其实你已经不合时宜。

岁数大了，就别再追求那些虚晃的东西了。背不动的，放下；看不惯的，删除；不是自己的，不要。而那些渐行渐远的人和事，更是随它而去。

于是经常告诫自己，远离那些无意义的社交吧，你努力合群的样子，看起来孤单得像条流浪狗。因为我确信，到了一定年龄，优雅、自在、淡漠、从容，才是令人尊敬的品性。如果有一天，真的百无聊赖，不妨对着蓝天白云，日月星辰，吹吹风，发发呆，独自慵懒着，舒缓着，不是很好吗?

偷偷地，你别哭呀

“咔嚓”一声，一个顶天立地的炸雷，把我和小哥吓了一哆嗦，就差汗毛竖起来了。

“说吧，你们俩谁把那几个还没熟透的大杏捅下来的？每年就结那么几个，你姥姥牙口不好，那是我专门给您留的。”老爸的口气还是不依不饶的，我和小哥相互对视着，谁也不撒嘴：“不是我。”“也不是我。”

最后老爸也没审出个子丑寅卯，气得放下狠话：种的这些果木就是给你们解馋的，明年要是还不听话，我就都刨了。呵呵，看着老爸无奈的神情，我俩撒丫子就跑。不一会儿，就会合到街头十来个雨后蹚水的“泥猪贱狗”中，刚才挨“呲噔”的事儿，早就忘到九霄云外了。

多少年以后，姐姐把最后一个山药塌子端上桌，给我和小哥一人盛了一碗凉粉鱼儿，看着我们吃得闷香，还没说话，就笑得合不拢嘴：“呵呵，小时候你俩没少替我挨骂。那时后园的瓜果梨桃多半儿是我偷着摘的，老爸其实也估摸个大概，‘哨嘚’你们俩，那是敲打我呢。”

爸妈一共生了七个孩子，落下了我们姊妹五个。姐姐上面有两个哥哥，下面有两个弟弟，家里就她一个丫头。她比我小哥大四岁，比我大七岁。今年要是还活着，才刚满六十。而自打老妈三年前离开人世，我们弟兄四个就再也没有一起吃过一顿团圆饭。又到了风疏雨骤的盛夏，夜深人静，想起这些点点滴滴，总是不禁心头一热，泪眼朦胧。

孔乙己说，窃书不能算偷，那小时候悄没声地拿家里的东西，算什么呢？兄弟姐妹之间，有人无所顾忌地侵占爸妈留下的那点儿念想，又该算什么？天上人间，情为何物，直教人把酒临风。

偷偷的，我不哭，只是想，怕再也回不到从前，那无忧无虑的年头。

好一碗跨界饸饹面

楼下这间做玉石生意的店铺，有个很雅气的名号，已经坚持了好几年，一直不温不火。这两天不经意间发现多了几张门贴：跨界大融合，正宗饸饹面。尝过之后，还别说，味道不赖，十几平方米的店堂人来人往，生意不错。一男一女两个年轻人忙里忙外，谦恭热情，只是对串链环佩不再提一句，让人不忍打探个中究竟。

前前后后码字的勾当做了小三十年，多少也熟识几个圈里大大小小的人物。搞传媒的几个哥们儿有钱有闲了，折腾过茶楼画室；几位演艺界的星星开过饭堂酒屋，起初都说没想赚钱，就是为了至爱亲朋有个见面叙旧的地界儿——“盖上盖儿就成”。结果无一例外，全都铩羽而归，且再见面还不让提这段儿。

跨界歌王这些日子如火如荼，演过皇上那位还真铆足了劲儿招呼，看来制作团队没少在他身上下功夫。只是同业者的一句话，应该是给他们泼了一瓢挺凉的水：五十多岁的人拿出四十来岁的心态唱三十岁时的歌，还指望二十岁的人喜欢，有点儿让人心疼。

有道是，夜冷梦长，长不过人海茫茫；人走茶凉，凉不过青丝成霜。跨界不易，跨年龄段同样挺难啊。

看过一段对真人秀节目的娱评，说那些有戏没戏的大咖小肉，背地里揣足了银子，然后在镜头前装疯卖傻，如此尚可让人理解。可悲的是电视机前一干人众，竟笃信不已，甚至还为这些人的造作争辩不休。话说人家在本色的基础上跨出了新高度，咱这是图何许的呢?

罢了，莫文蔚早年说唱过：“你讲也讲不听，听又听不懂，懂也不会做，做你又做不好。”如此，各司其职，各守其道，才是常人过的日子。好多时候，好多事情，想想都是危险的，对吧。

只是我们的匠人精神，该从何谈起，我们的初心，又去哪里找寻?

俺家街门常大开

楼下这家秦香泡馍馆是几个从陕南来京的小伙子打理的，味道正宗。这天傍晚独自就餐，正吃得汗流浃背，邻座一男子不小心把吃了一半的饭碗打翻在地，两个伙计马上跑过来一边打扫，一边问询是否烫着伤着了，看到没大事儿，便请客人挪到另一餐桌。片刻，主管端着一个托盘过来："给您又做了一碗，您慢用。"男子提出再付费，主管和伙计异口同声："千万别价。言语简单，画面感人。"

曾经有一首歌火遍京城，反复咏唱的歌词是"我家大门常打开，开放怀抱等你"。虽说后来被一小撮人另解玩坏了，但老北京的热情好客溢于言表。想起小时候住在乡下，家家户户的街门，白天从来都是大敞着的。街坊邻居串个门儿，借个家伙什儿，肯定没有一把大锁阻隔。敞开的胸怀，淳朴的乡情，让人活得简单，活得随性。

当然，夜里还是要关闭的。主要是怕小动物糟践了房前屋后的庄稼和棚窝里的鸡鸭，基本没有防盗的功用。那一年晌午歪，天昏地暗，雷雨交加，谁也没在意外号"淘猴儿"的邻居哥哥，大模大样地进了家门。我到后园解手，看到桃树上有一团黑影，吓得当场号啕大哭。原来"淘猴儿"动了心思，冒着雨偷桃来了。老爸问清缘由后，不仅没有打骂责罚他，雨停后还给人家送了些去，说是问问孩子淋坏了没。

一晃儿在城里生活了小三十年，搬了不下五六次家，街里街坊熟识的城里人应当过百，但没有几位相互留下深刻印记。年岁大了，越发糊涂了，到如今也没整明白，接地气的乡土文化，为什么越来越没了生命力，而时尚的城市文化，真的需要牺牲温情才算先进吗？

世事难料，但我心门敞开的生活状态未曾改变。因为我确信，世界，从来都在悄悄地奖赏心存善意的人。

乖乖的　傻傻的　坏坏的

前些天，小区邻居毛毛熊告诉我，从幼儿园接儿子回家，孩子一进门就神神秘秘地掏出一个塑料袋，打开后脸上的表情由兴奋、喜悦，慢慢变得失望，接着大哭起来："今天在学校里，天上掉下好多珍珠，我捡了些想给妈妈做项链，可是它们不见了。"

孩子的乖巧和天真，妈妈一定会受用一生。

记得上小学时，大热天老爸在里屋午睡，我偷偷地从他裤子口袋里摸零花钱。本想拿个三毛五毛的，结果一张"大团结"掉了出来。那一次，老爸是真的上火了，要知道，那个年代，面粉才一毛八分五一斤。家里没别人，"严刑拷打"下我还是没有承认，风平浪静后，我跟同学面前整整豪爽了一个礼拜，过足了"领头羊"的瘾。

只是老爸走后的几十年，每次上坟，就算烧上成千上万的纸钱，都觉得愧疚不已。我知道，天然的傻，谁也救不了。

那天一上班，便下起了雨，忽大忽小哩哩啦啦了一整天。快下班了，一小资情调甚高的女同事，把玩着中午暖心老公给送来的快递，纠结着怎么回家。看着精美的包装盒，想着要是拆开的话，礼物就淋湿了，于是把礼盒抱在怀里，和我们甜蜜地说了声"拜拜"，便消失在雨幕里。

第二天一大早，她便像一只气急败坏的小鸟，跟我们描排开了：我回家后小心翼翼地拆开礼物，喵了个咪的，居然是一把雨伞！老公一脸坏笑地从厨房端出一碗热汤面，贱贱地说：乖，傻了吧？

好了，这一期边极悟语无话可说了，愿我们一辈子就这样乖乖的，傻傻的，坏坏的，直到永远。

你正在被怎样的梦境困扰

玫玫老师前两天退休了，我们是25年前，从不同机构前后脚调到同一单位的。大家小坐道别，聊起了这些年的经历，说到一起值夜班的日子，几乎所有人都做过同一个令人起急冒火、身心疲惫的梦：北京时间七点整，北京新闻还没准备好；抑或都准备好了，可就是找不到了！

都说同一个世界，同一个梦想，可每个人的想法，我确信肯定不尽相同。如今，老伙伴儿们的职业生涯已经或即将结束，我们每个人的梦境还会相同吗？

有人要说了，你可拉倒吧，还不嫌自己单纯幼稚呢？中国历史上的南柯一梦、黄粱美梦；西方现代史希特勒统一地球、战斗民族曾经的称霸世界，哪一出不比你的心高气傲上档次。只是有一点咱们的老祖宗概括得好，梦里不知身是客，醒来又是一清晨。

类似秦皇汉武总在惦记着向天再借五百年的梦想我们姑且不论，老百姓丰衣足食的愿望，应该不被困顿搅扰吧？可现实却是很多时候，柴米油盐酱醋茶，对于不少人仍然还是个问题。是进亦忧，退亦忧。然则何时而乐耶？罢了罢了，让我们还是走出屋外看云去吧。

于是想起了在京郊机关共事过的几位老哥，有到燕郊房山住班房的，有平稳落地退居二线的，更有早早因病作别人世的。依旧打拼的几位小兄弟，大多官至七品九品，每日劳作辛苦，可谓夙夜为公。偶尔感念家里的老人孩子，总是力不从心：哥哥，我们连做梦的工夫都没有啊。

转录一首清——董恂的七绝：米凭转斗接青黄，加一钱多幸已偿。二月新丝五月谷，为谁辛苦为谁忙？

如此，别无赘言。

每个胖子的身体内

没错，都住着一个曾经的瘦子，而且，还是有故事的。

话说天开始转凉了，一哥们儿到实体店去买秋装，试穿了下，他家熊孩子一脸惊叹：“老爸，您这身儿穿着好帅啊！”旁边一小女孩子翻了个白眼：“你爸根本就不帅，我爸才帅呢！”话音刚落，试衣间一个二百来斤的大胖子，裹着一件紧身的长袖花衬衫走了出来。

好吧，每个小孩的心里，自己的老爸都是最帅的。而这样的目光和判断，不都和长在我们内心的小我一脉相承吗？就像狸猫在水泡里看到反射的影像，便觉得此刻的自己犹如一只威风凛凛的大虫了。

人生五十年，天命已了然。奔六的人，小聚闲聊时如果还在相互比官阶、比进项、比气力，并以此欣欣然，那只能说他心智不够完整。六十过后，那就得比健康，比豁达：看谁不打针，不吃药，身体还棒棒哒；看谁不沉湎，不焦躁，心胸特敞亮。

有人说，人生在世，其实就是在循环两件事：时间换钱、钱换时间。需要清醒认知的是，你兹要有酒，每个人都会有说不完的故事，凭什么你的故事就是最精彩的。

现实生活中，赌徒和股民都有着相似的神情，对自己做出的判断从来都是笃信而痴迷，且容不得旁人善意的提醒。这一天，上帝得知天堂又有两个人前来报到，一时兴起亲自过堂，发现一个目光如炬，但只穿内裤；另一个骨瘦如柴，还一丝不挂。于是问询缘由，“唉，俺是个赌徒，输光了家当，只剩下这块遮羞布了。”“我是股民，割肉后就剩一副骨头架子了。”

俗话有打肿脸充胖子的说法。我的问题是，咋恁多人在亲朋好友面前总是装大个儿，夜深人静扪心自问方略有感悟，而只有见了上帝，才不再遮掩。坦然，默然，难道就那么难？

小心思 藏大爱

那一年腊月初八，三岁女儿吵着要吃糖葫芦，那可是在寒气袭人的京郊塞外。拗不过女儿使性磨人，嘤嘤哭闹，穿戴好棉裤棉袄，骑上二八大杠，一路顶着北风奔向县城里面。忽然后面小座上传来惊人的尖叫：原来女儿一只脚卷进了车辐条，小小的运动鞋被拧成了麻花状——其实刚一出门，她就迷糊着了。赶紧返回家里查看，好在没有大碍。邻居大娘数落道，她这是在闹觉，你们真是溺爱。直到现在，女儿已经结婚成家，偶尔回来小住，醒来还是妈妈地叫个不停；水果不给切成丁块儿，仍然要嗔怪。

对孩子的爱，从小到大，宠的惯的，成了自然。

当初进城工作好几年了，每个月都要回乡下一两趟，主要是看望年过八旬的姥姥。这天晌午，姥姥背对着房门打盹儿，猛地一怔，看见我已经进了堂屋，还没醒明白，就委屈地向我抱怨自己的女儿，我的老母亲："你说她六十多了还要去上班，怕她累着，我给她包好饺子，下了班就一通招呼我，嫌我干活了，说要是磕了碰了可不管我。"等母亲下班回来，同样背着自己的老娘向我诉苦："不让您干活就跟害您似的，万一有个好歹，我一个人没法跟你们交代。"

母女相伴，虽有抱怨，却是爱得无私，爱得坦然。

街坊王老三的父亲得了重病，已经卧床多年，儿子想卖掉父亲珍藏多年的邮票交医药费，被一口拒绝。儿子哭求道："爸，儿子过得也清苦啊，你就当可怜我吧。""苦？"父亲大声说道，"当年我在部队，你妈为寄这些信，经常吃了上顿没下顿。她写信就是为了告诉我，你会笑了，你会跑了。你敢把邮票卖了，我这就找她去……"

夫妻恩爱，命都可以不要，何况那点儿钱财。

是啊，心中若有爱，瑟瑟秋风也温暖。

何不站在高高的山岗上

和朋友小聚时经常会出现这样的场面，几个老汉或者叫老小伙子，为了某一个话题争论不休、互不相让，直到面红耳赤依旧喋喋不休，最终撇下再起一个话题，结果依旧。

好吧，让我们做个小游戏：闭嘴，将鼻孔贴近一个小镜子的正面呼气，可以发现镜面上两个雾团大小不同。冷不丁地问为什么，你兴许未必能马上准确回答上来。告诉你吧，我们在正常呼吸时，都是在轮流地使用左右鼻孔的，医学上称为“鼻循环”，周期为2.5~4小时。可有谁留了这个心，或者承认自己还有好多常识并不知晓。

电视上火爆的节目当数看病的，基本上分两大类：一种只管肌体，头颈手脚肚，甭管您哪儿不舒服，总有顶级专家在荧屏的框子里为您望闻问切；另一类是管您心里头不得劲儿的，子女不孝，夫妻反目，邻里互怼，同僚掣肘，全是当事人现身说法，众行家苦口婆心，只是幕后的真正结局，基本上没人有条件和兴趣探寻出来。

宇宙的神奇令人困惑，人体的奥秘尚未解开。自然常识告诉我们，地球上陆地和海洋的面积大约是三七开，陆地上提供给人类生存和活动的范围也很有限；有行家说了，就算您得了绝症，除了三分之一被吓死了，三分之一被治死了，还有三分之一啥事没有。可见人类在大自然面前的一切自我感觉良好，都是渺小而可笑的。

公认的说法是，旅游不仅让人们身心愉悦，更重要的是可以让我们知道，在这个世界上还有许多人，以有别于我们的方式，过着他们自己的生活。你认为不对的，在他们那里极有可能是天经地义的；你恪守一生的，或许在别人眼里一钱不值。

如此，圈囿在各自固有的认知里，该是多么幼稚而低下的存在啊。

有没有一个世界忏悔日

“你爸躺在地上，而你却在通讯录里。”近日，一则关于空巢老人的报道让许多人泪目。“树欲静而风不止，子欲养而亲不待。”千百年来的感叹，至今留给世人的，仍然是个难题——选项简单，抉择太难。

记得小时候看过一本黑白连环画，也叫小人书，名字好像是《雏燕凌空》。故事梗概早已忘却，但父辈们甚至使用极端的手段，驱赶幼雏尽快脱离巢穴，似乎是不争的事实。每个人回望自己的成长历程，应该大致相同吧。月亮高高地挂在了天上，让回家的路有方向；离开太久的故乡，好想回去见爹娘。而有爹娘的日子，常常是早早地成了过往。

都说这个世界上没有卖后悔药的，的确。近些年我们知道了国际上有环境日、戒烟日、黑人日、卫生日等等。依据不完全统计，世界性国际纪念日多达两百五十多个，但我唯独没有发现有全球性忏悔日的确切提法。

电影《非诚勿扰》里，导演冯小刚以他特有的幽默，呈现了关于忏悔的镜头，引人发笑。但那是黎民百姓对人生过往的一种追悔，体现了中国电影人对这一严肃问题的初步触及，如何上升到理论高度，进行冷静的哲学思考，尚需时日。

早年间浏览过卢梭的《忏悔录》，说老实话，由于年幼无知，囫囵吞枣间，作品的主旨并未抵达心灵深处；巴金晚年所写的《随想录》《真话集》，是老人对自己心灵的无情拷问，更是痛定思痛的自我忏悔。于是我想到，一个人年轻时总是多有后悔，老了总应该给自己留有忏悔的时日吧。

就像我们总觉得会有时间和办法孝敬父母一样，最终发现还有许多缺憾是无法弥补的——后悔只是对各种遗憾的一种懊恼，唯有忏悔，才是对自我心灵的一种救赎。

那每五百年只一次的回眸

中秋过后，本该是气爽天高的时日，却是阴雨连绵，让人思绪悠悠。想起一个漂在他乡的旧友发来的一段文字：在超市买了一块月饼，就着一瓶矿泉水，在街上边吃边走。看着擦身而过的匆匆背影，静静地不停流泪……

于是这样一段语句，颤动了心扉：儿时八月十五，父母还在身旁。他们给的月饼，老是一个模样。上面盖着红戳，嫦娥玉兔印上。夜空月亮高悬，小院瓜果飘香。一家人其乐融融，欢声笑语飞扬。而今他们去了，留我暗自神伤。

有道是，前世五百次的回眸，才换来今生的擦肩而过；只是童话里化作路桥基石的痴情女子，每五百年才赢得一次心中男儿不经意的回首，又蕴藏了怎样刻骨的哀愁。独在异乡为异客的那位旧友，此刻是否寻到了他的归宿；而今生来世的生离死别，又荒废了多少深情凝视，更无论那匆匆逝去的淡淡回眸。

只是人在旅途，总有一些不期而遇的相逢。短短9天内，两位年纪不小的女士两次在南京地铁站内相遇，而每次相逢，她们都大打出手。原来两人第一次在过安检时，拿包的时候手碰到了对方，于是互不相让，直至厮打起来。事情过去没几天，这两名女子又在南京地铁里相遇，其中一人拍了对方一下，本意提示有缘，但对方却觉得是轻慢行为，于是再次吵到站台，结果又升级到动手。唉，可谓孽缘不浅，前世的深仇大恨，真是奈何桥也奈何不得。

看过一段打工母亲的文字：过节回家，做饭的手艺不咋地，炸花生外焦内生，萝卜丝略微有点儿煳，愧疚不安中，女儿呼噜呼噜地大口吃着："妈妈，你烧的饭太好吃了，我好爱你。"至此，不由得心头一软，留守儿童的酸楚的确令人心揪——这哪是吃饭，分明吃的是母爱。于是想到，即便是亲如母女，这相聚竟也万般艰难。

而无论前世今生，那每五百年只一次的回眸，凝聚的该是怎样令人珍视的爱恨情仇。

花落人陌秋已凉

单位的食堂总是人满为患，一次刚刚打了一碗热乎乎的面条放在餐桌上，就被对面的美眉冷冷的一句“这有人了”，尴尬得坐立不安。前两年和老同事感叹，机关里有百分之八十的人都不熟识了，如今这个比例应该上升到了百分之九十，不由得太息：看来自己真的老了。

秋天是一个百卉俱腓、众芳摇落的季节，秋景秋事秋情，从来都令人感喟。北宋词人柳永道：“多情自古伤离别，更那堪冷落清秋节。”《红楼梦》中也有“人为悲秋易断魂”的诗句，而西方传统美学中的移情说，在秋天被印证得淋漓尽致。

人到老年，莫讨人嫌。往往不自觉当中，已经成了别人的累赘，可爱的是，还有人自以为挺招人待见。正所谓花未落尽，人已仲秋，世态炎凉，随风飘逝。如何清醒地认知自己当下的境况，真是一件困难的事情。

黑色蕾丝蜘蛛，是用自己的身体喂养宝宝的。在幼蛛孵化出来9天后，母蛛停止了反刍，此时幼蛛会袭击它们依然活着的母亲，把母体当作最后一顿家宴，在吸干母蛛剩余液体后，便搬离巢穴。动物传宗接代如是，世间人事更迭亦然。

8年的时间不长不短，对于重庆华岩镇的李佳来说，这8年的陪伴可谓艰难。8年前，母亲开始出现老年痴呆迹象，眼见着她一天一天走向孤独的深渊，李佳无力阻拦，便辞去工作，默默地守在她身边。李佳说，这是上天给她回报妈妈的机会——当年，妈妈从车站把她抱养回家，现在她要陪着妈妈慢慢变老。

对于一个阿尔茨海默症患者，本来相亲相爱的一家，会变成陌如路人，更何况一个由来自四面八方的人群组成的团体。“莫道桑榆晚，人间重晚晴”，不过是千古以来被传诵的诗人情怀。

万里悲秋常作客，百年多病独登台。无边落木萧萧下，不尽长江滚滚来。如此，释然。

那一声到家了想着回话的叮咛

节过重阳，天寒地凉，这世间最温暖的问候，无不来自亲娘。

三年前这样的时日，每次从百里之外的老家返回京城，病床上的老娘总要唠叨一句：到家了想着给我来个电话。嘴上答应着，心里总在嘀咕，您连自己都不能顾怜了，还为年过半百的儿子操这份心。于是虽然不敢造次，但每每都是敷衍搪塞。

是的，自己三岁的娃娃，都是宠着的；家里八十岁的老人，都是顺着的：爱心都是自愿的，孝心多半是无奈的。宠爱与孝顺，总有一些不可言状的差异。不信，夜深人静时扪心自问。

一名警察在微信圈讲述了一则真实的故事，在网上温暖发酵：住在二儿子家的一位90岁老妈妈，在家做了炒虾子，想着大儿子喜欢吃，便冒雨给送过去，由于患有轻度老年痴呆症，且听力严重下降，到了楼下便迷路摔倒了。民警把家人找来，大儿子从母亲手里接过热菜，涕泪横流。

想起当年别人送给妈妈一盒南方的小吃，她觉得很珍贵，藏着舍不得吃，几次回去看她，却又总想不起来，小半年后才偷偷塞给我。看到过期风化不成样子的食物，我还是带上了，心里很是甜蜜了一阵子。而记忆里每次的全家聚餐，患有糖尿病的妈妈总是要点上一个看家菜：拔丝白薯——因为她的大儿子，我们的老大哥最喜欢吃。

有道是，在家靠娘，出门靠墙，道出了多少游子的酸楚；而宁死做官的爹，别死要饭的娘，应该是老辈人发自内心的声音。那时候姐姐总念叨，一个家，就像一头蒜，娘没了，蒜瓣就会四散，总觉得应该不会这么残酷，但现实却不折不扣地给予了印证。

老猫房上睡，一辈传一辈。多少朴素直白的道理，就这样颠扑不破，亘古不变。而没有了亲娘，那细若游丝的叮咛，也就成了旷世绝响。

酸酸甜甜旧时光

老家务农的一个老哥，不会上网，没有手机，前几日朝家里的座机打来电话，咕哝了几句后怯怯地说：家里三五亩地今年都种了大白菜，眼瞅着上冻了，没有一点儿销路，好几万斤哪，你看看给想个法子。

拿了几十年的笔杆子，此时真的不知所措。记得小时候一入冬，家家户户都要往地窖里存上几百斤大白菜、青萝卜、土豆和白薯，每张沾满泥土的脸上，都洋溢着丰收的喜悦。后来念的书多了，知道有春生夏长、秋收冬藏的说法，原文出自《鬼谷子》，曰："持枢，谓春生、夏长、秋收、冬藏，天之正也……逆之虽盛必衰。此天道、人君之大纲也。"持枢，就是掌握关键，凡是违反规律的，即使盛极一时，也必将衰败。

在网上查阅什么是冬储大白菜，得到的解释为专门储存下来准备过冬食用的白菜，一般在每年的11月上市，消费群主要为团体。哦，不看不知道，就像歪果仁和南方朋友惊呼"还有这种操作"一样，世事变迁，终于让人明白了，天道和人君之大纲也会与时俱进的。

于是想起小时候在自家院子里，并不安分的父亲做出的关于农事的各种尝试。给我印象最深的，则是在那棵并不高大的苹果树上，父亲凭着他粗壮但灵巧的双手，嫁接出或沙果，或槟子，或香果。许是这几种水果的产量不大，或是嫁接技术后来不被广泛应用，现在市面上很少见到原汁原味的了。但父亲总说，万变不离其宗，没有那棵苹果树做母本，就会一事无成。

不错，留下的儿时记忆，当然过滤了贫饥和苦涩，酸酸甜甜的旧日时光，总是让人沉浸在无忧无虑的美好中，因为那里有我年轻的爹娘和青梅竹马的伙伴。

立冬节气已经过去十多天了，乡下老哥那几万斤大白菜不知有了销路没？此刻，我只想唱一首老情歌，让往事回荡在四周。事到如今已无所可求，这是我仅有的寄托……

熟透了是不是更稚嫩

“我想变成一棵树/我开心时/开花/我不开心时/落叶。”这首小诗，据说是老师在批改小学生作业时发现的，旋即，网友们便被撩到了。心太过复杂，势必会患得患失，而没有经过晕染的孩子，用清澈的眼光观察世界，偶尔记下的文字，表皮稚嫩，实则苍劲，着实令成人汗颜。

记得有资料介绍，美国西雅图设立的“代际学习中心”,每星期向孩子们开放五天。黄发垂髫并怡然自乐，在西方竟有了现实版本。“一名患有阿尔茨海默症的爷爷刚才还痴痴地坐着，听到十几名中外小朋友齐声合唱《小星星》，突然被唤醒，立刻和孩子们一起用英语大声地唱了起来。”新华每日电讯这则报道，说的是一家位于北京市朝阳区的养老院。养老院与幼稚园绑定在一起，产生了奇妙的化学反应。

“树上熟”似乎是一种木瓜的品牌，目的是为了促销，但也告诉人们一个浅显的道理：自然成熟的食物，会更香甜顺口。而成熟与稚嫩到底隔着怎样的鸿沟，复杂与单纯各自的极致又是什么，有没有人沉下心思，细致地琢磨过？

俗话说“人老奸，马老滑，兔子老了鹰难拿”，揶揄的是那些饱经沧桑但骨子里并没有真正熟透了的精灵。自我感觉良好，恰恰是傻到家了。沧海一粟，许多老人会在某个阶段忽然回到童年，他们的倔强尤显单纯，他们的执着透着可爱，他们的言行回归质朴。如此返璞归真，不得不让人承认，真正的成熟恰恰是重现稚拙。

曾经给目前的状态做过如下概括：喝二锅头、吃农家饭；泡铁观音、抽顺口烟；念过来人、说小孩话；走熟悉路、看夕阳下。只是匆匆忙忙的工作和散散淡淡的生活，什么才是真实的你我？答案不言自明。尝尽了世上悲欢，更应该明白：能量不分正负，道路没有对错，生命虽有长短，轻松只需简单。

该如何把我唱给你听

一位年轻的朋友很是聪明，十一过后，错峰携妻儿到了南亚一个小岛度假，很是惬意了一番。随手上传了一张水岸边独自啜饮的图片，镜头里空无一人，于是感叹：帝都啥时候能有这般幽静。有人回应不能比，也有人附和看心情，而我的“大隐隐于市”，多少有些装大个儿。

看过一个段子：漫步在沙滩上，他突然拉着我的手，头也不回地沿着海边奔跑，还不停地喊道：“我什么也不要了，我只要你，嫁给我吧！在这浪漫的时刻……”好久没这种感觉了，甚至都感动得流下了热泪……只是我淡定地说道：“放手吧，你拉错人了。”

正像背对背容易牵错手一样，面对面也会词不达意。朋友把拍的空景图片发到圈里，或许并无怎样的期许和更多的蕴含。尤其是在微信交流成风和自媒体泛滥的当下，表错意，生误会，乃至产生口角矛盾，也是极有可能的。因为每个独立的个体，都是以自我所处境况为中心的。

有道是：人最大的孤独，莫过于你开个玩笑，对方当真了；你认真说的话，对方却当成了玩笑。“我把我唱给你听，把你纯真无邪的笑容给我吧。我们应该有快乐的、幸福的 、晴朗的时光。”许多年前小柯的这首校园民谣，很是风靡一阵子。如今，这样纯净深情的呼唤越来越少，更多的是“情歌唱给我自己听，抚慰孤单的心灵”。

这两年随手记录下的一些文字，只是想通过个人的细微生活，于散淡中描绘出亲历年代的样貌，显现底层淳朴厚实的文化。无关政治、教义和意识形态，也无关利益、错对和褒贬好坏，只是给自己一个安顿和慰藉。

但愿这个目标能够从一而终，算是把我的真情实意唱给你听。

做一个空洞里的人

当然，此空洞非彼空洞，就像沙子放大三百倍后，每一粒都呈现出宝石的色泽一样。在当今鸡汤四溢、眼球炫动的混沌状态下，做一个宇宙学或玄虚学意义上空洞的人，该不是一个荒诞的想法吧。

总有人在探望了身患重病的朋友或送走远离尘世的亲人后感叹：我们一生忙碌的目的，不就是享受生活，回报父母，满足家庭，扶助孩子吗？但现实往往是辜负了生活，愧对了父母，淡漠了家庭，疏离了孩子。此所谓明白一袋烟，糊涂多半天，且总是屡教不改，甚至死不悔改。能够从我做起，践行减法人生，移除闲杂欲念的人，真的少之又少。

记得三十二年前大学毕业时的那个晚上，宿舍的八个同学约定，第二天起床谁也别叫谁，先起来的就静静地离开。当我一个人悄悄走出学校大门时，没有听到任何声响，只是回头望一眼名为“东风”的教学楼，泪眼扑簌。

摸爬滚打至今，当听到有人吹嘘自己跟谁谁在一起混得怎样怎样，尤其是还有人无比艳羡地传递谁谁现在如何如何的讯息时，总是不厚道地想起那句“跟谁混又能咋地，太监还跟皇上混呢，连个卵子都保不住”的大不敬之语。哦，我错了，下次再也不敢胡言乱语了。

旧时家乡父辈们相互走动，往往并不靠言语交流。冬夜，摸黑走上一段山路，在或你家或他家炕沿儿上，就那么闷声呆坐一两个时辰，然后抬腿便回。因为第二天还得出门挣饭吃去呢，没心思抱怨和感叹。

但是，如此沉默寡言的一群人，你能说他们很简单、很平凡吗？虽然他们真的不晓得，什么是哲学意义上所谓的空洞。

京城走笔

沉静的星空

中国民间有这样的说法："天上一颗星，地上一个人。"不知道西方人是否有如此共识？地上被召唤走了一个人，到太空中便幻化成一颗璀璨的星。其实在许多方面，东西方文化都是既有差异又极其相近的。只是新年这一天，金色大厅里回荡的都是经典巨星谱就了几个世纪的旋律，而我们从央视到各地卫视的跨年演唱会，喧嚣的都是这些年闪烁一时的"牛牛妞妞"，甚至并不养眼的"玉女金童"。

说起中国人与金色大厅，可以追溯到1998年的春节，中央民族乐团首次在这里举办了虎年音乐会，众多的欧洲观众第一次欣赏到了中国民族音乐。2004年中国移动·维也纳新春音乐会更是别具特色，音乐会把京剧曲调融合在交响音乐中，据称大受欢迎。而2007年春节前的金色大厅，几乎成为中国音乐人的"天堂"，与中国音乐家有关的三台音乐会都在这里举行。此间前后，宋祖英、谭晶、龚琳娜、谭维维、黄鹤翔、熊黛林、祖海、刘媛媛等等，都在这里举办过不同形式的演唱会。而"著名"的音乐书法家李斌权老师更是在金色大厅演出过书法音乐——令人遗憾的是，估摸着您只有从我这里才获得如此令人振奋的讯息。金色大厅的经营分三种：请来的演出团体不花钱，还挣钱；根据合同来的，和音乐厅共同经营，也能赚到钱；第三种就是给金色大厅送钱——就是在前两种团体休息的空当儿，花钱租音乐厅自娱自乐，据说这是咱中国人来金色大厅的唯一形式。

聆听维也纳金色大厅新年音乐会，有一种心灵被荡涤的安静感，或舒缓或欢快的陶醉中，有着对历史的尊重，对未来的祝愿，也更加深刻地理解了音乐是旋律中的生活这一命题。现场经久不息的掌声几次催动电视机前的我站立，虽然没有身临其境，但我确信这是真实的享受。

只是随着音乐会的戛然而止，跳台后电视里随处可闻的人造音效和画面里全体演员为我们扮出的虚妄狂欢，让人不得不透过客厅落地窗的双层玻璃，去遥想地球的另一端，此刻是否依旧还有星空般的沉静……

此致布礼

当年的白马王子、如今的蒋郎大为先生，年前年后很是活跃了一阵子，把给咱娘的歌带到了天天把歌唱，让思乡曲成了晚会的主旋律，着实不易。可无论是填的词还是整的曲，以至演唱的方法和样式，都让人觉得很是万分正确的空洞和自鸣得意的麻木，全然不顾30年后的春风早已不再吹拂当年的桃花。许是男人青春的尾巴还算长些，总的来看比年过半百的郑大姐身着吊带短裙深情细语地演唱《牧羊曲》还算靠点儿谱。

宋丹丹与潘石屹调侃："长安街南边那么好的位置，你盖了那么一大片难看极了的廉价楼，把北京的景色毁得够呛……我就是个演员，没多少钱，我请你喝拉菲，别再盖楼了。真的，求你了！"俺也想说，我可是你们当年的粉儿，没多少闲工夫了，有新的好的歌尽管拿出来，要是太寂寞了，就和同龄人唠唠嗑，别惦记着穿越时光了。真的，求求你们了。

其实我们每个人心中都有许多不甘，但春晚上看到李老太太声嘶力竭地呐喊，便不再是欢快的钦佩，而是觉得像容嬷嬷发飙了。中生代的不舍、年轻人的不羁，确实让老艺术家们不歇心，但当每次真的让人不忍卒听时，总是想问问这些老前辈，颐养天年究竟是个啥滋味？

顶级艺术家虽说各自境况不同，但力不从心时真的需要急流勇退的气魄。青春不再太正常不过了，还要强弩之末地不愿退出舞台就令人唏嘘了。陈白露的经典台词"太阳出来了，黑暗留在后面，但是太阳不是我们的，我们要睡了"，给热爱您如家人一般的粉丝留下美好回忆，该是一件多么幸福的事啊。须知世界是我们的，也是他们的，可早晚都是我们那些孙子的。赶明儿个见了您的孩子，俺一定告诉他们："好好孝敬我们的前辈，别让他们再出来挣奶粉钱了！真的，苏联早就解体为15个加盟共和国了，俺在这儿给您和您的家长致以布尔什维克的敬礼了！"

连续20年参加央视春晚的“元老”姜昆，2012年主动退出。接受采访时诚恳表达：“虽然我的节目被通过了，但是最后我申请自己下来了。我要对观众负责任，我没有把‘纠结’说清楚，所以我必须要下来。”仅此一点，可叹可敬。廉颇老矣，即使能饭自己也别再撑着硬干了。像段子里揶揄的那些退休省长的装修生活：把客厅当广电局，走廊当交通厅，地下室为人防办，狗窝为安全局，最后鸡窝只好挂上“天上人间”的牌牌……天可怜见！

虽说戏剧小世界，人生大舞台，但快活的人生真的不都是在舞台上度过的。不是吗？

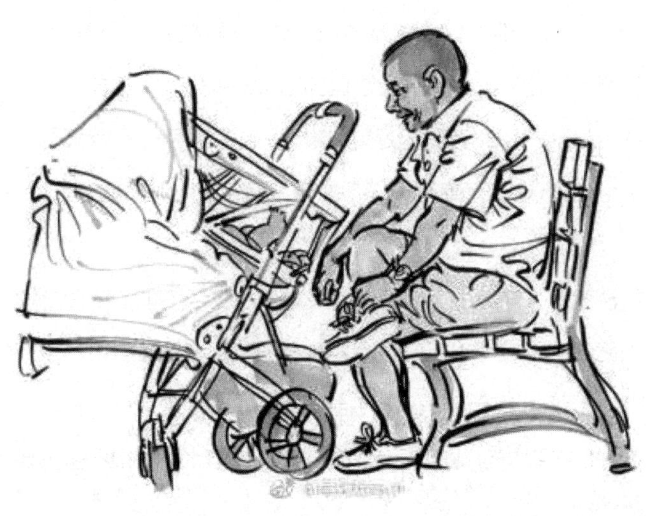

简约即大美

如今的影坛，繁花似锦得令人眼花缭乱，动辄以戛纳、好莱坞为目标。经常有墙内开花墙外香的怨声载道，甚至情色爱国主义都可以大行其道；动辄上亿元的大制作大手笔，也经常会爆出数亿元的票房收入。但如火如荼的歌坛和连篇累牍的电视剧集却端的没有在国际乐坛和艾美奖上留下什么踪迹。套用一句时下的用语：咱这是怎么了？

世界文化当然存在差异，但人性大同从本质上讲是成立的。讲述伊朗当代现实生活的《一次别离》获得奥斯卡最佳外语片奖。看过这部电影的观众，大都被情节的平实、拍摄的洗练以及主创的倾情所感染——30万美元是可以讲述一个被不同文化背景的人们都认可的故事。就像当年的《金色池塘》《克莱默夫妇》，以及我们的小制作电影《九香》和《钢的琴》。

新版电视剧《红楼梦》，前期中期后期可以说动用了无所不能的手段爆炒，结局是坐坐实实地昙花一现。而此间不少表现平民生活写实题材的电视剧倒吸引了不少人的注意力，虽说没有达到当年《渴望》等的影响度，但还不至于恶评如潮。前些日子看了后来荣获金像奖的香港电影《桃姐》，应该说与获得国际大奖的经典影片相比还显得不够精致，但其中的温情和朴素在平铺直叙中感人至深。

再来看我们的乐坛，华丽的制作，恢宏的铺陈，最终给我们留下的优秀作品有多少，圈内人心知肚明。而那些为受众喜闻乐道的器乐和声乐作品，耳闻目及的都是些听来清新看似简单的心血之作。校园歌曲的传唱至今，《最炫民族风》的朗朗上口无不如此。唐代大诗人白居易每每作诗，都会令一老妪解之。问曰：解否？妪曰：解，则录之；不解，则易之。他用普通人的语言写普通人的生活，极少使用拗句拗韵，而更多地使用平易流畅的韵律，没有雕琢加工的痕迹，流畅得似乎张口就能吟。白居易的努力是有价值的，他最终以此获得了与李白、杜甫并为“唐诗三杰”的盛誉。

当然，现如今的文化工作者，谦逊的会觉得自己没有前人的横溢才华，膨胀的或许粪土古今中外，可有一点大伙儿真的是不能忘怀的，如果您还要吃喝拉撒过日子，当你把从生活中汲取的真实感悟，用简约的手法表现出来时，才会呈现人间大美。

曼妙与妖娆

宋朝是中国文明的第二次浪潮。宋人小资情结严重，诗词抒发的情感多是那种浅吟低唱的闲情逸致。宋代的娱乐业则分得明确，大致为官妓、声伎、艺伎、商妓四类。那时的妓不是现今意义上的妓，大部分真的卖艺不卖身，相当于现代的文艺工作者。她们一般才貌双全，有的人对琴棋歌、诗书画等有很深造诣，甚至可以称得上某方面的艺术家。官妓最为人们仰慕，她们不仅相貌出众，还很有才华，而现在的一些演艺界女士，长得漂亮点就有可能成为明星。

近人王国维将古人的三句词断章取义，赋以新的内涵，凝练曰：“古今之成大事业、大学问者，必经过三种之境界：‘昨夜西风凋碧树。独上高楼，望尽天涯路。’此第一境也。‘衣带渐宽终不悔，为伊消得人憔悴。’此第二境也。‘众里寻他千百度，蓦然回首，那人却在灯火阑珊处。’此第三境也。”其实，所有成功者回望来路，都会明白另解这三重境界的话：看山是山，看水是水；看山不是山，看水不是水；看山还是山，看水还是水。

晏殊、柳永、辛弃疾分别是那三句词的作者，都是宋人，名头也大。如果说他们的词句被王国维概括成做事和从业的三境界，那元朝马致远的小令“枯藤老树昏鸦，小桥流水人家，古道西风瘦马。夕阳西下，断肠人在天涯”，则是人生况味的又一描述，此为苍凉；狗尾续貂，“丰乳肥臀蛮腰，曼妙妩媚妖娆，酒绿灯红情挑。云重雨浇，欲中人醉今宵”，表皮足够香艳，但我们不妨发散一下，可以理解成春风得意时的浓郁；“竹林瓦舍石桥，远山近水新草，黄狗花猫翠鸟。炊烟缭绕，世外人乐逍遥。”如此境况可视为悠然了。敢在大师之后舞弄文墨，绝无卖弄之意，虽不甚高雅，但我以为是真实的感受。

“商女不知亡国恨，隔江犹唱后庭花。”是唐朝杜牧的诗句，其背景人们并不过多关注，但引用起来毫不费力；南唐后主李煜的“问君能有几多愁，恰似一江春水向东流”，则更是令人扼腕太息；曹禺先生的话剧《日出》，面首胡四的行当是否沿革至今无人知晓，但“伪娘”的大行其道着实令人惊悚。2011年底，“中国最美50人盛典”在京举行，长得颇有喜感的葛优力压群雄，与章子怡共同当选为年度人物，成为50美中的最美：“虽然我也不知道我美在什么地方，但我敢保证一点，我是纯天然的，自然美。”而2012年大学生电影节走秀的红地毯上，着实走来手捻精致彩色丝带的摇曳男生……

看来我们的确需要用对待同性相恋10%的常识，伴以100%的宽容气度，来欣赏这个时代男人们的曼妙与妖娆了。

低雅与高俗

陈强老人日前以94岁高龄谢幕人生。此后几日，张瑞芳、黄宗洛也先后离世，其中最小年龄的黄宗洛老先生也享年85岁。不同机构和部门发布的消息都冠以著名表演艺术家的称号。三位老人近年似乎都没有太新的艺术形象，也逐渐淡出了人们的视线，偶尔有人记起他们，也都是津津乐道地评说他们当年所扮演的角色，而他们共同的特点也都是诠释自己熟悉的小人物。如此哀荣，当不为过。

耄耋之年的陈强在为数不多的受访时，多次表达出这样的心思：我一辈子演坏蛋，但我可是个好人。早年间，《白毛女》红了，“黄世仁”黑了。那几则著名的逸事，都因此而起：1946年张家口保卫战间隙，演出《白毛女》，群众用果子将“黄世仁”打得鼻青脸肿；在部队演《白毛女》，看演出的士兵入戏了，要开枪打“黄世仁”。

张瑞芳当年饰演的“李双双”可谓家喻户晓。晚年的张瑞芳2000年7月开办了一家名为“爱晚亭”的敬老院，“让我们这些有着共同爱好、共同语言的老人，有一个共同的家”。那年张瑞芳82岁，她将毕生积蓄拿出来，远在澳洲的独子也寄来了自己的存款，亲家母还将自己的房子卖掉了。谈到自己的演艺生涯，老人说：“我只是个听话的演员而已，谈不上有多伟大的成就。”“松二爷”黄宗洛粉墨一生，给人们带来无限欢乐。“我很羡慕那些天才，他们演起戏来跟闹着玩似的，很快就红得发紫。我的诀窍只是苦干、笨干加傻干！”黄宗洛接受采访时这样说。

余生也晚，看到这些大师级人物的银幕形象时，都是到了改革开放之后。记得小时候有一句歇后语，李双双守寡——没希望（喜旺）了，似乎登不得大雅之堂。但因为一部电影一个角色被通俗为歇后语的，并不多见。近来的每年春晚，都要试图推出一两句流行语，但我们听到看到的，更多的是那个“大叔”在极尽能事地带着自己的一班人马，颇为自得地展现那个“大”城市的乡俗俚语，偶尔遭人诟病，典型的回击则是“甭跟我提高雅这两个字”，然后便半是卖嗲半是无赖地大声嚷嚷：爱咋咋地！

春晚一位尚未年长的女导演曾放言：能上春晚的都是德艺双馨的演员。不清楚当时的语境，也不愿探究有这样话语权的人彼时的心情。耳闻目睹的是，功成名就的那位大叔，先是到处扎场子，整了个什么大舞台，后来又成立个传媒集团，接下来便是玩私人飞机，当然那些我们看不到，或者人家不愿意让我们知道的，自然无从晓得。

看了三位表演艺术家的片段生涯和言辞，哪个高雅，哪个低俗，相信观者自辨。引用那句挺著名的台词，这做人的差距咋就那么大呢？令人担忧的是，如今这些红得发紫的全能艺人，能否清醒地认识到，只有把自己看低了，才够雅致；颇觉自我高明，只能俗不可耐。到了作古的那一天，得到怎样的操行评语，真的不是自己能说了算的。不是吗？

有关歌唱的断章

几年前刚刚开放大陆居民台湾行时，从台北到台南的大巴上，导游大姐没完没了地为我们一行介绍台湾的政治时局，大家其实早就腻了烦了。心想：“我们是来游览祖国宝岛秀丽风光的，才不管你们这里唇枪舌剑的子丑寅卯呢。”在高雄的街边广场上，同行的一位年逾八旬的老者兀自唱起来：“肝胆相照，团结自强，歼灭敌寇，凯歌唱。”铿锵而投入。我知道，这里有故事了。上网查询，知道是《中华民国陆军军歌》。等再上车，司机主动放起了“邓丽君演唱会”的现场版和台湾校园歌曲的回顾版，导游则一路无语。音乐不仅仅无国界，时间的荡涤，也可以冲刷它的色彩。

央视综合频道近期开了个专栏《回声嘹亮》，特邀嘉宾李双江登场时，一曲《我爱五指山我爱万泉河》高亢嘹亮，明摆的口型表演，但说的是实话：当年演唱这首歌时没有到过海南，脑海中的影像就是昆仑山、塔里木河，于是塑造的音乐形象高耸入云奔流澎湃。等后面几位曼妙女子一面演奏民族器乐、一面翻唱李老师的歌时，老人家还是做出了自我理解的示范，着实没入调不靠谱。不忍卒听转台后不知下面的情节是悲剧还是喜剧，但真的替老人家惋惜：无论是谁，也无论当年有怎样完美高大的舞台形象，真的，hold不住这个时代，我们还是努力克制一下，别连自己也hold不住吧。

不同历史境况，不同成长背景，对同样的音乐当然会有不同的理解。所有对歌唱感兴趣的人，想来对专业演唱与自娱自乐也一定抱有不同的评判标准，而此间的专业人士和大家，断不可只从自己的角度做出居高临下而又毫无意义的说教，因为好为人师的执着与自我陶醉的快乐永远是不搭界的。

前文提到的校园歌曲回顾版，是那些歌者在20年后从世界各地回到台北的一次纵情演唱，欣赏者也都是四十开外的男女。没有堂皇的舞美灯光，没有华丽的服饰道具，台上台下只是在追忆他们各自的似水流年。台南的旖旎风光在车窗外飘移，晚上下榻的金色童年假日酒店，更是人间的天上，恍惚中便觉得白天车上播放的录影，竟是如此令人感动的真实。

《诗经·序》中有：“言之不足，故嗟叹之，嗟叹之不足，故咏歌之，咏歌之不足，不知手之舞之，足之蹈之也。”汉民族似乎算不上能歌善舞的民族，但从史料上可以显见，我们的祖宗们还是善于通过文艺的形式，全方位地表达自己的情怀的，而异彩纷呈的精妙和守住自我的坚毅，从来都同样令人钦佩。

如此，音乐的乐趣，无限；人生的幸福，无敌；世间的气象，万千。

何处安放无悔的青春

“如果你是我眼中的一滴泪，那我永远都不会哭……”这样的歌词会在怎样的时刻让一个内心尚存温润的人动容，我们不得而知；当“爱情天梯”成为人间绝唱时，王石们会在静谧的夜空下，回味自己走南闯北无处安放的青春时，又会发出怎样的感喟，我们依然不得而知。在这个艳阳高照的初冬，在暖暖的居室里，我们回味的却是那个周末漫天飘飞的暴雪，和雪中素不相识的脉脉温情……

60年前，19岁的农家青年刘国江和比他大10岁的寡妇徐朝清相爱，招来村民闲言碎语。为了那份不染尘垢的爱情，两人携手私奔至与世隔绝的深山老林，为让爱人出行安全，刘国江半个世纪都在悬崖峭壁上凿石梯，从愣头青凿成了白发翁，6000多级石梯被称为“爱情天梯”。2007年12月18日，刘国江老人去世；2012年10月30日，徐朝清老人去世；11月4日，上千名来自全国各地的“爱情天梯”追捧者自发冒雨送别徐朝清。此刻，“爱情天梯”令人仰止，旷世真情成为永恒……

“那天黄昏，开始飘起了白雪，忧伤，开满山岗。等青春散场，午夜的电影，写满古老的恋情，在黑暗中，为年轻歌唱。走吧女孩，去看红色的朝霞，带上我的恋歌，你迎风吟唱。露水挂在发梢，结满透明的惆怅，是我一生最初的迷惘。当岁月和美丽，已成风尘中的叹息，你感伤的眼里，有旧时泪滴。相信爱的年纪，没能唱给你的歌曲，让我一生中常常追忆。”高晓松的《恋恋风尘》，我一个字没有删节，明知道这样的引用不合规矩，但我深知当年的刘国江一定没有像老狼那样唱给与他朝夕相伴的徐朝清。

有报道称，来自韩国的那个鸟叔，风头已经超过了《最炫民族风》，那个骑马蹲裆式甚至成了公园里老年人街舞的当家招牌。出道12年已经35岁的鸟叔，演艺事业再攀高峰，家庭生活却低调许多，爆红后接受媒体访问，也对妻子和两个女儿甚少提及。追踪原因，原来来是早在神曲《江南Style》红遍大江南北前，他就已经另觅“红颜”，与小他13岁的允儿互生好感。两人多次秘密幽会，一段婚外情呼之欲出。这消息不管是否捕风捉影，甚至宁可相信一定是空穴来风，也从心底淡出一句“这个鸟人”来。

“望着我的眼，父亲对我说：出了点名没啥了不得，邻村的大娘跟你打招呼，你别假装不认得。拍着我的肩，父亲对我说：挣了几个钱没啥了不得，村头你二爷的小屋就是脏，你也要去坐一坐。拉着我的手，父亲对我说：当了几天官没啥了不得，家乡的百姓都不容易，求你个啥事别推托。父亲，孩儿我记住了，你总在讲你总在说：这世界离不开庄稼人，离开庄稼人谁也没法活。”

“听见了吗？你听见了吗？有人在远方喊你，喊你的小名，铁蛋！铁蛋哎！那声音酸溜溜、甜蜜蜜。也许你正端坐在豪华轿车里，也许你正挥汗在泥泞工地里，也许你是官是民是穷还是富……也许你正陶醉在鲜花掌声里，也许你正奋争在人生逆境里，也许你天南地北千里万里……有人在远方喊你，喊你是让你回回头，故乡有话告诉你。”

上面两首歌分别是《父亲我记住了》《故乡有话告诉你》，词作者都是石顺义，辑录在此，只是想有可能的话，王石、潘石屹二位大亨能读到本文，虽说你们现在都不是铁蛋了，但名字里依旧还带着“石头”。

毫厘之间　千里之外

小时候的游戏令人回味，但也不乏单调。有一句童谣记忆至今：“跟我走，变黄狗；跟我跑，变花猫；跟我飞，变乌龟。”本来是小伙伴儿们因为腻烦了小谁谁，看着他屁颠儿屁颠儿地老跟着，便哄笑吵嚷出的顺口溜，各地因为口音方言的不同，会有不同的版本。虽说没有太多的敌意，但被嘲弄者当时还是有些尴尬的。

《庄子·秋水》里有这样的故事，说赵国首都邯郸的人走路姿态很好看，燕国有一个少年听到这个传说非常羡慕，就走了很远的路去赵国，想学习邯郸人走路的方法。不过，再怎么努力他还是学不会，最后只好放弃。可因为他把以前走路的方法忘得一干二净，只好一路爬着回去。成语“邯郸学步”就是这个故事的概括。相近的成语还有“东施效颦”等，说的都是如果模仿得不到位，真的会成为别人的笑柄。

前几日得空到澳洲做了一次短暂的观光游，山山水水地挺养眼，下榻悉尼郊外的旅馆，黄昏中发现那地界儿路边电线杆子上也有小广告，凑近了一看，竟然是韩国鸟叔演唱会的招贴，看来PSY的《江南Style》着实风靡五大洲，而我自己并不熟悉这首歌的节奏，更不知鸟叔的骑马舞表现的是什么意思。第二天在车上，昏昏沉沉地听着听不懂的音乐，忽然一个旋律让我清醒，仔细听下去，果然是这首歌。坦率地讲，鸟叔真的抓住了西方人简单欢愉的本性，其表现形式也得到了大洋彼岸各色人群的认可。回国后发现我们这里正在为是否巨资邀请他走进春晚争论得面红耳赤，只是看了那么多业界行当、那么多名流草民都在做模仿，便想到了上面说到的儿时童谣和古人的成语故事。

李玉刚的男扮女装，有一阵子曾被热捧，拿它当个娱乐节目未尝不可，何况起初李玉刚的演唱还算差强人意。但硬要把他归入旦角，说他对戏曲发展有什么发扬光大的作用，业内人士首先就不干了。而稍后又有人进行再模仿，非但不是二度创作，稍有差池就会令人作呕了，此所谓差之毫厘，谬以千里。

聆听邓丽君轻松演唱《你怎么说》，着实温婉细腻，令人心尖颤动，偶然听到汪正正版的《你怎么说》，看着大老爷们在那儿粗声大气地动情演艺，也想融进原本美妙的歌声里，可就是怎么咂摸都觉得蛮不是那么回事。

国际国内许许多多大牌非大牌女星，游走在娱乐圈，总有身子不正、脚下湿鞋的概率，而娱乐圈虽然离风月场很近，可有的人拿捏得好，便被世俗容忍了。但干露露之流的肆意妄为不为政府和百姓容忍，恰恰在他们不设底线的言行中触犯了公众的底线，公序良俗不予接纳，也就不难理解了。

须知真理和谬误，往往只有一步之遥，更何况本应是千里之外的歌声，非要近在咫尺地演唱，说它不合时宜算是轻的，稍有不慎，一定会被口诛笔伐，直至推出午门之外。

红毯上引爆了谁的眼球

还没到烈日炎炎的盛夏，街上的爆乳美腿又开始令人迷乱。想起去年上海地铁官方微博发布的一则劝诫：“地铁狼较多，打不胜打，人狼大战，姑娘，请自重啊！”有女志愿者们咽不下这口气，在二号线玩起了行为艺术，标语为“我可以骚　你不能扰”。但表演者却是黑纱蒙面，传统得很。氤氲迷蒙，灯花明灭，可伶可俐的居家美女也只能在寻常巷陌中自怜自爱地秀上一把了。

好莱坞“性感女神”安吉丽娜·朱莉不久前在《纽约时报》公布了她为降低罹癌风险进行双侧乳腺切除手术一事，受到各方关注。5月24日有美国媒体爆料，朱莉此举的背后其实牵扯着巨大的利益关系。有中国专家随即指出，预防乳癌真的不必贸然切除乳腺。即便做了似乎也应归为隐私行列，真的犯不着大张旗鼓，“低调”到让全世界人民都知道你今天出门没穿打底裤。

关于铺设红地毯的习俗可以追溯到几千年前，根据历史学家的研究，希腊悲剧诗人埃斯库罗斯在公元前485年便提到过红地毯。在他的一部著作中，特洛伊战争中希腊军队的统帅阿伽门农曾经走过红地毯——只有拥有“上帝之脚”的人才能享受这份荣誉。而对于好莱坞来说，著名的“戏院之王”希德·格劳曼成为第一个吃螃蟹的人，他在1922年埃及剧院正式开放的时候铺设了好莱坞第一条红地毯，这距离第一届奥斯卡颁奖礼还有7年时间。

如今红毯已不仅仅是地毯的一种颜色，而是成为寄托梦想和追逐荣誉的载体。每一届戛纳，总有华语电影人成为焦点。但最近5年来，范冰冰无疑成了中国电影人在这个小镇的代表。网上有图为证，范冰冰三个大字的横版和竖版手签，怎么看都不会阻止人们产生腌臜念头的联想，但“范爷”在戛纳的名气有多大，开幕式法新社的图片评价可以说明很多问题：“范冰冰已经成了戛纳电影节的一部分。”只是，他们给这行文字配的图片是张雨绮的照片。在离开戛纳之前，范冰冰接受了《南方日报》记者的专访，回答了所有最近针对她的质疑。对于“蹭红毯”一说，“范爷”显得理直气壮：“我觉得多来几个中国美妞，就是很骄傲的事情……说白了都是出来为国争光的……”

“凤凰论坛”署名沙蒙的高级写手在坛子里写道：“近几天浏览各大娱乐新闻，看到的都是明星女人的乳房比美。在国外红地毯上的女明星耀眼四射的光芒，亮点无非也是两只胸乳。看这些名女人的乳，没人会赞叹会欣赏，只会遭到国民的谩骂和唾弃吧？明星女人把你的乳藏好，如果你们想出名，不是靠暴露乳房卖弄肉体的，你们不会感到你们的形象有辱中国女人的道德吧？我也说我鄙视你们的，鄙视你们的豪乳，鄙视你们的艺德。”

以惯于偷换概念整出动静为荣的一地产大佬，继“白菜涨价猛于房子”的论调后，最近又抛出“胸罩更暴利说”，这一次遭到业内外的一片奚落和驳斥。有网友精准计算后得出结论：一套100平方米的房子，大抵等于五千只胸罩的面积。那么，既然胸罩比房子贵多了，那我们就用五千只胸罩向先生换套房，如何？看来凡事要是没了底线，各类聪明绝顶的歪论调、鬼点子、馊主意都会有市场，堂而皇之地大行其道也不是没有可能。

诗人北岛在《回答》中有“卑鄙是卑鄙者的通行证，高尚是高尚者的墓志铭”的著名诗句，难道在低俗泛滥的纷扰世界里，就真的活该没有高雅者的立锥之地？

接地气与硬牵连

说老实话，这些年的春晚，还真没老实巴交、心无旁骛地静静观赏，明知道它的确应该定位于“王的盛宴”，所以也就不再存有热切的期待。每年七八月份就开始筹划，费时耗力，但由于需要承载的内容太多太大，着实为难了操办者。加上现如今民众的娱乐项目越来越多，期望值和兴趣点也越来越高，越来越分散，谁敢放言能达到各路人马的首肯和满意都是一厢情愿。当年黄一鹤曾为此殚精竭虑，在溃败首体后依然抖擞精神再次出战，真的令人佩服，也让人无比唏嘘。是谁把春晚整治成了一个耗人心血，甚至要人性命的怪物，不得而知。

探斑斓色彩/映入心放花开/香飘缭绕远扬四海/琳琅满目食材/满是不同期待/味缠唇齿乐人开怀/意美人常在/礼尚多有往来/形如意赞如此多彩/多一分悦目/或有几分感慨/养得身心惹人青睐/摇摆摇摆摇摆摇摆/难掩热血涌动着情怀/摇摆摇摆摇摆摇摆/东西南北中相继一脉。

这首《中国味道》不是为春晚专门创作的歌曲，当初“凤凰传奇”的主唱玲花曾坦言：“刚录完我舌头都有点捋不直！”春晚上俩人一改以往的舞台装束和演唱风格，但效果的确不咋地。抄录下它的歌词，怎么踅摸都觉得疙疙瘩瘩，半文不白，用“呕哑嘲哳难为听”来概括，实不为过。

细数春晚的这类曲目，除去一部分永远正确的废物之外，多半出在闭门造车的问题上。主创人员为了春晚而春晚，加上年纪稍轻，阅历不足，往往局限在自己那台电脑的斗室里，接地气这样的技术活成了他们的软肋。其实接地气是个民间用语，地气就是大地的力量与气息。在政治、艺术等领域，指的是广泛接触老百姓，与最广大的人民群众打成一片，反映底层普通民众的愿望、诉求和利益，不能脱离他们的实际需求和真实愿望。《人民日报》有文章在点评2013年春晚相声小品时，也认为大多数作品有道德说教的意味，因而略显生硬。

开车的人都知道，硬牵连是指在拖拽故障车时所用的牵引方式，小品《搭把手不孤独》好像还用到了这样的道具。只是从这个小品的名字上就让人感到有些生拉硬拽，其冲突设置同样不够顺畅。今年的几个小品，基本上是对于春晚主题的演绎，表现社会差别最终得到和谐解决，这种小品结构，结尾突转时暴露出作者文以载道的力不从心，人为的痕迹明显。相声《这事儿不赖我》中，捧哏的说，“不要异想天开把责任都推给别人，要想改变你的人生全都靠你自己”，逗哏表示，“空谈只会误国，实干才能兴邦”，就喜剧手法而言，这样的表达显得老旧单调，牵强附会。虽说这些作品貌似都涉及了现实生活，但蜻蜓点水式的观察，反映到艺术表现上，就有拖拽事故车的痕迹，至于毛病究竟出在哪儿，有没有其他方面的原因，还可探究。

在网上浏览过当年党和国家领导人与首都各界群众一起游园的老照片，无论是老师还是小孩，看演出时都蹲坐在一个小马扎上乐得前仰后合，虽然深深烙下了那个时代的印迹，但能感觉到每个人脸上都透出了“心里美”……

那一汩清澈的山泉水

天高气爽，月朗星稀，炎热的夏日渐行渐远，中秋就要到了。有消息称，这个中秋，只有央视和北京卫视为烦闷过后的人们准备了绝不奢华的晚会，不知这些年习惯了满眼尽是黄金甲的城里人，心里头是否适应。

有资深媒体人曾做过这样的论断，说人们精神层面的基本需求就两项，一是资讯，二是音乐。哪怕是濒临死亡的时候，还惦记着把这一不幸的消息传递出去，然后在哀乐声中与人间永别，更何况欢乐的时光了，那一定是要与人分享的啊。

古语有文以载道，大师说爱情是要有所附丽的，同样，当我们载歌载舞时，当然也需要言之有物。

未来梦想/全都装进行囊/前方未知的路上/依然会有风霜/阳光希望/总有一天会飞翔/离别当时的故乡/让梦开始起航/无法阻挡/肩并肩向前追/我们永远不后退/那些痛苦/依然会觉得珍贵/乘着风往远飞/我们永远不后悔/追逐梦想 伙伴有你相随……

这是凭借2012年在《中国好声音》的出色表现而一夜成名的张赫煊，为某车企作词作曲并演唱的一首名为《伙伴》的广告歌。按说拿了人家的手软，歌词内容上应该可以有些内涵，可要是不在度娘上摆一下，你真的弄不明白这小伙子用他那么好听的声音，在和大家交流些什么。词不达意，语病频出，稚嫩不是全部的原因，空洞也不是它唯一的缺憾，反正当看到有人说这首歌可以和周华健的《朋友》媲美时，我和我的小伙伴都笑尿了。

其实症结就像秃头上的虱子，只是谁也不忍直视，不去戳穿。业界里那些泰斗大咖全都在转椅上刚刚还气定神闲故作深沉状，转瞬间就大呼小叫做装疯卖傻样，至于到人间，接地气，想都没有想过。不信可以问问这些当红名伶，“采风”是个什么东东，即便知道，那最近的一次又在何时?

“如果有一天你来到美丽的马兰，别忘记唱一首心中的歌谣。”清脆稚嫩的歌声，在太行山脚下马兰村的夜空久久回荡。没有奢华的演出场景，幽静狭长的山谷就是他们的舞台；没有一流的音响设备，叮咚的流水和树林里的蝉鸣便是最好的伴奏。8月24日，由邓小岚发起，以“童年·故乡”为主题的“2013马兰森林音乐会”在河北阜平县马兰村上演。

马兰，这个华北普通的小山村，那里的乡亲用鲜血保卫过《晋察冀日报》的志士仁人；邓小岚，这位年已七旬的老人，作为邓拓丁一岚的长女，十几年来以近乎清教徒的精神，让这里的孩子们知道什么是音乐，哪些是名曲，并让他们的歌声唱响在山里山外。

“胭脂河水长，从那天上来，要问去何方，宁静的村庄；宁静的村庄，沐浴着阳光，唱起这歌谣，铁冠山笑了；马兰，早安！天空蔚蓝，阳光洒着，泉水欢唱！”

听着这清纯的歌声，有如甘洌的泉水浸润心田。我相信，即便是那些从好声音里一路冲杀出来的俊男靓女，如若身临其境，也一定会心尖颤动，泪眼朦胧……

你这是要闹哪样

朱哲琴早期的歌声可以说剑走偏锋，《一个真实的故事》沁人心脾，后来的《阿姐鼓》奠定了她在民族声乐领域的顶尖地位，只是近期看到一次她的演出，好像走得挺远。萨顶顶原来叫什么名字现在看来并不重要了，如果说《万物生》让人重新认识了她的价值所在，此后的表现个人觉得更多的像是对自我世界的一种图腾。特立独行，有时真的可以在成功的路途上另辟蹊径。百花齐放当然是我们都愿意看到的局面，但时至今日，有谁真的可以界定哪些是花，哪些齐根儿就是一棵狗尾巴草。

当然我们都懂得，多元的世界需要我们的大度和包容，但一个有秩序的社会绝不是毫无是非美丑的堆砌。萝卜白菜各有所爱，应该限定在自我的范畴，可如今的演艺界，更多的时候是不分场合与环境的忘我陶醉。而当那些心智不完整的名人大咖占据了舞台，会是怎样不搭界的局面，想来不言自明。老夫聊发少年狂被古人咏叹，可要是老妪依旧少女心，那可真得有点当惊世界殊的勇气。娉婷少女的婀娜总让人怜爱，但青春少年在大庭广众之下每每扭捏翩跹，就令人鸡皮疙瘩满地扫了。

陕西一所大学校园内，男生为了给过生日的女友一个惊喜，在女友宿舍楼下用上百根蜡烛摆起了一个大大的“LOVE”，没想到还未等到女友下楼，就被赶来的校警用脚踢翻，浇灭了这场精心策划的爱情秀。“自由也是有限度的，学生的行为不能影响正常校园安全秩序。”学校有关负责人说。

不知从哪天开始的，一些都市里的有闲人士喜欢把自己每天肤浅的所感所想整理成文字，发表于微博微信中。芝麻大点儿的事，都要发一发，秀一秀，没日没夜，没时没晌。心理学专家说，“微博控”们一天到晚时刻保持高度兴奋的状态，连休息时间也被挤掉，如此过度沉迷于虚拟世界，容易导致其社会功能的缺失。英国有心理学家也认为，总在微信微博上秀美食照片可能也是一种心理疾病。有网友自我讥讽道，把个人饮食起居的每一个细节都放在网上，展示给别人，无异于做自己的狗仔队，骨子里应该自恋到一定级别了吧。

糗事百科是一个不错的网站，把自己见不得人的尴尬瞬间匿名秀上一把，不失为自嘲后的一种心灵解脱。但如若做出类似把玩自己鼻涕妞儿的举动，还要让别人欣欣然地赏识，就令人愤愤然了。

《澳大利亚人报》5月13日报道称，一名女乘客9日在美国航空公司一架从洛杉矶飞往纽约的航班上，一直高唱惠特妮·休斯顿的名曲《我将永远爱你》，由于唱得实在太难听，其他乘客不堪其扰，飞机不得不在堪萨斯紧急降落，将这名女子赶下飞机。据机场发言人称，直到这名女子被“请”下飞机，她也没有停止歌唱……

我可爱的亲们，咱真的不自信地觉得自个儿就是一株山涧里的野百合吗？有歌声告诉我们，寂寞寂寞也没什么不好的啊！跳个舞要进央视里的《舞出我人生》，唱个歌要到卫视的《中国最强音》，跳个水也到大牌的《星跳水立方》，咱这是要闹到哪样才鸣金收兵啊？

拿什么告慰我们的青春盛宴

羽泉的《最美》《冷酷到底》，在演唱会上往往会把我们带入高潮，但有多少人对下面这段歌词熟悉：

是什么力量 让我们坚强/是什么离去 让我们悲伤/是什么付出 让我们坦荡/是什么结束让我们成长/是什么欲望 让我们疯狂/是什么距离 让我们守望/是什么誓言 让我们幻想/是什么风雨 让我们流浪。是的，这也是他们的代表作品，歌名叫《月光》。

赵薇的《致我们终将逝去的青春》公映前十天，王菲演唱的主题曲就率先在网上发布了，听过后并没有预先期待的特别感受。有朋友在微信上力荐可以看看这部电影，因为早已把自己归入了老朽的行列，包括此前的《那些年，我们一起追过的女孩》也未曾动心，这一次我还是没有在第一时间走进影院。倒是想起了自己当年的青葱岁月，记得那时也写过一个上万字的本子，名字似乎叫《傍晚，微风吹拂的八一湖畔》，貌似有些类同的感觉。只是世事纷繁，原稿和那里讲述的故事早就灰飞烟灭，我那飘然的青春也就没有什么可以祭奠的了。

“他不羁的脸像天色将晚/她洗过的发像心中火焰/短暂的狂欢以为一生绵延/漫长的告别是青春盛宴/我冬

夜的手像滚烫的誓言/你闪烁的眼像脆弱的信念/贪恋的岁月被无情偿还/骄纵的心性已烟消云散……良辰美景奈何天/为谁辛苦为谁甜/这年华青涩逝去/却别有洞天/……疯了 累了 痛了/人间喜剧/笑了 叫了 走了/青春离奇。”

这样的歌词在怎样的境况下可以叩动我们的心扉，不得而知。但我清楚地明白，青春在任何人的什么样的岁月里，都会永驻。

2013年适逢邓丽君60冥诞，5月19日一场名为《追梦》的邓丽君60周年演唱会在首都体育馆倾情上演。那些飘进心里的歌曲我们真的难以忘怀，那些回荡在脑海里的旋律更是我们共同的追忆。邓丽君成为那个时代特别的标志。歌手张靓颖说，尽管错过了她的那些时光，却没有错过她独有的那份婉约；海泉则表示，不是我们去追逐邓丽君，而是她的歌声自然地渗透在我们身体、心灵。而当年的邓丽君早已成为我们那一代人的青春印记。

记得有一年新年伊始，单位向每位员工发放了一套装帧精美的记事簿，许是很久没有收到这类朴素的“贺岁礼品”了，拿到的当时就觉得很温暖、很舒服，甚至想起了青涩的少年时代使用的塑料皮笔记本。在和同事谈起30年来的巨大变化时，本人的一段话遭到了善意的哂笑，大意是这样的：不错，我们每个人都在这30年切实感受到了物质生活的极大改善，但我们是否仍然需要精神世界的最大享受呢？因为，老实说，每个人的内心深处都有那么一点“柔软”的地方，当我们在不经意地碰触到它时，人们善良的一面就会被放大。也许“柔软”一词用得不够恰当，但我觉得这正是青春岁月留给我的最真切的回味。

迎着月色散落的光芒/把古老的歌谣轻轻唱/无论走到任何的地方/都别忘了故乡/月亮高高挂在了天上/让回家的路有方向/离开太久的故乡/好想回去见爹娘。

而终将老去的我们，该拿些什么去告慰那永不回首的曼妙时光？

秋风中　总有些声音会消逝

蝈蝈、蟋蟀、蚊子等在夏季活跃的昆虫，北方人通常称之为百日虫，说的就是它们的寿数一般不会超过仨月。记得上大学时的第一篇习作就是《夏虫秋鸣》，感慨的就是好花不常开，好景不常在；《名贤集》里也有“人无千日好，花无百日红”的劝诫，如此浅显的道理，任谁都晓得。令人唏嘘的是，即便有人豢养，那些虫儿的寿命多半只是延缓些时日，能接上来年夏日的，似乎还没见过。

《中国好声音（The Voice of China）》，是由浙江卫视联合星空传媒旗下灿星制作强力打造的大型励志专业音乐评论节目，源于荷兰节目The Voice of Holland。旨在为中国乐坛的发展发掘一批怀揣梦想、具有天赋才华的音乐人。《中国好声音》第二季于2013年7月12日由浙江卫视正式播出，那英、张惠妹、庾澄庆、汪峰四位著名歌手作为明星导师言传身教，并于10月7日在经历了“巅峰之夜”后圆满结束。显然，在这个金秋，它的影响度远没第一季的火爆，应该也未达到主办方的期望，我们有理由发问，明年的好声音还会回来吗？

而这之后有消息称，广电总局再次向各大卫视下文，规定每家卫视每年新引进版权模式节目不得超过一个，卫视歌唱类节目黄金档最多保留4档，这份传说中的“加强版限娱令”明确规定：抵制过度娱乐，防止雷同浪费。每季度总局通过评议会择优选择一档歌唱类选拔节目安排在黄金时段播出，其余不得安排在19：30~22：30。有人说，玩是一件需要认真的事情，如此看来，此言不虚。

报载，厦门市的林先生在KTV唱歌，因为唱得太好听了，隔壁包厢的一名男子便叫上一群人，将他暴揍了一顿。事后，打人男子坦言，我们在隔壁就是觉得他唱得太好听了，才跑过来揍他一顿。林先生被打致头部重伤，经鉴定为五级伤残。而六名殴打他的男子先后被判刑，并赔偿林先生26万元，KTV经营方也通过林先生的父亲支付给林先生8000元。唱歌，本是一件轻松愉悦的事情，但由唱歌而引发的奇葩事例也不少见。男子K歌太好听惨遭群殴，是因为他太过优秀而被嫉妒，也有唱歌难听遇上事的，一名外国女乘客因为唱歌太难听而被赶下飞机，就成了国际笑谈。唉，谁说唱歌是件小事来着，啥情况都得防着啊。

再说了，究竟什么是好声音啊？我们通常听自己的声音，是通过耳鼓的震动传导给大脑神经的，这和别人通过空气的震颤听你的声音不是一回事。而借助话筒传递出去的声音则又是另一回事。伴唱也称配唱，有时我们在画面上可以看到不止一人在一旁哼唱，配合主唱表演。他们负责低中高等不同的音域，能让主唱的音色更完美一些，从而营造一种气氛。作为对主唱的修饰，许多流行歌曲都需要伴唱和声，从而给我们带来或空灵，或浑厚，或高亢，或婉转的歌声，同时偶尔会发现，许多顶级歌手也有露怯尴尬的时候。而到底什么才是纯净的声音，可以被冠以中国好声音，剔除那些歌唱之外的噪声杂音，我们在来年的春风里，该有怎样的美好期待呢？

其实在现如今名利翻飞的娱乐场，蝈蝈的声音，为人们所爱；蟋蟀的声音，也为一些人所爱；那蚊子的声音呢？或者干脆我们就不需要任何声音呢？经研究，均可吧。

秋日思语

这个黄金周的确名副其实，只是将原本应该呈现的花样年华演绎成了“粥样”。蜗居在京郊一个没有电视信号覆盖，也不去收听电台广播的小院，踏踏实实地做了一回散淡的人。当然有手机便能知晓天下，微信群里各种资讯由不得你不去了解，《中国好声音》总决赛的状况百出还是看到了一些标题，但真的不愿探知就里，所以在这里的言辞也就离所谓的音乐、所谓的时尚远些再远些了。

都说创作是一件很自我极隐秘的事情，可那么多歌手都急吼吼地想早早地被人关注，无他——因为导师们都早早地坐在了聚光灯下等着他们了。于是便想起了朱自清先生的名句:我爱热闹，也爱冷静；爱群居，也爱独处。像今晚上，一个人在这苍茫的月下，什么都可以想，什么都可以不想，便觉是个自由的人。白天里一定要做的事，一定要说的话，现在都可不理。这是独处的妙处，我且受用这无边的荷香月色好了。

淡淡的“忧伤”，空空的眼眸，不知道现如今还有多少人可以独自一个人，就一个人莫名其妙地呆坐一个时辰，而在这样的时空里，是否会想到，一切不以实践幸福生活为目标的怀旧都是落伍，所有停留在对过去时光的单纯追忆不过是矫情。微信群和同学会像极了闲暇时在海滩上漫步，走着走着就会发现，留到最后的，只剩下那些大小管点事儿的，多少有点儿钱的。而之所以他们还有兴致留下来，多半是借着这个场子，展现一下他们自己那筐没有一个烂桃的果篮，尽管谁都知道现实生活中怎么可能。等到收取一些艳羡的目光和隔靴挠痒般的赞誉后他们会发现，首先是那些没有历练出“钝感力”的人警觉地撤出，当然会被客套地挽留。而渐渐地随着人烟的稀少，大家也觉察到了无趣，剩下的人也就感到了彻底的无聊，于是便作鸟兽散。当然一定会有几位闲极无聊和寂寞难耐的“僵尸粉”在顽强地给自己做“狗仔队”。顾影自怜，追逐自己的影子开心，也是一种境界，更需要超凡的勇气和极大的耐心，着实打心眼令人钦佩。

兴许这样的感触真的与这样的季节有关，所谓一叶落而知深秋，但总归还没到秋风秋雨愁煞人的地步。于是也就记下了前几日中秋之夜的一首口占五十六字：

总把相思寄人间/为谁如钩为谁圆/苍茫天地含清月/阑珊灯火醉悠闲/江河千里空流转/岁月百年不可堪/待等秋霜邀春雪/冰轮一片润心田。

很老朽了吗，未必。有人说冬夏才是一年四季的男女主角，但是走过人生大半的我们，难道依然愿意沉浸在彻骨的凛冽中，或去迷恋那如火的炽热吗？秋霜与春雪的微寒不足以畏人，倒是它们共同的润白与满月的清辉如出一辙，当然春雪未必是由秋霜幻化而成，正所谓白天不懂夜的黑，由此，便更加怀恋人生得一知己足矣。

“还记得我们曾经肩并肩一起走过那段繁花巷口，尽管你我是陌生人，是过路人，但彼此还是感觉到了对方的一个眼神，一个心跳，一种意想不到的快乐，好像是一场梦境，命中注定。你存在，我深深的脑海里，我的梦里，我的心里，我的歌声里。”

这样的歌词之所以能传唱开来，创作者应该是有感而发，而无论这里的你究竟是“那个谁”，生命的歌谣依旧会代代相传，生生不息。

我们需要纯粹的艺术

这是一个典型的冬日周末，《大河之舞2舞起狂澜》的世界首演在首都体育馆，让万余名北京人成为全球第一批新版“大河”的观众。与体育馆和大剧场阔别N年的老夫，有幸忝列其中。诚如有评论所言：“跟慢热型的大河1不同，大河2一开场就把人们带进狂热的高潮，而且这种热度几乎持续两个多小时。”所言极是。

且慢，如此的观后感怎么取了这么个正儿八经的标题？呵呵，我在网上搜了又搜，这题目真的不是马恩列斯毛教导我们说的。倒是艺术源于生活而高于生活，俄罗斯文艺理论家车尔尼雪夫斯基比较早地有着较为完整的论述。《大河之舞》是利落流畅的爱尔兰踢踏舞，还是忧郁热情的西班牙弗朗明哥？是优雅大气的古典芭蕾，还是活力动感的现代舞蹈？都不是，又都是。与“大河1”形成鲜明差异的是，“大河2”将视角放在了火热的都市生活，鲜艳的色彩、时尚的装扮以及目不暇接的流行元素，甚至热火朝天的工地生活都自然地出现在他们的舞步中。

虽然是在现场，可高高在体育馆南侧上方，极具冲击力的3D舞美效果只感受到了个轮廓，且台上演员的眉眼也看得不够真切，但上座应有八成的观众也成了直接观赏的对象。我注意到，尽管在演出的过程中间或有手机彩屏的闪动，但富于节奏的整齐掌声和发自心底的呐喊，成了这里的主旋律；年近六旬的老者和不足6岁的孩童，都被舞台上的精彩演出深深地吸引着，感染着。而正是因为“高高在上”，我更真切地观察到，即便是一段欢快激越的表演过后退场至侧幕，每一位演员都依旧保持着刚刚的盎然兴味和舞蹈节奏，直至彻底离开观众的视线。

由此我当时便想到了维也纳新年音乐会那个固定环节，金色大厅旁的几个房间，唯美的芭蕾舞演员轻盈欢快地舞蹈着，他们应该非常清楚，这样的表演断不是音乐会的主体，但观众却感受到了他们对心中圣洁艺术的无上虔诚。人艺排演的话剧《喜剧的忧伤》，前几天遭遇了真正的“忧伤”，因主演陈道明突发高烧而临时取消了演出，当晚7点38分，一干人马陪着陈道明一道走上舞台，向现场观众致歉，场面着实令人感动。而早几年本山兄在美国巡演的折戟而归，有人归结为语言的障碍，也有人评论说是因为他把生他养他的父兄姐妹当成了戏耍的素材。孰是孰非，自有公论。

好了，让我们再正经一下下，人民一词古已有之，其含义多有变革，只是近代以后才开始泛指社会的全体成员，特指以劳动群众为主体的社会基本成员。毛泽东有过“人民，只有人民，才是创造世界历史的动力”的论述，如此，文学艺术的根基应该不能也不会逃脱这样的定论吧。

但行文至此，让我们屏息做出如下思索：类似《大河之舞》这样唯美的、纯粹的、老少咸宜的艺术作品，是否为当代中国所接受，被推崇？怎样的文艺作品才是健康向上、纯美感人的呢？而究竟什么样的艺人才可以被尊称为人民艺术家啊？如此社会生活不可或缺的严肃问题，如今还有人在正儿八经地探究吗？窃以为，可立此存疑。

一窝蜂or一窝猴

马铃薯俗称土豆，由于在亲缘种间进行杂交不困难，可利用块茎进行无性繁殖，因此虽然它的品种繁多，但基本上都是杂交种。由于亩产可以高达两三千公斤，所以被广泛种植，但其效益并不高，一亩地能有一千多元就算不错了。许多品种抗病毒性极差，经常需要改良甚至摒弃。记得小时候见到最多的是一种被称作“一窝猴”的土豆，产量挺高但单个忒小，大一点的也就像乒乓球，分给农民当口粮时，四斤才顶一斤老玉米，不档口啊。现如今是早就不见“一窝猴”的踪迹了，何故？被淘汰了呗。文雅点儿的说法是因为它们“一蟹不如一蟹”；沧桑点儿的比喻是被拍死在沙滩上了；历史点儿的总结，就是有上述特性——基因不纯正、产量大、效能低的物种，早晚都得退出舞台。差别只是有些死得悄无声息，有些死得很难看，最悲催的是有些死了都不知自己咋死的。

扯了半天闲篇儿，不能不让人联想到当下电视荧屏上“一窝蜂”的唱歌类节目。曾几何时，聆听那些我们熟悉的旋律，是一件多么惬意和温馨的事情；大街小巷的卡拉OK，也给不少人在茶余饭后带来舒缓与放松；许许多多走南闯北在酒吧歌厅摸爬滚打终于混出点儿名气的小星星大咖咖，当他们真诚地一展歌喉，深情地献上一首名曲，的确沁人心脾，让人动容。可物极必反的简单道理，这些个“角儿”应该懂啊，一窝蜂地吃人家嚼过的剩馍，就算不牙碜，难道咂摸不出酸味？知道比种植“一窝猴”来钱多，来钱快，也得见好就收不是。其实从被动欣赏的广大观众和主动管理的相关部门，大家都睁半个眼合半个眼，小小不言地也就过去了。这倒好，国家新闻出版广电总局新闻发言人7月24日称，今年以来全国歌唱类选拔节目总量明显增多，根据广大观众的意见，为避免电视节目形态单一雷同，为观众提供更多的收视选择，满足人民群众多样化的电视文化需求，总局将对这类节目实施总量控制、分散播出的调控措施。瞧瞧，从央视到卫视以至一些有线频道，本来是想干点招人待见的乐和事，结果腻歪到让人反胃的程度，弄得姥姥不疼舅舅不爱了。

以往总局对婚恋节目、穿越类剧目和雷人抗日剧泛滥等现象也出台过类似举措，平心而论还是得到老百姓认可的。搞不清楚的是，都是圈里的明白人，相关的规定不起作用，上级的要求当耳旁风，您为之呕心沥血的观众都看“唠”了，您难道也真的不知道吗？

常常听到有人感叹：有些人注定就是为舞台而生的。在我们的生活中也总有这样的人，只要给他一个舞台和些许观众，一切绚烂和光芒便会顷刻绽放，甚至有些人打心眼里爱上了舞台上神采飞扬的自己，以为那就是现实中完整的自我。听到那些歌手催人泪下的成长历程，看到那些导师手舞足蹈的现场表演，真的有点替他们揪心：列位，咱这是在做节目，千万别爱上戏里的自己啊。

老北京俗语里“吃死猫”的说法和广东那边完全不一样，说的是逮着顺口儿的不撒嘴，直到把自己都吃得恶心了为止。争奇斗艳的大千世界，有多少精彩画面值得我们留恋驻足，老是一窝蜂地啃这些个不上台面的“一窝猴”，就算是得了些散碎银子，也不是长久之计啊，何况还有被“掌嘴”的概率，不值！

因为爱情　所以都会沧桑

这些日子出奇地热，来自国家气候中心的说法是，南方的高温创下了62年来之最，有调皮的“糗友”用这样的造句给这个季节上了点色儿：这个夏天，有美眉的罩罩是用来装咪咪的；这个夏天，有美眉的罩罩是用来装咪咪的。请问这两个相同的句子有什么区别？

真心地请求您别用低俗的眼神看待这个问题，否则我就会把炎炎盛夏里那个被街头巷尾沸沸扬扬地传播着的“说明表”全须全尾地端上来，相信您会更觉得头大眼晕。没错，您猜对了，就是由传说中的“锋迅恋”衍生出来的那张关系图，不知道别人，我反正是蒙瞪了，怎么看都不得不让人想起当年绣像版《红楼梦》前面的人物关系表，还有焦大关于贾府门前石狮子的那句名言。

好吧，说点高雅的，算是给大家败败火。“七月流火”从字面上看，容易被理解成骄阳似火，其实这句成语在多数情况下都被误传误用了。“七月流火”原本是《诗经》中的一句诗，说的是每年农历七月的黄昏，一颗名为“火”的星星流动飘移在西天，由此，暑热便开始消退了。而空穴来风恰恰说的是既能来风，必有空穴，而大多时候我们用来表示毫无根据。由此倒让人觉得，越是盛极一时的这个热那个恋，等大家都去关注时，离他们冷却的时日也就不远了，而传说一定不会是无凭无据。

20世纪90年代有一部名为《英国病人》的电影，由安东尼·明格拉执导，一众影星联袂主演，以异常残酷的战争状态和沙漠修道院的孤单环境为背景，演绎了一场跨越时空的爱情悲剧，几位主人公的意乱情迷果然亮瞎了我们的双眼。而“锋迅恋”传来，有观点为那张尴尬的图标解脱：艺人们其实也不易，平日里就那么大个圈子，转来转去就那么几号人，相互之间错综一下，没什么大不了。倘若仅仅如此，真的无可厚非，问题出就出在当事人没有把极个人的私事保护好，或者干脆还想靠这些个闲杂事由换些个散碎银两，而狗仔们追腥逐臭的本领此时化作节日的狂欢，于是大家也就不淡定了。

让我们做个无聊但有趣的习题：孤岛上，一个美女十个帅哥；一个帅哥十个美女；一个美女一个帅哥——请问，分别会有怎样的故事发生？我的答案是,一个美女十个帅哥，美女会历练成女皇；一个帅哥十个美女，帅哥最终只能是性奴；一个美女一个帅哥，互为家眷，繁衍生息：日久生情我信，地老天荒也有可能，但就是觉得和纯粹的爱关联不大。

“没那么简单/就能找到聊得来的伴/尤其是在看过了那么多的背叛/没那么简单/就能去爱/别的全不看/变得实际/也许好也许坏各一半。”

黄小琥沙哑苍凉的声线诉说的绝不是纯粹的爱情，虽然一直有人举证其真实存在。而看过“锋迅恋”那七拐八弯的关系图后，我和我的老伙伴儿们不得不惊呆了，我去年买了个表，这不正在充分有力地说明，贵为人类的我们，哪怕是其中的精英分子，其生物性的本能在某个适当的时机，也依然表现得淋漓尽致吗?

谁在空灵而深情地高歌着“想你时你在天边/想你时你在眼前/想你时你在脑海/想你时你在心田”？谁又真切地读懂了“天若有情天亦老，月如无恨月长圆”？而纷纷扰扰的现实世界，只告诉我们，人间正道上，沧海桑田间，我们所谓的爱情还要等到万年之后的太久……

在怀旧与致敬中静候春风拂面

有冷就有暖，冬天是否让你好烦。黎明醒来揉揉你的眼，你会发现天那么蓝。桃花要红了，心情会好的，冰封的情感，请解除冬眠。风该变暖了，云也变淡了，往事它飞了，飞过那忘川。那英的《春暖花开》，我改动了几个时态用词，应该符合现在的时令了。连一向中规中矩的《新闻联播》都可以卖萌，在最后播放了一段全国各地新年日出景象的风光片后，主播的画外音适时响起：“朋友们都在说，2013就是爱你一生，2014就是爱你一世，那就让《新闻联播》和您一起传承一生一世的爱和正能量吧！”是的，冬天来了，春天还会远吗?

2014年1月1日凌晨落幕的几台跨年晚会，让不少观众直言不够过瘾。不知道是“节俭令”和“限娱令”的双重作用，还是我们都不再需要狂欢，看到世界各地都在火树银花的欢呼中辞旧迎新，还是令人艳羡的。即便只有湖南、东方、广东等少数几家卫视张罗了跨年晚会，还是锁定了不少观众的遥控器。从卫视邀请两岸三地以至国外的嘉宾，到出席央视跨年晚会的老中青艺术家来看，“怀旧”几乎成为晚会唯一的主题。而满头银发，一袭红妆的秦怡老人，无疑成了这一时刻最令人感怀的亮点。忘川河真有吗？奈何桥在哪里？孟婆婆是否很慈祥？我们在敬畏中，走过或平凡或坎坷或辉煌或平淡的一生，只是接下来的又一世，怕是任谁都说不清楚究竟会是怎样。

“地球自转一次是一天/那是代表多想你一天/真善美的爱恋/没有极限/也没有缺陷……爱你一万年/爱你经得起考验/飞越了时间的局限/拉近了地域的平面/紧紧地相连。”

刘德华在刚刚播出的央视青年励志访谈节目《开讲啦》的最后，再一次深情演绎了《爱你一万年》，打拼了三十年的“铁牛”，如今依旧是“华仔”，没有人册封他是个什么爷，更没有自诩成什么帝，劳动模范的他嬉笑怒骂中自信就是个好爸爸，哪怕将来在这个圈子里再也见不到他的踪影，大家也不会忘了他，的确。

网上有人统计了过去这一年有几多艺人离我们远去，华仔也神色凝重地说道，最怕的是身边的人离去。而就像我们的旧日时光，生命，无论是金贵的，还是草芥一般的，都会一去不复返。岁末年初，看过几档类似艺术人生的访谈，陈明在朱军为她特意搭建的酒吧区，感慨着她可堪回首的过往；“魏和尚”张桐说起在做群众演员时，告诉同伴自己是法国里昂艺术学院的“海归”而被人哂笑的经历，一脸的淡然；顺利拿到了2014直通春晚彩排邀请函的“花板大王”赵国祝，作为马季先生当初在新华书店的老同事，在谈到几十年来坎坷艺术之路时的无奈，着实令人钦佩……

“沿着校园熟悉的小路，清晨来到树下读书。初升的太阳照耀着我，也照着身旁这棵小树。”如此欢快清脆的旋律，如今还回荡在谁的耳边。经常和小同事们说起这样的话题，甚至令人生厌地告诫着他们，在我们周围的各色人等中，尤其是上了一定年纪的人群中，几乎每个人都有着各自辉煌的过往，有的人总愿意提起当年的豪迈，有的人此生可能不会在人前回首。虽然有“人无千日好，花无百日红”的古训，但我们每个人真的都曾年轻过，更何况台下十年功后，给我们带来了各种享受的各色艺人，即便是不再招人稀罕，他们也的确付出过许多许多……

就让我们在深情怀恋和郑重敬畏中，满怀期待地经历来世今生的雨雪风霜，直至欢欣鼓舞地迎来和煦温馨的拂面春风。

做自己生命的歌者

“等了三年又三天，等到太阳落西山。算了三年又三天，何时再见面。我等哥哥整三年，心都不曾变。哥哥你是否还挂念，妹在山里面。你说等你就三年，不会多一天。我又多等你三天，就像过三年。如果你还不出现，我心到不变……”

引录下这段歌词，说心里话，我什么都不想写下去了，因为看过“安与骑兵”的现场演唱，任何语言都会显得苍白；而了解了安静和骑兵在追逐独立音乐梦想的道路上备尝艰辛的历程，再赘述怎样的文字都会觉得乏力。此时此刻，我只想送出我由衷的祝福。

由于不愿意为迎合市场而改变一直坚持的音乐风格，他们的生活曾数度陷入“终日难求一饭之温饱”的窘迫境地，但两人从相识到相知再到相恋的过程支撑着他们一路向前并最终崭露头角。一个木箱鼓，一把吉他，是他们的标志性乐器，用最简单、质朴、自然的音乐表达来自内心的所感所想，同时极具故事性和画面感，使他们的音乐犹如在钢筋水泥的森林里突然出现在眼前的一整座静谧山谷，天然纯粹的美，让人豁然开朗，身心舒畅。

2013年初的时候，龚琳娜在湖南卫视跨年演唱会上的新作《法海你不懂爱》。歌曲播出后立刻引起人们广泛关注，被网友称继《江南Style》后又一首神曲横空出世，让人抓狂的是“法海你不懂爱，雷峰塔会掉下来……”的旋律已经悄然在你的脑中萦绕，挥不去赶不走。

《法海你不懂爱》是她和先生老锣最新合作的一首歌，老锣在向记者讲述创作缘由时说：“白蛇和许仙的爱情故事家喻户晓，在我看来最重要的点在法海，法海遵循自己的道理和规则来阻挠他们的爱，但是真爱的力量最终会让雷峰塔倒掉。”

龚琳娜在央视青年励志节目《开讲啦》中把自己的演讲稿定名为《寻找真实的路》，并介绍说：“我记得有一次，我到一个城市去唱歌，该我唱的时候，我记不得歌词，因为那是前一天就录的歌，是一首新歌。然后当时我就是这样开始，一二三四，二二三四，动作还特别美。但是当我看见上万观众真诚的眼睛，每一对眼睛就像一把剑，深深地刺穿我的心。我觉得自己如果再这样唱下去的话就会变成一个躯壳，一个毫无灵魂的人，我觉得我在欺骗观众，也在欺骗自己。就从那一刻开始，我反复地思考，我最初的梦想是什么？我为什么要唱歌？”

如何在娱乐界做一个真实的自己，局外人不必探究；是不是大多数业界人士的共同追求，我们也无从了解；龚琳娜的特立独行最终会走到哪里，我们同样不得而知。但当我的耳边再次响起“我等哥哥整三年，心都不曾变。哥哥你是否还挂念，妹还在山里面”时，我以为，这里的哥哥不再仅仅是少女对初恋的一往情深，甚至也可以不单单理解为对美好事物的执着憧憬，因为此时此刻，我愿意相信这是歌者对自我纯净的精神世界的真诚向往，如此，我的心尖颤动，我的泪眼朦胧……

纯与真的永恒

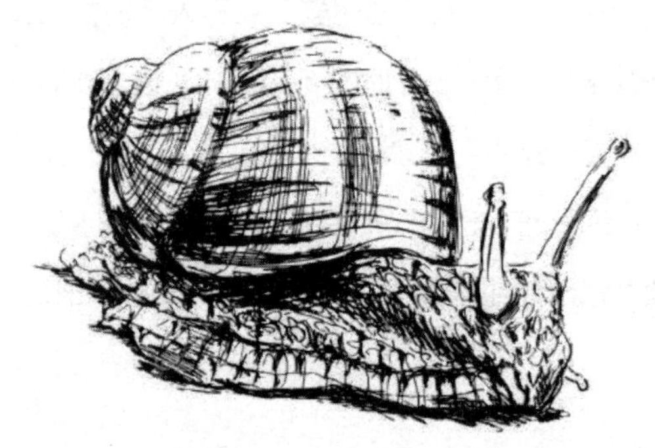

该不该搁下重重的壳/寻找到底哪里有蓝天/随着轻轻的风轻轻地飘/历经的伤都不感觉疼/我要一步一步往上爬/等待阳光静静看着它的脸/小小的天有大大的梦想/重重的壳裹着轻轻的仰望/我要一步一步往上爬/在最高点乘着叶片往前飞……任风吹干流过的泪和汗/总有一天我有属于我的天。

“大海波浪翻/浪花向天开……”“美丽之路/你的美丽千里万里……”“风啊放飞那欢乐的鸽群/让美丽的心情诉说追寻/月啊揽在那年轻的手中……”

是的，这两段都是歌词，外在的不同显而易见，前一段是一首歌的，后一段是几首歌的，当然内里的差异更耐人寻味。不错，第一段就是周杰伦的《蜗牛》，语文出版社最新修订的小学语文教材，在把歌曲《天路》以诗歌形式收入二年级上学期教材的同时，也将它收录为三年级延伸阅读教材。

由周杰伦创作词曲的这首歌，是许茹芸、齐秦、动力火车、熊天平为世界展望会“饥饿三十”录制的十周年纪念单曲，新近入选小学教材，引起了不小的关注，赞赏者因为它的励志，轻蔑者因为它的单薄，两种观点都有各自的说辞和拥趸，但都不是孩子的视角。语文出版社社长、语文课本修订版主编王旭明曾经表示：“长期以来，我们的语文课是品生课、社会课、自然课、科学课，但就不是语文，所以必须改。”而这次教材改编的意义，正是在于回归本真。

我们不是教育者，在小学、中学、大学遴选教材方面都没有发言权。但对于歌曲的创作和演唱，每个人应该都可以评头品足。回想前几年各类大中型晚会的开场和谢幕，似乎总少不了这样一个环节：三五位衣着靓丽光艳照人的男女歌手，在裙带飘飞的伴舞和百花怒放的背景下，嘹亮地唱一曲万分幸福的大歌，曲调宏伟，歌词吉祥，只是一俟晚会结束，这类歌曲的哪怕一句歌词，都不会被亿万人民中的任何一位记住，更不必说那些词曲作者了，像开篇第二段罗列的歌词，有些甚至出自顶级著名歌手。

究竟是什么原因造成如此令人遗憾的局面呢？抛开类似《同一首歌》“官银”当道的因素，作为文艺工作者本身，是否也应该在艺术创作层面做出反思呢？单就歌词的创作而言，一般的规律自不必说，基本的技巧或者说忌讳总还是有的吧，譬如忌语言不精练优美、忌节奏与音韵不合、忌晦涩或说教、忌平淡无奇等等，但首要的一点，应该是感动自己，感染他人。要做到这一点，根本的出路在于纯朴的情感与率真的表达，千百年来，别无他路。

有道是剧本剧本，一剧之本。同样，歌曲的创作，歌词也起着至关重要的根本作用。音韵配器对于一般人来说，有许多神秘色彩，抑或不可企及，而歌词则是人人尽可的元素。迄今为止，我们应该还没有发现得以传唱久远的哪一首歌，其歌词不在传达着纯朴坦诚的或忧伤，或欢快，或哀婉，或酣畅的人间真情，当然，那首无具象歌词的神曲《忐忑》，不在我们此次讨论的范围之内，哈。

大美与极丑

这几天，锋菲复合又成了娱乐头条的主体内容，娱记的狂欢似乎正在向圈外延展，一时间众说纷纭，见诸新旧媒体的主导性言论，似乎还算温和。但即便如此轻描淡写，风头还是轻而易举地就盖过了巨春雷关于凌潇肃三年来憋屈至极的那篇长微博，真可谓这厢是尘世欢，那厢是沧海苦：这边眼瞅着唐小三的冤情即将翻覆，那边倒是姚大嘴紧闭双唇，只一句“满纸荒唐”一言以蔽之。唉，个中滋味，谁能解得开？到头来还不是落得个“白茫茫一片大地真干净”。

记得上学时，美学概论的指定教材是朱光潜老先生的一些著述，那时就记住了这样一个概念：大美即大丑。表象的荒谬，揭示了内核的实质，当时以为领悟了其中的真谛。然而现实社会，真不是教科书所能涵盖的，甚至俗语所说的兔子不吃窝边草、好马不吃回头草，都被这些表面光鲜的大明星奇女子毫无顾忌的言行一一否决了。这个清爽的秋天，难道就真的到了红叶疯了的时候吗？

早些年，奶油小生浓眉大眼充斥荧屏银幕时，大家都在呼唤硬汉、淑女早日回归，等丑星、才女大行其道后，似乎又走向了另一个极端。如今倒是百花怒放了，可总让人有一种惶惶不安的感觉，破败不堪的长相架不住自信满满，好不央儿出落得对得起观众了，却尽可劲儿地往埋汰里造，如此这般竟然拥趸无数，票房蹿升，收视挺高，真是云里雾里让人摸不着头脑。难道我们当年的知识已经老旧到可以放进历史的垃圾站了吗？可逆定理不存在是理科知识啊，即便高考取消了文理的划分，但极丑也一定不是大美啊。

当然，美与丑从来都是相对而论，而美学意义上的丑与美则完全是抽象意义上的。只是有一点大家似乎不必绞尽脑汁地思来想去，那就是纯粹意义上的真，一定是美的，只是移情说又把这个问题复杂化了。所谓移情，举例来说就是这张照片真漂亮，跟幅画似的；这幅画真细腻，跟拍的照片似的。如此，让没有耐心琢磨其中道理的人乱了阵脚：单蹦儿看一件事，一个人，都不赖，咋这些事、这些人凑在一块儿，就得出了贵圈真乱的结论呢？其实，不光是这个圈、那个圈，有道是人生大舞台，舞台小社会，如此这般，倒是折射出这个时代的浮躁与不安，着实令人感慨万千。

前几日王全安连嫖3日被绳之以法全民狂欢，这些天几票“镁铝”投怀送抱高调示爱惹得众人无端艳羡；早年间鲁迅先生笔下的孔乙己曾经振振有词地用“窃书不算偷”为自己做遮掩，现如今一男子吃面皮“被吸毒”，警察以“误食也算吸”的理由处以行政拘留……纷繁复杂的舞台上下，哪个是真，哪个是假，哪些是美，哪些是丑，才疏学浅的你我，该做出怎样的判断？

罢了罢了，我等芸芸众生此刻需要谨记的，似乎只有一点，那就是无论一叶障目，还是一时懵懂，都不能忘了，达摩克利斯之剑，一直都高悬在你看见或者看不见的地方。大美也好，极丑也罢，就留给世人、后人评说去吧。

当真，那你就输定了

微信上看到一小段视频，七八岁的小姐姐将五六岁的弟弟打翻在地，还狠狠地踹上两脚，痛哭流涕的弟弟非但没有得到安抚，画外音里的男声还大声怂恿他：起来，打姐姐！当有人劝解时，男子的回答是：莫得事，两个孩子打架。然后爽朗地笑着：我们小时候就这么打，练出来的。于是许多网友摆事实讲道理，痛斥大人的漠然与粗鲁，但忽略了这个男子其实就是姐弟俩的父亲。也有评论说不会打架，何以平天下！窃以为，是的。

近日，倪萍在主持央视公益节目《等着我》时，说了句：“我们微博的阅读量是五千五百万，同志们，这是什么，这是一个亿。”随后，这段“四舍五入”的计算方式被网友截屏并疯传网络，于是不少网友模仿倪萍的思路调侃造句，诸如小明回到家，妈妈问他考了多少分，他说55分，妈妈激动得热泪盈眶，对小明说：儿子，你考的将近100分啊！倪萍的道歉微博发出之后，网友改变了口风：其实大家都是开玩笑啦，谁还没有犯点儿小错的时候。

前几日，第42届全美音乐奖(简称AMA)开奖，最受瞩目的要数筷子兄弟和张杰的亮相——筷子兄弟在AMA的舞台上表演了神曲《小苹果》，将广场舞文化传播给异国的歌迷，还从说唱歌手兼本届典礼主持人Pitbull手里接过了“年度最佳国际流行音乐”奖；而张杰则领到了“年度国际艺人”奖，据说之前拿到这个奖的艺人是迈克尔·杰克逊、惠特尼·休斯顿、碧昂斯、布兰妮……乍一听，中国艺人吊炸天，莫非，中国音乐已经统治了世界？当然事情的真相究竟怎样，其实并不重要。可人疼的是当事者此后的表现，《小苹果》推手独家回应：“我们绝对没有买奖！”张杰的经纪人也态度鲜明：“这样的质疑让我们非常难受。”可如此这般，挡不住网友的毒舌：这就叫有钱任性！于我们这些懵懂的看客，也只好没钱认命了。此处可以有笑声，呵呵。

有网友罗列了近一时期最恶心的电视广告，贾玲版的“情人眼里出烟花”口香糖广告嚼里啪啦地荣膺榜首，有人甚至发毒誓，从此和这一品牌的口胶诀别。其实，说广告是向公众介绍商品和服务的一种样式，那是词典上学究们扭捏的说辞。大家应该都记得，在我们幼小的心灵还在茁壮成长的时候，每个人几乎天天都在高呼“万岁”，直到后来，我们终于有勇气坦承，那只不过是老祖宗给我们留下表达真挚祝愿的一份狂热，所以到如今谁要还惦记着真能向天借来五百年，一定会让人笑掉大牙。

微信视频里看着自己两个孩子打得不亦乐乎的父亲，心里其实是有底线的，孩子们毕竟是徒手竞技，且今后在社会上靠的是他们真刀真枪地打拼，当然他的态度可以商榷。但倪萍大姐的算法应该不能算是口误了，虽然事后的态度是那样的诚恳，但体育老师肯定不会替数学老师代过；至于筷子兄弟、张杰哥哥和贾玲妹妹等一干人马的杰出表现，着实让人瞠目结舌。有评论一针见血，说什么“利用大众低劣视听审美疯炒，一阵风过后无影无踪，留不下任何历史符号”。是不是有点儿言重了？俺不知道，也不想往深里琢磨，因为俺谨记一句网络短语：认真，你就输了……

孤独的智者何需表演的夸张

新的一年就这样悄无声息地来到我们中间，不张扬，不扭捏，正如《论语》中有言：子在川上曰，逝者如斯夫。不浓重的节日气氛，不热闹的文化活动，岁末年初，文娱市场上，除了《私人定制》自顾自地痛快了小刚导演的那张嘴，就剩下一开年《中国好歌曲》几位导师推广广告中的煞有介事和节目里的倾情表演了。

35岁的彝族小伙子莫西子诗，个头不高，收入不丰，样貌也算不上英俊，但就是这样一个和高富帅无缘的男人，成功追到了一个美丽可爱的异国姑娘，还“迷倒”了蔡健雅。这个朴实真诚的男人，用自己的方式在《中国好歌曲》中，向我们证明了“音乐不可以不自在”。是的，音乐本身就应该是欢快的、自由的、清新的、美丽的。

《中国好歌曲》是央视三套与灿星制作团队联手推出的原创音乐真人秀节目，由《中国好声音》的原班人马打造。刘欢、杨坤、周华健、蔡健雅四位音乐“导师”每人挑选12首中国好歌曲收入各自制作的原创专辑，以期为华语乐坛输送新生代创作力量，重塑音乐生命与原创精神。只是有资料表明：蔡健雅，华语著名歌手。祖籍中国江苏省，现定居于台湾，国籍为新加坡。外国人替我们选中国好歌曲，没问题，让人迷惑的是，选手中也有她的老乡，而我们遴选的真的不是华语金曲，在此求高人给出正解。

跑题了哈，赶紧往回扯。《高山流水》是中国十大古曲之一。相传先秦的琴师伯牙一次在荒山野地弹琴，樵夫钟子期竟能领会这是描绘“巍巍乎志在高山”和“洋洋乎志在流水”。伯牙惊道：“善哉，子之心而与吾心同。”钟子期死后，伯牙痛失知音，摔琴绝弦，终身不操，故有高山流水，知音难觅一说。《中国好歌曲》四位“导师”在录制过程中的表演，当然是为了播出效果，这谁都懂。但每每的喧宾夺主总感觉这个场子像极了这几位大师的现场拉秀。就像其广告语所说的那样：“当旋律沉落，激情不改；当潮流退去，希望仍在！孤独是创作人的常客，但沉默不是。”不知道这是主创人员的心声，还是“导师”们的教诲，抑或歌手们的追求。请注意，既然音乐创作与其他艺术创作一样，常常是与孤独相伴的，而每位佼佼者有谁是靠导师调教出来的呢？导师者，言重了。

2014年维也纳新年音乐会继2009年之后，再度请来以色列的指挥大师丹尼尔·巴伦博伊姆担任指挥。我们在陶醉于一首首经典名曲的过程中，深深地为巴伦博伊姆的亲切、诙谐和淡定所折服。当然我们知道，新年音乐会的排练过程乐队一定很辛苦，指挥也会很严格，但当呈现在观众面前时，整台演出则是流畅的、唯美的，指挥的表演或者说作用是不必大张旗鼓地显现的。此刻，音乐给我们带来的就是舒缓，就是享受，不愠不躁，正所谓“音乐不可以不自在”。

像我们踏踏实实、熨熨帖帖的平常日子，生活的意趣就在不知不觉中给予我们透彻心扉的幸福感、满足感。有人说，理论上没有中国式的狂欢，中国娱乐和中国歌曲也鲜有出奇制胜的。一档出类拔萃的娱乐节目是不是也可以不靠声嘶力竭的大呼小叫和虚张声势的身体语言提升收视效果呢?烦请大方人士不吝赐教。只是谦逊睿智的中华民族应该可以有这样的共识：智者的孤独不必随时随地夸张地表演给所有人看，否则我们就老老实实地承认，我们还不算是智者。

还有谁在意我们的经典

刚刚过去的这个中秋，皓月当空，多少人触景生情，吟诵着这样的良辰美景：但愿人长久，千里共婵娟。电视台虽说秉承着节俭办晚会的宗旨，但还是用了一番心思，效果也还差强人意。只是能让人们咏唱传颂的经典，仍然鲜见，着实遗憾。古代，现代，中华民族五千年的悠久文化，如何在当代得以繁衍，有谁还在为此冥思苦想，甚至因此肝肠寸断？怎样把一台既古典韵味十足，又时代气息浓烈的演出呈现在世人面前？浮躁的我们，何时不再心虚汗颜？

又到中秋，月明心绪宁。云淡星疏笼梦萦。花事晚，叶飘落，草木渐凋零。风乍起，雁南行，晴空万里如镜。将进酒，霜色凝，长堤见三影。浅唱低吟，夜雨总关情。再下层楼，陌上孤身随形。步履依旧，仍轻盈。信手胡诌的几句闲词，放到微信圈后，竟然有人点赞：好诗。心存感念的同时，其实更想回复，这厢正在为套不进任何一枚词牌名而痛心疾首。月光如水，辗转反侧，如此这般，咱这一代，羞见先人于地下啊。

前几日斜刺着穿越了整个京城，从地处朝阳西北的望京抵达位于广安门外的国家话剧院，专程观赏了话剧《枣树》，原本以为剧场内会稀稀落落，不曾想上座率接近九成。两个小时的演出未见人影晃动，倒是台上台下互为呼应。看到了还有这么多年老的、年轻的文艺工作者，投身到不为名利、打造精品的行列中，令人欣喜。散场时，身后竟站起八十有七的蓝天野先生，不禁肃然起敬。

周杰伦的“饶舌”说唱，的确有不少先生、太太整不明白，《听妈妈的话》之后，《青花瓷》《菊花台》《千里之外》让我们捕捉到了一些传统的影踪，方文山的名字也一反常态地被听歌的人真切地记住了。就像真理和谬误往往只有一步之遥一样，弘扬民族文化，万万不能步入歧途。如果只是为了古典而造作，那么就算在没有多少专业修养和文学底蕴的普通听者，也会稍作咂摸后吐出两个字：矫情。譬如类似那个什么《卷珠帘》之类。

晚风习习，秋意渐浓，期待着明年中秋时节，我们不再仅仅翻唱苏老夫子作词，邓丽君原唱的“明月几时有”。就算是有了“月亮可以代表我的心”的演绎，也还是梦想着千百年后我们的后人，能自豪地吟诵我们今天留给他们的长调短歌。当然，我们也清醒地知道，尊重传统，崇尚经典，面向未来，创造精品，于你于我，的确是任重而道远。

话说穷人也是人

这两天一段奔驰车主痛打捷豹车主的视频在网上获得了极高的点击率，奔驰车主的一句怒吼被网友大量跟帖点评："有钱你就转啊，你爹妈没教你，穷人也是人哪！"

端午过了，天气开始大热，人们的乖戾情绪是否会随着气温而飙升呢？其实这段视频的时间地点是2012年5月26日云南昆明的一个路口，事后也未见大的波澜，再度被热炒，似乎嵌入了人们恒久未变的一种饥渴：奔驰车主自称穷人，那我们还算人吗?回答当然是肯定的。只是人们平心静气的时候，可否把这个问题推衍开去：当我们在得到物质享受和精神享受之后，也要给别人留有一道缝隙，大家共同去追寻灵魂的享受。是的，我又天真烂漫了一回，谁让"六一"刚过，还是个国际儿童节呢。

圈子里最近的确忒乱，怨不得外面的各色人等瞧他们不上。这厢锋芝散伙，董潘攻讦，菲鹏离析，文马陌路，离散之势可谓汹涌澎湃；那边几多恩爱，高调造势，更是数不胜数，全然将"秀恩爱死得快"抛到了九霄云外。凡此种种，虽说让娱记们欢呼雀跃，仿佛享受了饕餮般的海天盛宴，但不妨提醒尔等："你站在桥上看风景，看风景的人在楼上看你。"

如此，我们就绕不开曾被誉为"国民女婿"的黄海波。俗话告诫人们："吃喝嫖赌你别抽，坑蒙拐骗你别偷。"前半句是在警示光头歌手李代沫，他没有记住古训，跌了跤，公众也觉得此类问题隶属十恶不赦之一，所以很快以漠然的态度给予遗忘，于李代沫而言，未尝不是好事：如果可能，面壁思过，痛改前非。只是海波哥哥的一失足，却引来轩然大波，原本不会酿成千古悔恨的事件，倒是在自媒体的世界里，成就了一片欢腾。有客官看不下眼了："列位，影星也是人啊，他们将来还要娶妻生子的。""海波挺住"的呼声，但愿是对罪不该诛的一种无奈和戏谑。因为社会秩序的底线，大家其实都是心知肚明的，更没有哪个无事之徒愿意闲来之时以身试法。

知行合一，自古仁人志士都在力求，殊不知，知简悟易行难，才是颠扑不破的硬道理。生活大舞台，舞台小社会。作为懵懂的看客，很多时候都处在忘我的恨人笑人的境地里，就像开篇提到的奔驰男一号，千真万确的道理，即使在他盛怒之中，也可以随口而出，但身体力行的频率有多高，我们就不得而知了。更多的时候，我们倒像老鸹趴在了猪身上，只瞅见了别人的黑。

罢了，还是让我们回到熟悉而又陌生的娱乐天地。有自认为还算了解行情的业内人士介绍说，别看那些影视歌舞娱乐明星在众人面前光鲜亮丽，其实他们在权贵面前也有着许多的无奈，他们的个人空间其实也很是狭窄，所以乱来乱去，他们更多的就是糟践糟践自己，等到他们像捷豹男一号被爆捶了一顿后，多半的选择也是回到自己疲惫的窝里舔舐伤痛。因为，大家都是人啊！

君欲何往 魂兮归来

有人说，张艺谋汇集当下华语影坛最佳制作班底创作的《归来》，是一部纯粹的文艺片，有人看完电影后首先想到的是俄国批判现实主义画家列宾的《意外归来》。电影的分类从来都是多元的，虽然导演本人认可了文艺片的标签，但我依然觉得它有别于一般意义上的纯情文艺，更像是一部悲情现实风格的写意故事片。我相信，从那个年代走过来的人，不会泪洒影院，因为编导演职人员的内敛，压根儿就没有刻意打造那些催泪弹式的煽情桥段；而作为如今影院主力军的年青一代，似乎在生吞活剥的过程中，依旧可以大体领略整个故事展现的温情永远。归来，一个饱含真情的词汇，在张艺谋根据严歌苓长篇小说《陆犯焉识》改编的电影作品里，将那个特殊时代背景下的世间人情，表达得生动形象，就像今年春晚的那首《时间都去哪儿了》一样，再一次唤起人们对现实依旧存在的那份沉重的爱的渴望和信任。

电影《九香》是哪年出品的，如今没有人会记得，但它的主题曲，许多人应该很熟悉：

“把爱全给了我/把世界给了我/从此不知你心中苦与乐/多想靠近你/依偎在你温暖寂寞的怀里/告诉你我其实一直都懂你……多想告诉你/你的寂寞我的心痛在一起。”

或许我的眼界和造诣没有许多影评人的宽广深厚，看完《归来》，我想做的第一件事，是给影片中的角色献上《懂你》这首歌曲，如果有可能。

我们看《归来》，情节与人物也许不打动你，那是因为陆焉识与冯婉瑜毕竟不是你我。但也许你的家里，就坐着一位陆焉识，一位冯婉瑜，他们或是你的父母，或是祖父母，他们曾经的不幸或许超过你的想象，却从未言说。《归来》的题材决定着它在拍摄、宣传、发行上都有着先天的困难，导演对电影故事巧妙的截取与留白，为许多不了解那段历史的年轻人画满了问号，也正是这种空白，如同片中被剪掉的老照片一样，开启了他们对历史探寻的兴趣。对于产生了共鸣的观众来说，在感慨良多之后，一定会进一步思考归去来兮，魂归何处？魂兮归来，爱在何方这些不够轻松的问题。

戛纳电影节上，《归来》没有入围主竞赛单元，但还是引起了不小的关注。而从上个周末上线到本周短短的几天里，票房过亿的好成绩，似乎说明了它的冲击力。就算是撇开电影本身凝重的历史背景，单就故事本身的推衍，同样感人至深，这也应该是斯皮尔博格为之潸然泪下的缘由吧。影片传递出的双向情感：陆焉识对妻子的痛惜，哪怕你不认识我了，我依然寻求依伴；冯婉瑜对丈夫的思恋，哪怕雨雪风霜，也总在满满地期待——影片将焦点集中在爱情之上，没有对历史背景进行过多着墨，但依然用细节告诉我们，人间真情即便在磨砺重重中也依然存在。

此刻，我倒想极力给上了一把年纪的人推荐这首由青年歌手张杰演唱并被年轻人喜欢的歌曲——《这就是爱》：

可能回忆掉进了大海/可能有些往事回不来/可能岁月会偷走等待 爱了/很久 也许 会分开……以为得到时间的青睐/以为旅途没有了意外/以为每天都会说晚安/但是/有你/就没有/不安……挥不去的阴霾/让我为你掩埋……月亮下的对白/单纯得像小孩/你有好几次问我/那是什么/这就是爱/这就是爱/这就是爱/这就是爱……

让我们微微地信一下

有道是人过四十天过午，更何况进入知天命的序列，每天眼睛看到的，耳朵听到的，便没有更多尖利的沙和清冽的风。打开广播电视，时政类、金融类、竞技类的话题不再成为关注的热点，更多的是听听音乐，看看风景，当然脑子也还没有真正闲下来。经常是一边在餐厅忙乎，一边把耳朵交给《精彩音乐汇》或者《回声嘹亮》。只是当听到旋律优美、歌词精当的曲目时才停下吃喝，做出一副煞有介事的投入状。每当看到歌手们如醉如痴的深情演绎时，总会联想到他们艰难困苦的出道历程和一塌糊涂的情感路途，不由得戚戚焉，茫茫然。

媒体融合的大数据时代，新媒体俨然大行其道，传播手段和速度犹如迅雷不及掩耳，而文娱播报依然是传输内容的重要部分之一。网上说到李宗盛其人其事，有这样的文字："自古才子都是生活在风花雪月的诗酒订交里，而不是鸡毛蒜皮的生活中。最好的词人未必是最佳的老公，况且他又如此多情，他自己曾说：'像林忆莲这样的女人，听她的声音就足以爱上她。'他遇见了，他沦陷了，而他此时早已是有妇之夫。"在今天大多数人见面聊的是职场和生意的氛围里，微信转发的倒多是心灵鸡汤般的美文，虚拟的空间反而有纯真善良的流露。

只是美国埃默里大学的英语教授马克·鲍尔莱恩写了本《最愚蠢的一代》，便得罪了数千万美国年轻人。"因为他们把时间都花在了社交网站、IM（即时通信软件）和手机短信上了。"在接受记者采访时，鲍尔莱恩说："一个人成熟的标志之一，就是明白每天发生在自己身上的99%的事情，对于别人而言根本毫无意义。"

有好事者研究表明，微信群是有生命的，差不多每个群都会经历这样几个阶段：匪夷所思的邂逅、如胶似漆的热恋、迫不及待的杂耍、激情过后的微笑、莫名其妙的冷场、悄无声息的退群。且不管最后的结局如何黯然。

近日，有媒体将玲花家女儿萌萌误认成杨幂女儿小糯米，随后玲花在微博上轻巧回应称：“妈能忍，爹不能忍！”网友也纷纷留言：“爹不能忍！幂更不能忍！”如此，又印证了幽默是需要智慧的，而读懂幽默，则更需要睿智。其实成熟的另一个标志，是懂得调侃，不仅能调侃世界，也能调侃自己。一个人的成熟与否，不是出口成章，说出许多深刻的道理，抑或思想境界有多高，而是待人接物让人舒服，同时不能总想着用很多大道理去开导别人。

因为，每个人脑子里大道理都装了好几火车，只是心里苦的日子照样不好过。人们都在表白自己知道得很多，却忘了活到这把年纪，大家差不多都变成了后宫里的太监，什么都看到了，什么也明白了，可什么功能也没了。有人说，能看穿又有什么用，古时县衙里看得最透的人，只能当师爷而当不了县太爷，此话诚然。可悲的是，许多人就是不愿意承认这个现实。

看到有人归纳到，每个微信群都是这样构成的：一两个风姿不减当年的万人迷，三四位转型成功的学霸，五六名不甘老去的愤青，七八个三天两头晒食物的吃货，众多宁愿潜水也绝不退群的呆粉，再加上那个热心有余动辄踢人的群主……

其实，娱乐圈也好，名利场也罢，哪个“群”又不是这般呢？如此，那就让我们都微微地信一下，如何？

什么时候我们一起去看海

海子有手机吗？海子是谁？海子如果活着，今年多大了？

再次听到有人提起海子，是在楼下的吸烟室，一位25岁左右的同事在读手机上的文字：海子，当代著名诗人，1964年3月24日出生，1989年3月26日卧轨自杀。是的，如果海子活着，到现在刚满50周岁，小我20天。

而日前的2014年3月21日，由灿星公司出品、央视综艺频道推出的《中国好歌曲》年度盛典重磅出击，在网友一片“内定”“黑幕”的质疑声中，霍尊实现反超险胜莫西子诗，《卷珠帘》绝杀《要死就一定要死在你手里》。一片哗然中有人觉得《卷珠帘》获得“年度好歌曲”实至名归，甚至认为其代表了中国风歌曲的最高水准：其中除了审美意味还有文化意味。如此口味，实在未敢同路。

“不是你亲手点燃的/那就不能叫作火焰/不是你亲手摸过的/那就不能叫作宝石/你呀你终于出现了/我们只是打了个照面/这颗心就稀巴烂/整个世界就整个崩溃/今生今世要死/就一定要死在你手里……”

作为好歌曲导师之一的杨坤，一直在强调“走心”，而要论起什么样的歌曲营造出了怎样的意境，从而震撼了谁的心灵，真的不是一个季度的遴选就能完成的。多少歌者，是在用他自己的经历，打磨着他的心声，像莫西；多少诗人，又是在用他的生命，呐喊出他的痴情，像海子。而海子诗学的基本观点，就是强调意象和歌吟的合一：

从明天起做一个幸福的人/喂马 劈柴 周游世界/从明天起 关心粮食和蔬菜/我有一所房子/面朝大海 春暖花开/从明天起 和每一个亲人通信/告诉他们我的幸福/那幸福的闪电告诉我的/我将告诉每一个人/给每一条河 每一座山 取一个温暖的名字/陌生人 我也为你祝福/愿你有一个灿烂的前程/愿你有情人终成眷属/愿你在尘世获得幸福/我只愿面朝大海 春暖花开。

令人敬重的刘欢导师以大音希声、大象无形的气度，在“好歌曲”的录制现场似乎做过这样的表达：当一首好歌曲打动人心时，一切文学的艺术的标准都可以忽略不计。但此刻请允许我引用这样的文字用以泛滥我的文学之梦：“从诗歌本体而言，最重要的一点是，海子开启了现代汉语音乐性的真正自觉。到了海子，现代汉语诗才在音乐性这个面向达到了较高的‘完成度’。同时作为一种启迪和标准，这种自觉对于后来的、我们这一代诗人成为必要，并因此繁衍着一个因个人化而无限丰富的语调和声音的世界。”于是我们得出这样的结论，海子以他并不稚嫩的25个春秋，构建了在他走了25年后的今天，依然没有被人逾越的极富乐感的诗词殿堂。

言为心声，动听的歌声更是情感的生动表达。曾经在广袤的内蒙古草原，静心聆听过降央卓玛那低沉清丽的《陪你一起看草原》，等到重回喧嚣的都市，便深刻体味到，美丽的草原原本就不是我的家。而又有谁能够随时去赶赴一场说走就走的旅行呢？等到草原最美的季节，或许我们只能不得不遥望大海。

春暖花开/这是我的世界/每次怒放/都是心中喷发的爱/风儿吹来/是我和天空的对白/其实幸福/一直与我们同在……生命如水/有时平静/有时澎湃/穿越阴霾/阳光洒满你窗台。

是的，穿越阴霾，幸福其实一直与我们同在，那英的深情演唱道出了我们共同的渴望，而无论是《中国好歌曲》火热遴选中的千姿百态，还是海子以断裂身躯为代价的忘我追寻，都是在试图告诉我们，追寻酣畅人生的青春步伐，真的不允许在草原最美的季节，却以邀约着一起去看海为代价。

谁们的富士山

“有一群人，没有APEC蓝时，他们默默忍受。当APEC蓝到来时，他们默默离开。雾霾不归，人不回。”这是前两天微信群里一个戏谑的说法，本人到现在也没倒腾清楚是有幸还是不幸，反正忝列在这一群里了。六天走马观花的东瀛之旅，倒是对“看景不如听景”坐坐实实地再次深有体会一番：2013年6月被列入联合国教科文组织《世界遗产名录》的富士山，其绰约风姿，可以说在全球范围内早已闻名遐迩。这一次慕名而来，虽然谈不上大失所望，但与蜂拥而至的同行者一样，当弥漫的厚云薄雾瞬间消散，披着一层轻雪的富士山露出真容后，引来的则是一片叹息，原来如此——她真的就是一座山丘，甚至不见平顶的环形，于我，竟没有家乡的大海坨来得巍峨。

国内某品牌男装的广告语是相信自己，相信伙伴。同时由几位当红演员出战，演绎男人的不同表象，温柔面的，英雄面的，孤独面的，领袖面的，总之都是正面的伟岸形象。曾经作过这样的句子：平生最厌烦的就是这两种人，政客与戏子。后者尚可远观，因为毕竟养眼；前者则无论在什么境况下，都给人虚晃的感觉。令人遗憾的是，持续两年的反腐浪潮，不仅拍了苍蝇，打了老虎，每每还都牵扯出演艺界甚至新闻界的一些漂亮美眉。本不该搭界的两个群落紧密勾连，显然不再仅仅停留在传闻层面，如此地腐朽没落、沉渣泛起，着实打破了国人的底线。

房祖名今年8月与柯震东在北京吸毒被逮，成龙日前在片场被问到日后见到祖名第一句话会说什么时，叹息道：“不知道讲什么。”对于儿子吸毒，成龙撂下狠话，表示自己若早知道他有这恶习，“我会打死他！”如此恨铁不成钢，无论真假，出于何种考虑，都道出了过来人的悔不当初。而极具讽刺意味的是，许许多多这类那类的形象大使，待等一段时光后，竟被人发现其言行实则早已与其所代言的形象相去甚远，甚至一开始就是背道而驰的，可怜我们芸芸众生白瞎了一份善良的心思，还要替他们兀自汗颜。

有消息称国家新闻出版广电总局已对各大卫视下达通知，规定“凡是有劣迹的导演、编剧、演员等主创人员参与制作的电视剧，要慎重考虑”。向一线卫视求证，得知该消息属实，日前“央视新闻”官方微博也透露，在羊年春晚节目内容和邀请艺人方面保证三不用：“低俗媚俗的节目不用，格调不高的节目不用，有污点和道德瑕疵的演员不用。”对于劣迹艺人封杀令，有影视公司尚心存幻想，希望“过了风头”再说。然而调查发现，这一做法并非中国特产，在娱乐产业更加发达的美日韩，都存在明里暗里的对劣迹艺人实行封杀令。

本来光鲜的一个行当，竟然时不时爆出这样那样的丑闻，当事者会无奈地用“说不一样，其实也一样”的说辞为自己开脱，真有些天可怜见的味道。不错，哪一座高山都会在乌云缭绕时藏一些污，纳一点垢，只是世人会因为它的峻峭而做出瑕不掩瑜的判定，就像富士山露出真容后虽有叹息，但无懊悔，因为游人从心底希冀她更加秀美。

而我们的演艺界什么时候不再是霾里雾里的高大上，“玉宇澄清万里埃”后，让我们这些懵懂看客真的能看到啥就信啥啊。

随子弹飞　侬也是蛮拼的了

记得年中的时候，在海南小憩了几个时日，鹿回头外，偶得半字歌四句："半山半岛半海滩，万绿南国半月闲。半痴半呆半疯癫，快意人生半百年。"那会儿望着满眼的勃勃生机，心里觉得来日方长，还可以尽情挥洒。可转眼就到岁末年初，又到了盘点一年收成的时候。老话儿说，凡是论个儿数的物件，都没得快着呢，日子也一样啊。

月初的时候，就有心急的机构早早地总结出2014年几大网络流行语，更有人不无惊慌地担心，羊年的春晚，可别又成了"网语"大杂烩，而且语重心长地告诫："就让网络上的语词留在网络里吧。"每当这个时候，就有个仿佛墓地里跳出来的出版物道貌岸然地宣布，本年度流行词语还是本刊说了算，那个有钱的小谁谁，你不能算。于是，任性姑娘只好退回闺房，含着泪继续咬文嚼字去了。

微信上，好友的好友总结道：如今，要饭的改叫众筹，算命的改叫分析师，八卦小报改叫自媒体，统计改叫大数据分析，忽悠改叫互联网思维，IDC的都自称云计算，办公室出租改叫孵化器，看场子收保护费的改叫平台战略，搅局的改叫颠覆式创新，借钱给不靠谱的朋友叫风险投资……那么，问题来了：如此，让我想到了20世纪的"四个现代化"和这个世纪初托夫勒风靡一时的《大趋势》。唉，俺读书少，可您也不能逮着一个往死里骗啊。

呵呵，俺知道扯远了。来，咱往回拽。您别嫌俺啰唆，其实是非对错离得真不远，对，也就一步之遥。

千呼万唤始出来的这部电影，在首映后迎来一片"吐槽"。此前的延期首映事件已经将观众胃口吊得十足，一直主张"站着把钱挣了"的姜文，加上葛优、舒淇等实力派影星加盟，都让观众对这部影片颇多期待。但首映之后的"唱衰"声却盖过叫好声，甚至有网友认为这部影片和《让子弹飞》相差100个《非诚勿扰》，就有些不厚道了。我倒是觉得换上那个另译名，随子弹飞，所有困惑，就释然多了。

当初鹅城的换县长事件，就有人觉得丈二的和尚，后来马上就幡然领悟，如今花国改选总统，相信也不那么令人费解。姜大导演的荒诞派技法，貌似不靠谱、不着调，其实掩盖不住他的鬼灵精，您说是吧。

是的，太阳每天都是新的，舒淇舒大美人在片中把个子虚乌有的初嫁权都诠释得头头是道，字字珠玑，俺也是醉了。既是这般，我们还有什么理由不相信，即将到来的2015年的每一天，不是令人心旷神怡的呢。

只是总这样自我安慰，自我陶醉，我们也是蛮拼的了，哈。

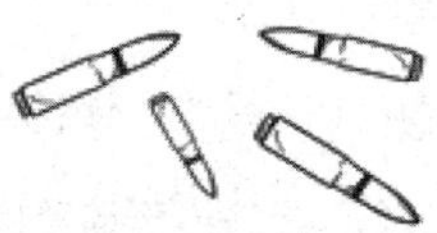

阅读令人心智清明

农谚有“清明前后种瓜点豆”的说法，此间，各类媒体从不同角度发出文明祭扫、植树栽绿的倡议，与我们看到烂漫春花的美景相呼应，使我们不仅享受了生活，还看到了希望，觉得这个风清月明的假期很惬意，仿佛每个人都融进了荡漾的春风里。

俗话还说“种瓜得瓜种豆得豆”“十年树木百年树人”，这个明媚的春天，似乎并不真的一派祥和。沸沸扬扬的“周一见”，不光袒露了狗仔队的底牌，也让相关媒体的底裤霸气侧漏。至于有多少心智健全的成年人，只是因为“出租屋嗑药”事件，才知晓有一个“光头好声音”曾经大行其道，我们不得而知。由此不免让人感慨，究竟是我们已经远离了这个时代，还是发自心底地感叹贵圈忒乱。

果壳网创始人姬十三，许多人一定很陌生，但他的如下表白，令人肃然起敬：“我一直想把自己所学专业里有意思的事情写成科普文章发到网上，让科学像音乐、电影等艺术一样能流行起来。未来，我希望人们在咖啡馆里、在酒吧里都能自由地讨论科学，让科学真正流行起来。”“第二书房”社区图书馆创始人李岩，同样不为众人所知：“我做过IT，当过记者。后来，我创办了社区图书馆。我希望它能复制到千千万万的社区里去，让更多的孩子通过阅读增长知识、开阔眼界。”姬十三、李岩都年轻得很，作为这个尚显浮躁的社会一员，他们可能没有一呼百应的能量，栋梁、脊梁这样的辞藻或许最终也与他们无缘，但他们真的一点一滴地在做。是的，在做。

曾经向不同业界和年龄段的人谈论起这样一个话题：哪些歌让你哼唱至今？答案不一而足，结论则明确指向我们近来疏于谈及的概念：真的善的即是美的。“在那金色沙滩上，洒着银白的月光，寻找往事踪影，往事踪影迷茫。”或许寄托我们情致的不一定是同一首歌，但对真善美的向往，一直真切而生动地存在着。网上有一个戏谑的说法：温饱思文艺。而当我们肚皮吃得都泛起白光之后，有没有想到拿什么去慰藉我们那饥渴的魂灵？

眼下又到了春暖花开的日子，城里人沐浴在和煦的微风里，徜徉在绿草新柳间，周末兴许还会邀上仨俩亲朋好友，驱车到郊外赏玩青山绿水的明澈，领略蓝天白云的高远。可谁还会想起旧时的乡下，这一段时光可是最难熬的日子，所谓青黄不接，赶上饥馑的年头，是要饿死人的。有伟人一直在谆谆教诲我们，莫回头，向前看，可忘记过去就意味着背叛应该也是伟人说的。电影《1942》赢得了口碑，输惨了票房，闹饥荒的事哪怕每过20年再来一次，人类也能顽强地对付过去。

只是令人揪心的是，两个甲午之后的今天，致远舰舰长的名字有谁还能随口道出？而阅读经典使人心地豁亮，眼界高远，即便大书特书也未必被人认可，身体力行，就真的可以算作文化的悲哀了。在这样的氛围下，就算是让男女老少都津津乐道的娱乐业空前地发达，意义又何在呢？

做美梦我们还打呼噜吗

上过中学的我们应该都记得，早年间班里的文体委员一般是由一个人担任的，着实给文体一家亲做了生动形象的注解。只是那个年代人们都很单纯，无论是男同学还是女同学出演这个角色，老师既然指派了，大家也都同意，加上大多数情况下，这个委员哪怕是矬子里拔将军，也还都有那么两下子，所以同学们不光给予配合，有时还真的有那么一点佩服。时光荏苒，后来听说孩子们都愿意在班里混个一官半职，老师也愿意做顺水人情，几年下来，连班主席都会出现三五个，自然文艺委员、体育委员那是一定要分家的。

这么多年过去了，当事人可能都不愿意提起，但有高兴小朋友在，人们就不会忘了那英、高峰当初令人艳羡的文体恋典范。倒不是非提他们不可，您要是一定追问怎么好不央儿又提起这档子事，那就只好告诉您，这不是有娱记们又拍到了殷桃与李金羽疑似在一起的画面了嘛。于是沉寂多时的文体一家人的说法，似乎又要沉渣泛起。当然，萝卜白菜各有所爱，别人私密的情事，的确跟我们半毛钱关系都没有，只是唠个嗑，您千万别当真，成吗?

前两天忘了在哪个网站看到一项“大数据”，说是民歌手这两年的上镜率和曝光率严重下降，而以2013年上下两个半年的曝光频率落差尤为明显，环比下降比率女歌手达到了82%，男歌手达76%。以上半年为周期做同期比较，2014年与2013年的落差更大，男女歌手的曝光率都减少了九成：民歌手们似乎集体销声匿迹了。和流行歌手出唱片、演影视和接广告相比，民歌手保持曝光的方式是上晚会、去慰问和开两会，更深层次的缘由，不是我们探究的重点，至于他们都去哪儿了，也不是我们特别想知道的。与此同时，全运会、青奥会开场的大型团体操或者歌舞表演，似乎也没有了以往的载歌载舞、欢声雷动，于是让人有了挺正经的思考：文艺体育的主体功用还是不是愉悦身心、强健体魄？而究竟什么才是文体娱乐的终极走向和目的呢?

记得有一次与一刘姓社会学者闲聊，说到我们的特色，有人把这样一个困惑抛了出来：为什么我们的文化体育娱乐活动，总要和社会、政府乃至政治紧密地联系在一起，动辄举全力而为之。刘博士的一番讲释令人顿开茅塞：国际上，政治与经济从来都不是两个领域的事情，而如果从语言学的角度出发，研究者发现，政治经济这两个单词在希腊语里同属一个词根，即生存。是的，扯远了，但您别急，我想表达的观点是，任何集体或个体光鲜的外在表现，是否仅仅是为了一个简单而直接的目的，即在错综复杂的社会环境下，体面地活下去？

由房祖名、柯震东推演的《监狱风云》剧情又进入了一个新的高潮；朱芳雨“朱8”的海岸风情照，让他原有的家庭终于支离破碎。如此光怪陆离的文体娱乐世界，什么时候才能给我们带来满满的正能量？问询过周边各色人等同样的这个问题，您在深度睡眠时还会做梦吗？当您正在做美梦时，还能酣畅地打起呼噜吗？没有人能清晰明确地做出回答。于是又想到了这则段子似的寓言：孔雀每年参加森林选美大赛，结局都是铩羽而归，百思不得其解后终有高人指点，你每次舒展羽毛时，为什么要露出腚部呢？

不做歌手时我们最想做什么

这个清明节前的《我是歌手》可谓故事多多，先是孙楠有预谋退赛，汪涵凭急智救场，惹得线上线下热闹异常；紧接着又有“你不换歌我就换人”的隔空吵闹，把个“凳子起火了”的传说又一次炒将起来。之所以说“故事多多”而不说“事故连连”，就赛前事后的一些蛛丝马迹来看，并无什么突发事件让那个橙色水果台应接不暇，倒是让地处湘江两岸的他们喜出望外，而地北天南的高度关注，不正是他们赚个钵满瓢满的绝佳时机吗？商业营销采用何种手段，那是他们团队的事，只要不违法乱纪，便无可指摘。只是日子长久了，手法笨拙了，看客们还会被蒙在鼓里，还愿意假装配合吗？

老话有“拿人钱财，替人消灾”的说法，韩红在赛后接受媒体采访时说：“我能接受节目炒作，包括对我其实有很多剪辑出现问题的，我没有那么说，但是剪出来就是一个意思，‘咔咔’又剪又是另一个意思，但我得接受啊，我拿的这钱里边儿它就是有当炮灰的钱啊。”如此，不能说是消灾，只能算是添彩。照着这个思路，孙楠拿出那张事先准备好的纸片，一板一眼地宣称给弟弟妹妹们留下场子，估摸也是拿了他觉得够数的钱了。至于歌王，在这些玩歌的姐姐弟弟、哥哥妹妹心里，原本就没那么重要；而看歌的人们，图一个热闹，听几首好歌，完事各回各家，仅此而已。

当年苏红轻松欢快地哼唱着谷建芬老师谱曲的“我想唱歌可不敢唱”，给人留下愉悦自在的印记，如今邓紫棋也想唱一首自己的新歌可就是不能唱，以致事后不得不被动地表白“我真的只会做音乐”。此间洪老师的生杀予夺，在这些歌手那儿当然是一个吐沫一个钉，可他背后无形的爪与牙又有多少呢？从这个意义上讲，洪大导演顶多算是个被提线的偶人，至于动辄封杀这个，封杀那个，想来从时空上讲，都不是一件说到做到的容易事了。翻手为云，覆手为雨？谁还敢妄称自己是现世如来啊。

按如今的划定，王洛宾应该是新中国最早的唱作人，当初他老先生独自行走在广袤的大江南北，留下无数脍炙人口的曲目，如今斯人远去，还有人相信他只是为了自己心中的缪斯而旁无杂念吗？1940年出生于陕西西安，被誉为“黄土高原上的银铃”的著名歌唱家贠恩凤，身着一件永不褪色的红毛衣，凭借一辈子扎根生活、为人民歌唱的坚定信念，构成了一道独有的风景线。深沉悠远的新疆民歌，清亮高远的陕北信天游，如今还是我们痴迷音乐的最初意义、醉心歌唱的原本目的吗？

杜海涛与沈梦辰“坐实恋情”的绯闻炒作，不管各路“小编”拿了人家多少钱财，俺的态度也是“打死你我也不信”，要不，咱等着瞧。

邓紫棋或许最终也火不到哪儿去，但她可以做个不温不火的好孩子、好妻子、好女人呀。不光是她，我们每个人，首先要做的，不都应该是一个诚实守信、说话算数的好人吗？至于能否成为人生路上的好歌手，管他呢！

点亮生命里的智慧之灯

这个周日的清晨，刚从冰城哈尔滨回京，就看到微信上有“告诉你真实的雪乡”的帖子，有图片，有数字，有观点，中心意思就是那里条件很差，收费奇高，城里人梦幻般的遐想，被深山老林里的东北人撞个粉碎。于是有跟帖的筒子得出结论：谁还再去，谁就是傻狍子。雪乡俺也去了，就花了220元——钱在自己的兜里，谁也没强迫你，更没人明抢。佛教有放下贪嗔痴，一切皆释然的教义。所谓上当受骗，不是我们自己还心有旁骛的缘故吗？我的感觉，不是山里人学坏了，而是外面的暖风把雪乡纯净的冰凌吹脏了。

早在20世纪80年代，就有歌声告诉我们：外面的世界很精彩，外面的世界很无奈。旋律很熟稔，歌词也经典，只是很多人仅仅停留在吟唱的层面上，用杨坤的话说，走心了吗？不只是疆域的内与外，每个人的内心深处，都有着不同的精彩与无奈。赵本山用他外在的勤勉，忽悠全国的看客小30年了，很多人只是无缘当面给他打赏，但谁敢说没在他的小品里投入发自心底的笑声？如今形单式微了，许多人开始过度关注他所谓的低雅与高俗，可见国人的独立思考多么需要补仓。于是又想到，没到过日本，不去正视这个岛国的秩序与现状，却总高唱着大刀向鬼子头上砍去，似乎只要振臂一呼便胜利在握，多少有些意淫的成分。

“纯洁、透明、干净”的姚贝娜歌手，以她风华正茂的年纪飘然而逝，白发人送黑发人之殇，当然令人唏嘘；“沉着勇敢、机智果断、威震敌胆”的张万年将军安然离世，哀荣尽享身后。本来不可同日而语的生命之歌，竟然在资讯发达的当下成了热点话题，想来不符常理。其实大家都明白，姚与张不是一个范畴和层面的，文娱记者与时政记者的任务和手法原本完全不同，不同形式的追思和祭奠，真的都很必要，相互也并不冲突。自媒体的角度、心境乃至出发点各不相同，需要相互之间的尊重和理解，原本就不适于同一标准评判，为什么引诱得毫不相干的两个群体唇枪舌剑呢？

斩断情丝心犹乱/千头万绪仍纠缠/拱手让江山/低眉恋红颜/祸福轮流转/是劫还是缘/天机算不尽/交织悲与欢/古今痴男女/谁能过情关。

耳畔响起这支低回哀婉的《红颜劫》，不免让人回味起曹雪芹作词、今人谱曲的《葬花吟》，只是当我们提出那个年代的当朝皇帝是谁，曹霑的祖辈官位是否到了副国级这样的问题时，怕只有红学专家才能说得明白吧。

人生好像一条/一条不平坦曲折的小路/最美丽的风景/往往未必在山的顶峰/点亮智慧人生/点亮希望的灯/让所有的梦/从此不再懵懂。

经历最近的动荡，赵本山在参演铁岭市迎新春音乐会时，一上台便告诉家乡人一句话："我就是一个演员，没有任何事儿。中国有一句古语，三穷三富过到老，没有一个人会顺风顺水地走到尽头。"

微信拉近了人与人的距离，转发微信更多的可能是在以讹传讹。手指一捻，自以为真理在握，但更多的时候暴露了我们老鸹爬在了猪身上，就看到别处黑的天性。旅游让我们了解到，在这个世界上，还有更多的人，以有别于我们的方式自由自在地生活着。而我们即便过了知天命的年纪，也依然要心存畏惧地去感知外面的世界，用我们独立的思考打开智慧之门，而不是人云亦云，犹如井底之蛙般自得其乐。只是我最后的问题：美丽的松花江和童话般的雪乡，谁又是谁的母体，还有人愿意思考吗？

该如何向我们的经典致敬

眼瞅着2015年翩然而至，估摸着又会有各色人等写下“新的一年，新的起点，又是一个全新的自己”这样的金句。满满的正能量固然可喜可贺，但如此年复一年地自欺欺人，也真是让人一醉千年了。

时代巨变而理想不灭，万物速死唯情怀永恒。这是我年底年初看到的颇有意味的一条短语，不仅感慨万千，更是浮想联翩。有道是曾经沧海难为水，可更多的时候是处在心若止水水有多深的纠结中。有段子说：这日子口，愁死我了！一出门就感觉自己少辆车，一看时间就感觉自己少块表，一拿起电话就感觉应该换个苹果6，一洗手就感觉少个钻戒，哎！原来自己啥都没有！我不是有钱任性，我是没钱倔强。这里表面上说的是物质，可谁都知道，真正虚无的在哪里。

于是，理想与情怀便成了我们永恒的话题。而所有梦开始的地方，都离不开对传统的尊崇，对经典的铭记。许多人看过20世纪60年代的老电影《林海雪原》，也看过“样板戏”《智取威虎山》，还有后来的电视剧《林海雪原》，当然，无论是黄发垂髫，还是耄耋老者，对曲波先生的原著，都不会陌生，说起“小炉匠”“蝴蝶迷”乃至子虚乌有的“宋老三”都是津津乐道，仿佛他们都活跃在每个人的脑海里。眼下正在热映的徐克版《智取威虎山》，更是撩拨起每个人内心中激荡的青春与骨子里蕴含的豪迈。

有人说，徐克的《智取威虎山》是中国版的007，虽然夸张了一点，但它在故事的传奇性、环境的壮阔性、人物的丰满性和特技的精彩性上，均有不少可圈可点之处。红色经典+商业大片的巧妙结合，是该片成功的要素和最大看点。

曲波先生当年在接受记者采访时曾强调：“经典是不怕重复的，只要你有诚意，有相应的艺术手段。”但不知老人家的在天之灵，对如今的抗战片刚开始就有“同志们，八年抗战就要打响了，我们要严阵以待，为国家做贡献”这样的台词，作何感想。

看到有权威人士对2014年值得一读的12本新书做了推介，也有小编总结了过去一年值得记忆的12个典型瞬间、12段精彩视频、12部时尚大片等，其初衷和目的都是想告诉后年或者后人，当下还是有经典可以载入史册的。但这样的努力，往往是徒劳的。因为，就算是这个小姑娘真的很乖巧，打扮起来也还是很任性的，不费十年百年的工夫，她从来都不会老老实实地在故纸堆里待着。

“我们在回忆，回忆那过去。在冬天的山巅，露出春的生机。我们的故事，故事多么甜蜜。在春天的好时光，留在我们心里……”是的，沉淀在我们思绪深处的过往，或许并不都是关于经典的记忆，如何向这样的美好表达敬意，从来没有一个固定的模具。但不能泯灭的，永远是每个民族文化层面上的纯真与壮丽。

窃以为，当我们对那些真正的经典尚不能有十足把控的能力时，不妨先将其束之高阁，如此，才是最大的保护与尊重。

那些柔软而坚定的力量

“等我的身体也有了曲线，我就会是一个妈妈，我会有一个小孩子，她一定要是女的。我要带她走遍全球，我一定不老是骗她说：你现在还小，等你大一点再说吧。我要给她买一只她最喜欢的宠物，我一定不对她说：我现在很忙，下次再去吧。”这几天，一个8岁小朋友写在作业本上的诗，不仅在朋友圈刷屏了，也轻轻敲击了我内心的那片纯粹与童真：“小姑娘对妈妈的怨念好深啊！字里行间都流露出淡淡的忧伤，不过好可爱！”多少人在网上留下这样的评论。

此刻我想起了那幅题为《妈妈的怀抱》的图片：冷冰冰的地板上，有一幅用粉笔画成的儿童画，充满稚气的笔触，勾画出一个面带微笑的母亲，两段粉笔就放在一边，一个小女孩脱掉鞋子，爬到画中间，头枕在妈妈胸前，蜷缩着，在妈妈的怀抱中沉沉地睡去。如此悲怆而凄美的画面，我不再关心她究竟有怎样的背景，是否只有单一的主题，因为我知道，正是简单，才有了博大。

另一张令人心碎的照片，是土耳其摄影师奥斯曼·萨厄尔于2014年12月在叙利亚阿特梅赫的一个难民营中拍摄的。小女孩以为摄影师手中的相机是武器，便举起了双手。“你知道难民营有很多人无家可归。而且在孩子的身上更容易看到他们所经历的不幸，因为他们天真，总是会流露出真情实感。”萨厄尔说。印度诗人泰戈尔曾写道：“孩子的眼睛里找得到天堂。”是啊，人世间最美好的一切都系于那双纯真的眼睛，然而在战火纷飞、流血冲突和恐怖袭击中，这一切又让孩子们如何展现他们的烂漫与天真呢。

法国作家拉封丹写过这样一则寓言：北风和南风比威力，看谁能把行人身上的大衣拿掉。北风首先发威，阵风凛冽，寒冷刺骨，结果人们把大衣裹得更紧；南风则徐徐吹动，顿时风和日丽，行人始而解开纽扣，继而脱掉大衣，南风获得了胜利：严苛与温暖的比拼，其结局不言自明。

这个春天里，北京卫视播出的《音乐大师课》，规避了导师评委的刁钻点评和无情淘汰，天赋异禀的男孩女孩、时空穿梭的情感互动，纯洁干净的表演歌唱，让每个孩子在得到充分表现的同时，也享受到了音乐给他们带来的温暖与快乐。观众看到的，不再是音乐大师的高高在上，而是与孩子们的交流与融合，以及一个个音乐小学徒逐渐散发光芒的过程。如此，寓教于乐便不再是一件抽象而困难的事情。

我们都知道，音乐是艺术的重要组成部分，而艺术的表现形式和感染力度应该是相通的。就像建筑是立体的音乐一样，诗歌是音乐的母体，图片是音乐的变形，优秀的作品能够产生持久而刚毅的力量，肯定不须依仗疾风暴雨般的说教和无病呻吟的絮叨。而需要说明的是，粗壮男儿做作的阴柔与温情脉脉的水滴石穿，就像两股道上跑的火车，原本走的就不是一条路，自然也是互不相干的两个话题。

那么，此刻我们最想发问的是，单就歌唱而言，飙高音与比技巧，然后再近铜臭，怎么会打动人心呢？8岁女孩的诗虽然稚嫩，妈妈的怀抱或许另有隐喻，难民营里孩子高举的双手当然只是一场误会，但如此细微而具象的符号，都会化作一首首柔软而坚定的心曲，触碰着我们每一段不老的神经。

踏着国标的节奏融进夕阳

近日，有报道说，风靡大江南北，曾经登上春晚的《小苹果》《最炫民族风》等广场舞曲，今后将会有全国统一的全新动作，为此，国家体育总局、文化部还共同主办了发布会。有官员介绍，从2012年开始，体育总局就开始进行调研，希望有更统一、更科学的健身操舞，改变一个社区一个跳法的情况。同时认定，经过一路择优，最终推出的12套作品，适合不同人群、编排科学合理、更接地气、更能传递正能量。

壮哉，我大中华！从此以后，就连广场舞都会一展我伟大民族的精神风貌；幸甚，我的邻居大妈！你们的晚年傍晚生活都有专门机构呵护且规范了，仅此一项，幸福指数一定会在这颗蓝色星球上遥遥领先。呵呵，希望这样的玩笑没有开过头。俺也注意到，随后同一官员很快出面强调：这并非是强制性的统一，全国人民跳一套操的时代早已经过去了。唉，早知如此，何必当初呢。

只是此刻耳畔响起的旋律，竟是30年前那首令人身心舒畅的校园民谣：

远远地见你在夕阳那端/打着一朵细花阳伞/晚风将你的长发飘散/半掩去酡红的面庞……来吧 让我们携手共行/追逐夕阳的步履/走在林间的小径/擦过清清小溪/那儿有一座小小蜗居/等待着我们/踏着夕阳归去……

打住，俺知道俺错了。人家广场舞说的是全民健身活动，你哼唱的是个人独有情怀，二者不搭界啊。可俺记得上小学时，文体委员一般都是由一位同学担任的。等俺长大了，变老了，忽然发现文体明星还是一家亲的节奏，一般的表现形式是一位外形靓丽的女艺人身旁依傍着一位身形健硕的男选手，只是相亲相爱以至永远的不很多。萝卜白菜各有所爱，这些跟咱没有毛线关系，可体育总局和文化部的如此联姻，便“木”有一点“停车坐爱枫林晚，霜叶红于二月花”的诗意了，难怪有网友不无耸人听闻地预言：舞林终将开始一场腥风血雨的斗舞大战。

又到了春风拂面的季节，每年的这个时候，都有一小撮满怀人文精神的悲怆书生要追忆一位极富独立个性和悲剧色彩的诗人——海子。记得去年的3月26日，本人还以《致友人》的名头，写下了这样的诗句：

无论见还是不见/春色就在眼前/无论相忘还是思念/太阳依旧挂在天边/谁说穿越阴霾/幸福就会洒满露台/这样的光阴里/只有海子/用断裂的身躯/发出深情呐喊/面朝大海 春暖花开/而我/仍然期待/到草原最美的季节里/去追忆儿时的/青青家园。

是啊，文学的东西是需要静夜长思的，长久的沉淀才会有我们对平凡世界的再度认知；音乐同样需要我们个性张扬的表达，只有感动了自己的作品才会感染更多的人；而体育，无论是竞技的还是全民的，其本质都是对幸福和快乐的一种忘我追求，即便这个过程是艰辛的，其结果是以最后的停歇或曰失败而告终。但有谁能否认，欢愉的感受，酣畅的体验，对于每一个体，应该是完全不同以至截然相反的吧？如此，踏着国标的节奏，我们一道融进美丽夕阳映衬下的黄昏，该是一道多么滑稽的风景线啊。

塞外老家流传着这样一个美丽的传说：很久以前，冬天爱上了夏天，但他们始终不得相见。后来，冬天干掉了春天，夏天灭掉了秋天，强壮的冬天和炽烈的夏天终于在一起了。于是他们有了个宝贝儿子，叫倒春寒，还有了可爱的女儿，名叫暖冬。从此，塞外人民过上了胡乱穿衣的蛇精病般的幸福生活。

是以为鉴。

在回味中告别我们已逝的青春

这个春天，应该是北京近些年较为长久的，于是人们也就多了些踏青赏景的时日，在“五一”国际劳动节惬意的春光里，相信许多人品尝到了发自于心底、弥漫在空中的欢愉。

“那么，什么是幸福呢？”鸭绿江对岸，朝鲜民主主义人民共和国旅游大巴上女导游的一句发问，竟让全车的中国游客集体噤声了。“平等。”身着民族盛装的小导游微笑着平静地吐出这样两个字。是的，“不患寡而患不均，不患贫而患不安”。出自中国古代先贤孔子《论语·季氏篇》的这一警句，如今还有谁依旧铭记且身体力行呢。

一天的境外游，留给人们深刻印象的还有朝鲜这家幼儿园三五岁的小朋友们一个半小时的卖力演唱，报幕的一男一女小娃娃，呢呢喱喱中简直萌得让人心醉，孩子们表情丰富的歌唱和表演，虽然听不懂每一句内容，但他们表达的感情和洋溢的热情，着实感染了全场。在欢乐的歌声中，在愉快的氛围里，所有的中国游客都表达着由衷的祝愿，袒露出淳朴的欢笑。

于是想起前几日，在北京工人体育场，与数万人一道痴迷于周华健个人演唱会的场景，对于年逾五旬的我来说，的确也时尚一把、疯狂一把。当周华健再次唱起那些经典老歌时，人不分老幼，声不分男女，手机上的电筒和着歌声的节奏，台上台下幻化成了繁星点点的夜空，直抵每个人心灵的海洋。原来幸福竟是如此简单，全没有周华健在演唱会《江湖》环节里发问“替天行道，天道有无”的那般凝重。

以著名诗句“没有比脚更长的路，没有比人更高的山”，而仍然不被人忘怀的诗人汪国真，4月26日凌晨因病离世，千余民众前往八宝山吊唁并为诗人做最后的送别。诗人的儿子在花圈挽联上写下了父亲的诗句：“生命是自己的画板，为什么要依赖别人着色。”有评论者表示，汪国真的诗明白如话，不故弄玄虚。那些流传极广的佳句简单明了但富于哲理。其诗句“既然选择了远方，便只顾风雨兼程”等可以说影响了整整一代人。跨越了世纪的诗人和诗句，其生命力恐怕就在于做人的单纯和为文的平白。

“也许你忘了那首歌怎么唱/就像忘了当时的月光/如今我颤抖哼起那段旋律/你能否感受往日的景象/我们轻轻唱/听回声多嘹亮/开启崭新的梦想/沿着最初方向……”

这首由李谷一、李光羲、于淑珍、杨洪基等老一辈歌唱家演艺的《回声嘹亮》新主题曲，应该再一次唤醒和催动了你我曾经热血沸腾的青春，王菲受邀为赵薇的电影《致我们终将逝去的青春》演唱的主题曲，虽然多了些寂寥与苍茫，但表达的依然是对青春的追忆和回望：

良辰美景奈何天/为谁辛苦为谁甜/这年华青涩逝去/却别有洞天。

“当你老了/走不动了/炉火旁打盹/回忆青春/多少人曾爱你青春欢畅的时辰/爱慕你的美丽、假意或真心/只有一个人还爱你虔诚的灵魂/爱你苍老的脸上的皱纹……当我老了/我真希望/这首歌是唱给你的。”

是的，岁月蹉跎，时光荏苒，当我们老了，我们就会确信，幸福就是在长流细水中的慢慢品味。因为我们懂得了这样一个浅显的道理：一个有信仰的民族不会在世界上销声匿迹；一个崇尚平等的社会不会产生大的动荡；一个活得简单的人不会被太多的烦恼纠缠。如此，伴着那些简单的旋律，优美的曲调，在平白的歌词中品味青春的快乐时光，你一定是一个幸福的人。

绿色落叶

绿色的落叶（小说）

原本没有惊心动魄
因而不必故弄玄虚

刚刚过了中秋节，又到了十一，学校照例放了三天假。回家还是不回？这在他竟成了一个问题。

平常的日子还好过，尤其是一天七节课的那两天，懵懵懂懂地冲进教室，昏昏沉沉地来到食堂，嘻嘻哈哈地进入了梦乡，一转眼就过。可是一到节假日，家在城里的人仨一群俩一伙，换上不便在课堂上穿的衣服，漂亮的，时髦的，甚至是一样的，那么亲密地在他脸前高傲地走过，他感到一种说不出的滋味。他不愿到什么公园游玩，因为他觉得那儿也不过是那么点儿假山假水；他也不愿去赶赴什么展览，因为他受不了那里的喧闹与沉闷，队排了老长老长，从早六点等到九点，前前后后都是陌生的影子，好不容易步入展厅，首先映入眼帘的就是“不准吸烟”，等把刚点着的香烟扔到大张的狮子嘴里，也就再也没有交谈的对象了；也正是因为如此，他更不愿看一场很可能是劣等的影片，那太没意思了，而且一走出剧场会更显出他的孤单；至于百货商店，他以为那是女孩子们招摇、挑剔的地方，而自由市场则是浪荡青年的取闹之处。于是，他除了礼拜六下午偶尔到书店泡上半天，便几乎每到这样的日子都是从这个房间走进那个房间，下这座楼上那座楼，心里明知道即使找到了同学也不过是那么呆呆地闷坐一会儿，或者说一些和上次说的一样的话，但他仍然是这样无头苍蝇似的来回乱撞，而且许多次还要不是吃闭门羹，就是扑空了。于是，每个礼拜天的早上，他都要努力地睡个大懒觉，他怕醒来后的空寂，虽然每个晚上，他都毫无例外地要做无休无止的噩梦，但那令人窒息的空寂（有时整整一层楼竟凑不齐一桌“三家”，他是从来不参加这样的游戏的，简直是讨厌透顶），他是一分钟也不愿忍受的。

多少次以后的多少次，他拿起了笔，试着把这一切写下来，从而吐出心里的不快，他绝不是冥想着成为一个小有名气的作家。虽然每次到家后疲倦地躺在床上，死死地盯着挂满灰尘的天花板时不免要做些美妙的梦。他已经厌烦了。这会儿，他经过了多少次犹豫和徘徊，终于坐在了节日的加车里，侥幸地落在一尺长的席位上。听到身后一个憨粗的嗓子在和一个细弱的声音因为占座面积而争执不休，他简直要跳下车去，宁可不走，被丢在这曲折的盘山路上。他在心里不知骂了多少句“庸俗”，但表面上都依然装出漠不关心的悠然样子，仿佛这里独有他是清高的，高人一等的。他想进一步装扮成与世无争，与人不同的气度来，便从书包里拿出一本包了书皮的小说，硬着头皮看着，看着。

他的书全都包着皮，而且从来不在外面注上原书的名称。他不愿意让人知道他是否学富三斗，正像他对任何人都是那么不冷不热地淡淡一笑一样，他希望也确实让人感到一种神秘莫测：你们是不了解我，你们也不可能了解我，更没有必要了解我，而重要的是你们不配了解我。

他合上书，深深地吹了一口气，想继续埋下头去。突然车门处传来一个粗劣的声音：“哎，你咋也回家去？”他连头也没抬，只是一惊，感到又回到了家了。是的，单凭这生硬平板的口音，他便料到再也不能和家里的什么人用流利的普通话交谈了，他们会说他侉了，说他洋了，说他变了，说他……他忍受不了，尤其是并不当面指出他，而是在背后怀着好奇心进行议论。他不明白，为什么尤其是被城里的女孩子说出来时更显得悦耳动听的普通话，在这里竟被人们视为大敌，是一个人轻浮放荡的标志。

“可不是呢，你也回去吧？”他身边的这个相貌丑陋的女人用同样的口音回答道。其实直到现在他也没有正眼看她一次。为了表明自己的高洁，见过世面，他绝不给别人一个平视。车门的那个穿着藏蓝色大长褂子的青年死命地挤了过来，就站在他的头上。

“你们学校在哪边哩，挨着公园不？”“我也不知道是哪个区，反正是好些学校都在那儿，公园我还不知道怎么找到正门呢。”“你住几层，教室远不？”“我住六层。”两个人奇怪地大笑起来。他抬起了审视的眼睛。推了推铣型镜架，用神态说了句英语“BE QUITE”，才注意到坐在他身旁的这个女人不过是一个十六七岁的女孩子，却是胖得出奇。他不禁造了个比喻句：要是把这个人说成是一块面团，她的肚子简直就是个窝头。不对，他已经告别了窝头，不该再想起用这个词了。

“天天上下楼你成哩？”“那怎么办？”“你们食堂……”又是没完没了的交谈，从大学到中学，又从中学到小学，从邻居到同学，又从乡下到城里，他们无拘无束地谈着说着，可是在他看来，无非是想让一车人都注意他们胸前的牌牌。他有点想吐，急忙伸手去摸书包里的“青香蕉”，不，不能当着这么多人启齿动口。他狠狠地咽了一口唾液，在心里又说了句“Stop Talking”,依然端坐在那里，生怕头上会飘下唾沫星来。

“我们食堂人多着呢，一下第四节课就什么都没有。不过我们一天顶多四节课。”顶多四节课？他忽然觉得这炫耀的口气正是他曾经用过的，那些依然留在原来中学的同学，当时是怀着多么大的兴趣听他也像这个新大学生这样夸口呀，他们当时是那样地羡慕他。幼稚，傻气，是吗？可就是这种得意骄傲，竟使原来高中时同班的一个连看都不看他一眼的女孩子入迷了，折服了，并且很快……爱上他了。

但是他没有继续想下去。是的，于他现在的心境，哪怕是一个孩子叫一声妈妈，然后奔到妈妈的怀中，都会使他为之一震，妈妈——亲爱的……爱，是啊，谁都不免要谈及这个字眼，可是他想起了自己的一篇作品中的句子：“菲利浦”正在连连不断地向人们发问：什么是情？什么是爱？但只有些伴唱的男高音的女式花腔，更是哀怨，更是缠绵——谁也不去回答。

汽车终于驶过了颠簸不平的山道，立刻像疯了一般，在平展但不宽敞的公路上飞奔起来，车门咣咣地乱响着，非常感谢，淹没了头上和身边的交谈。他收起了书，把衣服很有分寸地搭在小臂上，“嘎”的一声，车停下了。离开车门的一刹那，他停住了，垂了一眼，抬了次头，仿佛有一种出访归来的自豪，全身立刻增添了一种风度。在闹市中毫无声响的“三接头”敲打在通向小镇不长的柏油路上，变色镜这时一定很浓，他向上拉了拉牛仔裤，尤为镇定地迈开了阔步。但迎接他的，只有扑面的风沙，夹杂着一些说不清什么味道的眼睛。

突然，迎面一个身着邮递员制服的姑娘从绿色的自行车上跳了下来：“你，放假了？”他先是一愣，但立刻认出来，是他原来的邻居——雯雯。“你还没下班呢？你爸好点了吗？”“还没有，我正要给他送饭去。”“怎么，住院了？”“嗯。”她低下了头，“真是，你妈妈好吗？晚上一起到我们家玩吧。”她更低了一下头，只在那应了一声：“哎。”

他又挺起胸，昂扬地走着。人们或许已经认不出他来了，三年前，他离开这儿，去城里念书时，不过是一个矮小的胖娃娃，如今他已是二十岁的英俊青年了。高高的身材，虽然变得瘦削单薄，但更显得文质彬彬。他也努力不去认出他们来，虽然他们不时投来好奇疑惑的目光。因为他不愿和他们敷衍着没完没了的客套话，尤其是不愿听他们并非实际的溢美之词：高了，瘦了，更精神了，诸如此类的。此外，他也不愿意让人看到他这身在这个小镇上堪称“业余华侨”的装扮。

走过由低矮的房屋夹成的狭窄小巷，他到了家，又不免在门上碰一下头顶。他太高了，这个小屋简直容不下他。姥姥在炕上躺着，见他进了屋，赶忙坐了起来：“你妈他们还没下班，坐那歇歇，我给你煮挂面卧鸡蛋。”每次，都是他还没来得及叫一声姥姥，就被姥姥替他省略了。他进了屋，还是上次的样子。三年了，他每次走时都暗暗希望下次回来时，这个屋子变得明窗净几，然而每次都是多一层尘埃，多几件什物，少一丝光亮，少几分洁净。从而又使他添一些失望。他把床上的东西胡乱地扔到写字台上，一下躺在那里，又呆呆地望起了天花板。

“来，快趁热吃吧。”姥姥叫着他的小名，已经把飘着香气的挂面端进来，放在了外屋桌上。他的意念和肉体做了激烈的斗争，终于猛地从床上坐了起来，从手里落到胸前的相片又掉在了膝盖上。突然：

血，殷红殷红的血，一滴滴，落在了高调的彩色相片上，她的淡粉色连衣裙，立刻变得鲜红。上光机的明亮，使片片血滴在平行四边形的太阳下闪着刺眼的光斑。他感到一阵难以忍受的眩晕，下意识地狠狠捶打着左胸部，仿佛，一年前肺炎的疼痛又侵袭起他来。但血还是一滴滴地流着，他猛地意识到鼻子的一阵暖热，这才缓缓地掏出了手帕……他望着相片上带血的她，微风吹皱了他悬在山巅上的心，那短暂的旅游，已经是十分遥远的了，只有这张她倚在城墙旁上的小照，留下了永久的记忆：

“不让你带相机，你偏要，早知道你是那种人，有什么话不当面说，总一个人偷偷地哭，好像不当着我们的面流泪就能算是男子汉。”

鼻血止住了，他流出了泪，挡着相片上的她。姥姥在外屋开始亲切地唠叨起来：“哪次回来都这么一个人待在屋里，没个痛快劲，看看，我又得给你热去。”但他一句也没注意听，只觉得有点冷，不禁打了个寒战。

秋意已经是很浓了，尤其是塞外的十一。地里的庄稼都收割完了，只有树上的叶子依旧响得厉害。但是在他听起来，窗前的几丛落花残枝的吟唱，正是她的低声微语，不过给他带来更浓的秋意。

◆

“我有点冷，真的，咱们下去吧，回头该赶不上火车了。”

那是暑假前，他怀着试探的心情，提出希望能出来玩一趟的要求。他急切地想得到她的应允，但又畏惧她的慷慨。失望，他不愿意看到，得到，他又怕自己控制不住感情，也怕会索然。人，大概只有在微茫的等待中才觉得最有意义，虽然有可能是很痛苦的，但又是那样充实。

而她，竟真的来了。作为一般同学欢畅的出游，他们来到了长城脚下，在这万人丛集的地方，熟悉地形的他，乱中取静，和她紧紧挨坐在山腰的一块不平展的石头上。

天还是阴沉沉的，山上的湿气或许已经是云了，但这并没有粘住潮冷的风，小草瑟瑟抖动着，他也确实感到有些凉意。

但他不理睬她的提议，此刻，他的心正随着眼前浮游着的云雾飘荡开去……

那是两年前，也是在暑假里，但不是作为一般同学，他们坐在公园的露椅上。一切，仿佛都凝滞了，他胆怯地探询着一个谜，她轻轻淡淡的几笔就勾勒出来的这个搅得他心神不宁的谜。他以为那不过是一个乌托邦，一个莫须有，一个骗局，一个考验。于是他更加百倍地爱恋她，崇拜她，等待着她能主动解开这个谜，然后毫无顾忌地向她倾吐自己满心的深爱。但是她既没有冷冷地拒绝他，也没有表示进一步的依傍，而总是不即不离地应承他，听从他。这种暧昧，这种不清不明，更进一步促使了他心中激情的冲荡。他似乎觉得自己领悟了酿蜜的艰辛，怀着渴望，怀着忍耐，他深信走过去，花自然开在脚下。

“哥，你回来了！哎呀，你怎么了？”像是一串响铃声钻进了他的耳中，小妹乐呵呵而又突然惊呆地闯进了屋里，直愣愣地站在那儿，她准是看到了血，和带血的相片，和带血的白纸，和带血的钢笔。当然，她不会看见他流血的心。他猛地转过身，取下眼镜，揉了揉眼，于是脸上又多了几片血道。“哥，你怎么了，妈——”“喊什么，妈还没回来。没事，去，给哥打盆儿水来。”

“哥，你不用骗我，我都知道，雯姐和戴姨前天又来咱家了，妈把毛线都给她们了。哼，今年你再也不用左一个好妹妹，右一个好妹妹地求我了。”小妹一面等着自来水充满脸盆，一面不无欢喜地想着，不觉得又笑出声来：哥哥还有个青梅竹马呢！

“哥，路上累吧，干吗还这么玩命，一共三天假还不好好休息一下，真像个夫子学究了。”“去去，先出去玩吧，磊磊（他们的侄子）刚才还找你呢。”“偏不，我要看看你写的是什么，是小说，还是诗歌，听我们同学的姐说，你经常在学校的刊物上发表东西，是吗？”“别啰唆了，快出去吧。”他伸出手去推小妹，显然，小妹有点委屈了，她狠狠地关上门，一路走，一路气鼓鼓地说着：“等你上戴姨家赴宴时，我都给你偷出来。”说到最后小妹禁不住笑了起来，一口气跑出了屋。

赴宴？他愣了一下，怎么回事？自从他在学校独自熬过一个暑假之后（那是怎样的一些酷热而溢血的死寂日子呀），就再也没有一丝一毫的心境到无论什么样的亲朋长辈那儿去拜访，或是应酬一些纷繁的礼仪了。他觉得这些毫无意义，是纯粹地浪费光阴。当然，更重要的是，他忍受不了他们没完没了的称誉，他们千篇一律的问题，还有一些皇历时代的训诫。

他打了一个响指，算是把这一切令人厌烦的琐事推开抛掉，扭转过身，看着手里的一沓草稿。忽然，他瞥见玻璃板旁立着一盒开了封的香烟——“COCOA CIGRATETES”，他下意识地把手伸了过去，突然，一个声音响了起来。

“扔了啊。”她故意在他的眼前晃动着，“真的扔了啊。”“扔吧。”他不去看它，和她。“不行，答得不响亮，先说好了，你要再抽怎么办？”“怎么办？”他没有勇气赌咒，况且他也从不相信什么誓言。“至少不让你看见。”“好吧，要是我看见了，就说明你有了那位。”随着她娇嗔的声音和一个灵巧的挥手，它飘入了沟底，轻柔地躺在了草丛上，安详地望起他来。不一会儿，一阵风吹得它抖了抖，它翻卷一下，无影无踪了。“你真的有这么大的决心？”“看是谁的约束了，我相信，烟的吸引力正像你对我永远具有魅力一样，而我对你们都只能是无可奈何地离去。”她笑了，似乎是为了他的妙语双关，但是她不会知道，这样的结果，恰恰是给他留下了双重的痛苦——迷狂的情人能否忘却衷情，预备戒烟的人最知晓。而像现在这样，每每看到哪怕是一个烟头，他都要想起这幕情景。他死死地盯着这盒烟，终于狠狠地打了一个响指，缩回了手，用中指和食指把钢笔夹住放到嘴里：深深地吸气，呼气。

“哥，有人找你。”小妹在院中喊了一声，便不知去向了。

“谁呀？进来。”他只是转过身，依然坐在那儿。在家里，找他的人简直多极了，有时一顿饭的工夫能来上六七个，远的，近的，没事的，甚至是歇脚的……慢慢地，无论是谁，他也不再起身出门相迎了，好在他们也从来不计较，一如既往，照来不误。他感到诧异，自己没事是从不到别人家的，可这些人究竟看上了他的什么，是举止的沉稳，还是谈吐上的锋利？是海阔天空的畅想，还是穷追不舍的探究？似乎都不是。也许就是他这种不冷不热的高深莫测吧。

“我呀，怎么不能启动大驾？”尖亮而婉转的声音从门缝挤进来。他听出来了，是她，就是高中连看都不看他一眼而现在……的她——亮子，他起身打开了门，她已经飘了进来，不由吩咐地坐了下来。

显然，她今天的装束是经过一番精心打扮的：米黄色束腰健美服，使她的两个尚未丰满的乳峰清晰地显露出来；纤细的腰鼓随着下肢柔软地扭动着；黑色的裤管偶尔闪出一簇簇极小的冰晶，很有分寸地盖在高跟鞋上，使绛红色的皮鞋只露出一个小小的尖；头发像是随意那么一拢，却又在粉红色的蝴蝶结旁扎上两个蓝里透亮的球球。他努力不去看她那白皙的脸蛋，尤其是两腮上总是笑吟吟的酒窝。他们对坐了足有两三分钟，谁也不先开口。她毫不客气地把他的草稿拿去哗啦哗啦地翻着，他不敢像对小妹那样命令她放下。

“哎，我的眼镜有点浅了，你说怎么办？”“换换镜片呗。”他不假思索地说道。“嗯，谁跟你说这个，你看，这架子多傻气呀！”她摘下来想递给他，但他丝毫没有接过来的意思。她只好半伸着手：“你这个就是变色镜片吧，我看看，过两天我也去配一个。”“哼，咱们这真是闭塞，什么东西都和城里差得好远，你问他有没有变色镜片，他连听都没听说过。”“哎，我要是去，你陪我，好吗？”“恐怕我没时间，三年级的功课最紧了。”“哼，又是没时间，我看你……不管怎么着，到时我上学校找你去，看你好意思不见我。”“我劝你还是不去的好，你爸爸妈妈既然花那么大的心血让你再去复习，你就要……”“够了够了，谁不会说这些话，别人都说我不是学习的料，没想到你也嫌我。三年了又怎么样，等我一旦考上了，照样也得发我白牌牌。你当然好了，天天都能和写出成本书的教授聊天，能在带着纱幔的教室上课，能在湖边的露椅上看书，一到周末还能和那么多的男男女女跳什么集体舞呀，交际舞的，说不定早就忘了还有这么一位老同学呢。你们一到节日里，什么电影周呀，音乐会呀，联欢会的，可以应接不暇，买点什么东西，学校没有可以去西单，西单不成还可以去王府井。可我们又能怎么样，夏天黑乎乎的教室里泛着带臭味的潮气，冬天又冷得伸不出手，哪个礼拜日不是得先交钱才能上什么辅导课，连春节的三天假还要布置两篇作文。这些你不是没有经历过，难道这会儿就真的忘了，别人瞧不起我，我不在乎，可我没想到，你也说我……”她竟呜呜地放声哭了起来。

他并不慌乱，任她把稿纸滴得皱巴巴的，他知道用不了十分钟她会重新笑吟吟地又向他问这问那。他只是希望这一次一定把这个棘手的问题向她摊牌，但无奈直到现在她也没有明确地提出要和他做个特殊的朋友，虽然他几次有意当着别的女同学的面向她声明，你和她们我是一样看待的，但总不能傻里傻气地告诉她，“我不要你做女朋友”吧。于是，他只好容忍她努力在众人面前显出她的身份，而他却努力不去注意她。

他猜得没错，不一会儿，她从指缝里看到了他给小侄儿带回来的电动玩具，看着小熊那夸张的拟人表情，她扑哧一下笑了，一赌气，狠狠地在小熊头上拍了一下，这一下按动了机关，小熊扬起了机械手里的小锤，“咚咚咚”敲打起搂在胸前的大鼓来。她再也忍不住了，笑得前仰后合。他冷冷地看着她，不错，这苗条的身段充满了青春的活力，和佳贞一样，但佳贞绝不会这般轻佻。他记得在课堂上，许多人为老师一个故意的噱头没完没了地放声大笑，而佳贞顶多抿着嘴，露出淡淡的一丝笑意，似乎把这并不高明的手法早就看透了，虽然她也有银铃般的歌喉。她猛地注意到他发呆的眼睛，立刻止住了笑声，吐了吐舌头：“生我气了？”她小声地说，“好吧，我再也不说这种话了。喏，今晚上的，《武林志》，好不容易搞来的，你要不去……”说着，把两张票都放在了写字台上，“我该走了，哎，一定去啊。咱们这片子下来得慢，人家城里一个月前就演过了。哎，对了，你看了吗？”“没有。”“那太好了。”她拍着手，拎起那个花里胡哨的手袋。他照例没有送她。

他重新坐下来,看着写字台上的两张票。他最不愿意看这类所谓的功夫片了。他以为这不过是一种消遣而不是享受，只给人一种耳目上的刺激而不是精神上的陶冶。如果把这种电影硬要列入文学艺术之列的话，不过是一些顶顶下贱的边角料。而更重要的是，他不能去，那样她会觉得他们的关系就是无疑的了。但他又觉得这样不好。他想起自己曾经被冷落的那一次，当时，他一个人孤单地整晚上守候在音乐厅的大门前，也是好不容易找来的票，两张都给了她，而直到一周后，他才收到一封信，里面是那两张完好的票，只在背面有一行小字：“很抱歉，我的同学找我，不能陪你去，奉还。”他当时的心情是什么样，他简直不愿回味，而现在……他收拾好桌子上的东西，快五点了，他走出里屋，端起那碗泡涨了的挂面。姥姥在亮子刚一进来的时候就出去了。每次，只要有什么人来找他，家里人就是客气地打个招呼，便有事没事地出去，于是这两间屋子就成了他的天地。或许也是因为这个原因，大家都觉得这里是很随便的，像个俱乐部，才最爱到他这里来吧。

“叔叔，叔叔，给你，苹果。”蒙眬中他听到小侄儿的声音，他睁开眼，太阳光已经充满了他的小屋，刺得他好难受，摸过手表，已是八点五十了。“叔叔，叔叔，妈妈给你，苹果。”他从床上伸出手，在磊磊胖胖的下巴上轻轻地刮了刮，“叔叔不要，给你吧，谢谢磊磊。”磊磊很困难地迈过门槛，一步一趔趄地走了。他重新翻转过身，仰面躺着，回忆着夜里的梦，这是他每天早晨醒来时要做的第一件事。

“哥，还不快起，回头戴姨来了，看你怎么办！”小妹在外屋又朗朗地说着，带着俏皮的讽刺。

“什么，小妹，你说什么？”他急忙收住哈欠，“还什么，戴姨来找你，请你去‘赴宴’，不是早就告诉你，前天，不对，大前天就说好了嘛。”“啊？”他呼出了噎着的半口气，赶忙穿起衣服来。

人是自由的，每个人都有权利自由选择，这是谁说的？又是那个萨特。他望着几束光线中上下飘飞的小小灰尘，嘴角不觉露出一个冷笑，恐怕只有这些微尘能够自由地舞蹈，人是绝对不可能的。我不愿被黎明雄鸡的啼鸣搅扰深沉的酣睡，可阿波罗照样不迟一秒地追逐我；我不愿应酬这说不清什么的礼仪，可戴姨只以老邻居的身份硬是就请我去，我也只好得准备在酒席上一叠三声地叫着戴姨，叫着雯雯。那是多么难堪的事呀,虽然小时候是那么自由自在地在一起玩耍，甚至她就是“妈妈”，我就是“爸爸”，可现在，“雯雯”，他不敢断定这亲昵的称呼会导致怎样的结果。

雯雯麻利地收拾好碗筷，端上一盘苹果来。戴姨在抽屉里翻了半天，找出一把显然很旧但又别致的小刀来。“哎，想起小时候的事，也真怪有意思的。”她无缘无故地叹了口气，看着有些疑惑的他，“怎么？你忘了？那年，我领着你们俩到南大桥下河边的草地上逮蚂蚱，你把刚买的小刀弄丢了，哎哟那个哭天抹泪，怎么也劝不回来。你那会儿也就这么高，比雯雯高一点点儿，兴许也就四五岁。没错，你的生日是阴历正月二十二，雯雯比你小三个月，整整三个月。”他叹服戴姨的记忆力，也欣赏她这个开场白。不错，那是他用攒了整整两个月的零钱买的，当然，现在想起来为一把小刀竟值得大动感情实在是太可笑了，可那时是多么容易满足，又多么容易失望呀。而去年，他把手表搞丢了，也再没有产生丢失那把小刀的那种真挚的惋惜。

“哎，给你。”雯雯递过一个削好的苹果，戴姨像还是对四岁半时的他一样那么亲切地看着他，忽然，她仿佛想起了什么事，从沙发上站了起来，“你们俩等我一下，我有点事，马上就回来。”

他很随便地在房间里踱来踱去，一会儿看看这儿，一会儿摸摸那儿。“哎，城里是不是又时兴起开襟毛衣了？”她一面玩弄着手里的红纱巾，一面显得很羞涩地问他。“这个，这个，我也不知道，不过我回去可以问问我们的同学。”“现在是不是开始卖防寒服了，你说我穿好看吗？”她走到窗子旁，向窗下公路上的人流望去。他也转过身，看着她不高的身材和略显胖一些的双肩，摇了摇头：“这个，你自己觉得好就好。”他向来都是很愿发表意见的，今天也完全可以加以评论，阻止她。她丝毫不感到有什么失望，而是饶有兴致地打开了壁橱，取出了几团毛线。“你的这种毛线早就不时兴了，你看这个怎么样？”他用手捻了捻另外的几团，很客观地说：“这个不错。”“喜欢这种颜色吗？”他点了点头，“就是比挂面还细。”她仿佛打了个大胜仗，扬起眉，笑了笑：“是吗？你真逗。”就在她张开小嘴的一刹那，他们的目光相遇了，她立刻把眼睛转向毛线，而他却死死地盯住了她，刚才的笑声好像什么时候听到过，然而绝不是这么媚俗。

“是吗？你真逗，把烟和我都放在一起作诗了。”她用手拢了拢头发，“我哪有这么大的魅力，敢和你的烟相提并论。”她轻轻地摘掉落在他肩上的一根小草叶，“头发？”“什么？”“噢，没什么。”他的心猛然地跳着，他把身子挪了挪，怕她听到他的心跳声。已经是下午四点了，城楼上的游人陆续都下来坐车走了，四周只有些抖动的小树丛和季鸟偶尔的长鸣。他久久地凝视着她的左脸，一绺头发散落在耳前，丰满的面颊透出些微红，像是累的，又像是冷的，他真愿意这是冷的，她已经不止一次地请求下去了，但是他多么想只请求一次，让我在这娇嫩的面颊上印一个热烈的吻吧，一个，只一个，只要你不告诉他，是没有人知道的。但是她一动不动，似乎等待他答应就这样下去，又似乎等待着他还说些什么话。“难道我们就真的不能吗？你要知道，从刚一入学，我们在香山只那么轻轻地拉过一次手，你就钻进了我整个的心。整整三年了，我无时无刻不在苦苦地受着这种折磨，难道我的三年，就不能抵得上他的三天吗？”“这是不能比较的，更不能代替，我很早就知道了你的这颗心，可是我不能，难道你让我做出对不起他的事吗？”“啊，不，当然不。”“我没有及早地告诉你，让你……”“你别说了……”他在嘴上说着“当然不”，其实这只能代表他的理智，他现在多么想和她交臂亲吻，紧紧地搂在一起呀！他觉得有一种勇敢的气流冲荡着他，而理智的力量越来越减弱。终于，他不顾一切地倒在了她的怀里：“是的，我比你小点，我知道，你总是把我只当成你的小弟弟，同时把我的感情也当作儿戏，这，我不在乎，我只是乞求着你一点点遗漏下来的爱，但是每次我都是像个一贫如洗的乞丐，虔诚地从施主

手里接过食物，等拿到眼前时，才看清不过是一块风化过了的岩石，只要一碰就会从手里散落得无影无踪。我从不怪你们这些施主的戏弄，我只是……”他说不下去了，强忍着那泛滥在心湖的泪水。她用手拨着他的头，“起来，你快起来，别耍小孩子脾气了。”他一动不动，任凭她的手在他的头上抚摸着，他在心里暗暗祈祷着，盼望她的手就这么停在那儿：“你说我是小孩儿，我不在乎，我多么想真的是个小孩儿，被你牵着手和他走在一起呀。那时的爱绝不会引起这样的冲突，可是多么遗憾呀，这并不是事实。我知道你看不起我，是的，我不像个男子汉，可是爱，难道还要分高低贵贱吗？我不愿在你面前还那么装腔作势地自称男子汉。人为什么要给自己套上一层虚假的面纱呀！每个人性格方面的弱点，会在不知不觉中暴露出来，而你欲盖弥彰。我为了你，什么都不在乎。”她真的把手停在了他的头上，甚至一根根数起了他的白发。她记得，刚刚入学时，那个矮胖的小家伙是那么憨实活泼，那么懂得用功学习，在全班七八十人中，他是寥寥无几的全优生中的一个，当然，他要比自己显得幼稚得多，但就是这个无忧无虑的少年，自从怀着胆怯的心偷偷爱上自己以后，她明显地察觉到，他变得郁郁寡欢、愁眉不展了。而当她在第一个暑假证实了他的猜测并不是一个乌托邦、一个莫须有、一种考验、一种欺骗后，他的一切便全部崩溃了，学习成绩竟令人吃惊地出现了不及格，活泼天真也变成了玩世不恭。而引人注目的是，从来都是短短的乌发，当他懒散地蓄长了时竟出现了一根根银丝。她感到深切的内疚，却又是真正的无可奈何。

“我一点也不怨恨你，真的，一点也不，我只怨这天，这命运，为什么要把我们安排在一起，让我爱上你？这谁也说不清。我更不怨恨他，他已经很慷慨了，我相信换了我绝不会有这样宽宏的气度。真的，如果他也像阿尔伯特对待维特那样，我早就……”“你别说了，我都明白……”“不，我要说，我是多么想得到你的脉脉温情啊，我无法摆脱，我也不愿去摆脱，答应我，除了爱，把一切都给我吧……”“好吧，我答应……”她用双手扶起了他，把手绢递了过去：“好好擦擦，真对不起，是我害了你。”“不，不是，是我自己，是我这软弱的性格，可是我对它束手无策。”“其实，你如果真的得到了，你会觉得我并不是你想象的那么神圣。我任性，我爱发怒，我喜欢吃零食，这些你都不了解。你不过是爱你自己心中创造出来的那个我，其实你完全可以找到比我强得多的人。”

“不，我不相信，这不是买衣服，有了一件薄纱的，还可以买一件绸缎的。真正的爱情只有一回，我愿意为这最初的，也是最圣洁最美好的一次流尽了泪，绞碎了心。”“不，不是的，我也不能让你……你周围就有着许多这样的例子，你完全可以向他们学习。”“不，我觉得他们不是在恋爱。恋爱同样不是美酒加咖啡，喝完了一杯还可以再来一杯。我简直弄不明白他们是怎么想的，怎么能做出这种事来。”

她不再作声了。自己不也正处在这种无边无际的烦恼中吗？她突然觉得这个在她看来一向孱弱的孩子身上有一种难能可贵的东西，不是吗？为什么有那么多不稳定的家庭，有那么多痛苦的恋人？不正是太缺少像他这样对爱情如此忠诚的人吗？但是多么遗憾，他爱上的却是我。

“是的，我有时也弄不明白，其实你这种性格也并不全是坏的。我记得早就告诉你，我是喜欢你的，我把你和别人做过比较，你是有思想的，你并不平庸。但我不能爱你，这完全出自我，与你毫无关系，或许我才会真正地孤身生活一辈子呢。”

他透过毛玻璃一样的眼睛，看到了她水晶般的心，她的眼光也现出一种迷离的样子。他觉得很后悔，自己有什么权利可以把自我的痛苦无辜地带给别人，而让她也这样苦恼呢？他努力地使自己镇定下来，显然并不是因为她先前的这些话才给他带来了如此的痛苦。“你别说了，让我们都冷静冷静。”她不再吱声了，一个长长的沉默。“不过，我还是要提醒你，你注意到没有，你的学习成绩在明显地下降……”

是的，每当别的同学向他提出这个问题时，他都要千方百计地搪塞，什么一两次考试并不说明问题，什么我在搞别的方面的学术研究，等等。但是在她这儿，他无法掩饰。因为他知道，她心里比他自己还清楚。每次考试以后，他都要努力装出一副满不在乎的样子，他把自己当作别人的一块笑料，做出各种各样的嘴脸，学着说一些俗不可耐的话。别人说他演什么像什么，说他是上海的小瘪三，说他是北京的土流氓，说他是天津狗不理，说他是阿Q，说他是假洋鬼子，甚至是有人一连串骂他庸俗、卑鄙、下流、无耻、肮脏，他会给自己加上龌龊、埋汰。但每次这样疯狂以后，等别人都睡着了，发出轻轻的呼吸声时，他便开始了深深的自责。是啊，谁不想拿一个好的成绩，谁又愿意拿自己的尊严当作玩笑的牺牲品。于是他更加感到尤为深重的痛苦和空虚。抚摸着一天天消瘦下来的身躯，他甚至怀疑自己的存在。是啊，先前的那个我，哪里去了？他偷偷地淌下了滚烫的泪滴。

“叭”，他把手里的小刀折成了两截，“你怎么了？”是雯雯的声音，她在缠着毛线，“哎呀，把手划了吧，真是，那么大的人了还跟小孩似的，一点儿也不注意。”她找来了纱布，给他裹好了手指，“没事儿吧？你等一下，我去拿毛衣针，这就给你量尺寸。”他扔掉手里的刀壳和刀刃。

从雯雯家出来，他再也不像昨天回来时那样招摇过市了，他急急忙忙地一口气赶回家，预备晚上到老师家看看。他知道，在家里人看来，他是那么地忙，可是他最清楚自己这两天都在忙些什么。他忙着打破亮子对大学生活的美妙幻想，忙着减弱雯雯对城里繁华的热衷，忙着跟那些称兄道弟的哥们喝几扎啤酒，忙着给小妹解答他早已忘得一干二净的代数题，甚至还忙着把哭闹着的小侄哄得笑出声……这一切，简直把他搅得昏昏沉沉。他懊悔自己为什么不在学校安安静静地度过这三天，哪怕整个一座楼就他一个人呢。然而，他毕竟回来了，现在还必须忙着去看那些老师，因为既然他在大街上露了面，倘若恰巧被老师看到了而自己没有注意，他们肯定会说他把他们忘了。他在别人面前可以目空一切，但是在这些老师那儿不能，绝对不能，说不定将来被分回母校，他很可能受婆婆和媳妇的夹板气。

老师给他倒了杯茶水，抓了一些糖果，就吩咐五岁的小儿子陪着这位大哥哥，自己到外屋开始没完没了地洗起衣服来。这在平时他丝毫不在乎，谁没有家务琐事，况且他自己对待找他的人也是这么随随便便，不讲所谓的礼仪的。但是今天他觉得老师太冷淡了，怎么做起女人的活计来，他本想把心里的话都倾吐出来，可现在陪着他的只有这个五岁的娃娃，他感到气愤，开始忏悔自己曾经那么漫不经心地对待别人，他现在真正感到了被人冷遇的难堪。

终于，老师走了进来，在桌上摆弄什物，把零乱的书放进书橱里，然后用毛巾擦了擦手，慢悠悠地坐了下来。老师是不抽烟的，也不允许别人在他这儿抽烟，但对他却是例外。可看到他今天也没有那么煞有介事地喷着圈圈线线，觉得有点奇怪，“怎么，不抽烟了？”他犹疑地点点头：“扔了。”“什么？”“噢，不，戒了。”“哈哈，是不是亮子的命令？”“什么？”见鬼，怎么老师也知道了，准是亮子她……“呵呵，这有什么，我上大学三年级时就有两年的恋爱史了。”“老师，您听谁说的，没那么回事。”“是吗？这么说昨天晚上我是认错人了。”怎么，老师也去看这种电影了，而且就坐在他后面：“那，只是偶然。”“你不用骗我，还要我拿出证据吗？”“老师，我们能不能换个话题。”“好呀，听说你们原来的一个邻居也找上门了，你可真是艳福不浅呀……”

路灯已经亮了，从老师家出来，他感到一阵阵头晕，其实只喝了一点点葡萄酒，但是他觉得周围的一切都是模模糊糊、飘飘虚虚的。路灯原来是照明的，可当它用得时间长了，进入老年期时，不但不能给人照出道路上的一些泥泞和石块，相反却用昏黄的光线将其遮掩住。而尤其是一些水坑，看上去比旁边的路面还要平展明亮，他放心地一脚踏上去，脚立刻便被打湿了，他并不在乎，因为这毕竟没有面临深渊。但喝了老师这两杯甜甜的美酒，说不定会掉到前面刚刚挖出的大楼地下室里，他极力提醒自己，千万要当心。

他深一脚浅一脚地走进家门，只听见西屋嫂子和哥哥因为不知是谁先回来却没有开始做饭而争吵，磊磊的哭闹他们好像根本没有听见。他径直走进自己的小屋，几个在县重点中学执教已一个月的刚刚毕业的同学已经等他好久了，小小的屋子烟雾弥漫，恐怕谁也不会怀疑这些人在一起会没有可谈的，但是静，令人怀疑的静，谁也不吱声，包括年近三十的老大哥。为了打破这僵局，他终于开了口：“哎，最近《双桅船》再版了，还出了本《萨特研究》。”又是你的萨特，仿佛他们一起沉重地叹了一口气，但是，他们并没有教训他，他们仿佛除了萨特，别的都还愿意听他的。他怀疑自己这种特殊的地位，他年龄最小，可他们却都愿意向他诉说自己的苦衷：是啊，当初我们是多么贪婪地汲取着各种知识，在现代科学交叉论的影响下，我们恨不得把自己的头脑变成一个多棱镜，但是现在又怎么样，原来以为坚实的思想在这里不过是一道没有任何味道的大杂烩。我们得整天用嗓子，用唾沫，用拳头，甚至用皮鞋和这些十三四岁的孩子打交道。我们明明知道用不了两年都得变成一个平平庸庸的教书匠，此外还有什么住房呀，职称呀，家庭负担呀等问题，我们好像是被套上了缰绳的马，没有别的任何选择，而可叹的是，那些自由自在的野马，却极力希望钻进这个圈套，我们不能不说，进来时的所有的憧憬和希望，现在全都破灭了。我们也曾奢望着被留在大城市，甚至有的人现在还迷恋着逝去的岁月，可又怎么样？没有根，你在哪里也是悬空的。就拿咱们的大哥说吧，交了个城里的朋友，上学的时候如胶似漆，可现在又怎么样？一旦被毫无表情的现实撞上了，一切就得粉碎。

他听着他们没完没了的牢骚，只觉得刚才的酒力现在更大了，“哎，老弟，千万别走大哥这条错路呀！”他像是有些困了，没有听清，也没有回答。大家看他这副模样，没多大会儿，便站起来一起走了。他还是一动不动，只是说有事给他写信，下一次再来玩。

他用一只手把被子拉开，连鞋也没脱，把自己摔到床上。“回学校，明天一早就回去，家，一天也不能待了。”“回学校……”他呢喃着，进入了梦乡。

是啊，我们是那样相信梦，在梦里，我们虔诚地等待着，等待着那微茫的信息，然而梦，只给我们带来诚惶诚恐的疲倦。

他努力地喘着气，不断地嘶叫着，突然他觉得眼怎么也睁不开了，可又清楚地看到自己明明被挂在天花板上，他感到难以忍受的气闷，比那次肺炎要严重得多。他知道自己是在做梦，他痛苦地呼喊，谁，你们，打我一下吧，这样我就能醒来，也就不做梦了。快点呀，我就要憋死了。他努力想抬起自己的手，可它却由不得他指挥，仿佛别人的一样。没有人理他。他忽然来到了莽莽的旷野中，无边无际的浅草，只没住了人的膝盖，可是他是躺着的，他知道即使有万里长征的百万大军也不会发现他。突然，她跑了过来，她现在成了一名通讯员，长高了许多，姥姥一定会说她出挑得好看多了。“雯雯，快来，帮我喘过气来，只要你打我一下，让我醒了，我就……”“你就爱我，是吗？”他很奇怪，明明是在做梦，他的话虽然是用尽全身的力气喊的，可他知道没出一点声，而她怎么答得这样响亮？她羞涩地笑了笑，他以为她就要过来了，然而她一下子又变成了那个媚俗的矮胖女孩，手里打着毛衣，“等我给你打好毛衣就来。”于是她飘飘悠悠地越来越远，终于无影无踪了。他发现自己还是在硬板床上，他很气愤，我一定把她骂得哭着鼻子从我这滚出去。但是门却一声不响地开了，啊，是亮子！他想立刻站起来，但尽管经过激烈的挣扎，他还是一点也动不了，他的头太累了，可身子太软了。但他还是让累的继续工作，让软的接着犯懒，甚至懒都不用去让。他想，她一定会幸灾乐祸，昨天晚上，他们看到中间，他实在受不了那些秃了顶也秃了头的和尚们的嗷嗷怪叫了，他觉得他们把四肢累得汗水淋淋，却让脑壳变得空空如也，随便让别人填进去乌七八糟的垃圾，他觉得恶心，尤其是在他们得意地亮相时。他悄悄地离开了座位，在走出去的一刹那他还听到亮子因为把巧克力给了那刚挪过去的人而发出的一声尖叫。现在她可以报复了。但她好像并没记得有那件事，用手提着连衣裙，啊，那雪白的底儿上散落着湖蓝色碎花的连衣裙，那么有分寸地收拢在双膝上！她轻轻盈盈地来到他床前，那么柔和地搬转着他的身子。“丁零……”一阵急促的铃声，他猛地跳了起来，“嘭”额头碰在上床沿上，他这回真的相信自己确实醒了，可并不觉得疼，只是有些麻木。他又歪躺到床上，他感到浑身潮糊糊的，“她连出现都没有，佳贞！”这是闯入他脑海的第一个清醒的信号。而景山下，北海旁，如烟的淫雨浇洒在一对各揣异情的油布伞上的一幕，仿佛就在昨天。而他马上见到的，确是一个活活生生的，真实出现在课堂上的她。

不，今天不去上课了，太累了，他要清清明明地休息一下，厘清这纷杂的思绪。他感到有一种沉重的压力依然使他透不过气，多少次就是这样，他耽误了多少节课，最初他感到自己是在犯罪，难道他在高中时拼死拼活的奋斗，就是为了找一个睡觉的地方，而且是这么的不舒服，老得喘不过气？他想，妈妈每次在邮局的柜台前给他寄钱时，一定想到自己的儿子现在啃着一本本康熙字典那么厚的书呢吧。他觉得对不起妈妈，尤其是妈妈在被别人称道命好时脸上浮现的那淡淡的笑意和客气的否定。可他看到别人都还没有醒，睡得那么踏实，他不禁想到，难道别人就不感到懊悔吗？不，他们和他是一样的，但是他们要比他幸福得多，他们不该也如他一样被昏昏沉沉的睡梦所贻误，“哎，到点了，快起来，该上课了。”他们忽然像电影里的快动作，翻身下床，一转眼便都走了，宿舍里只剩下他一个人。

“呜——”砼砼，砼砼，砼砼砼砼……火车伴着一声声撕裂人心的长笛爬行出没在山峦间，他这才喘过一口气，回味着早晨这个长长的梦。车窗外一排的杨柳，慢吞吞地向后倒去，引不起他一点兴致。火车驶进了一段极长的隧道，周围是黑洞洞的，车顶上黄黄的灯光，照在他疲倦的脸上，机头喷出来的热气伴着烟尘灌进车里，他闭上眼睛，摸索着关上了车窗，然后趴在了车台上。

他现在没有丝毫的睡意，只是在努力地回忆着昨天发生的一切。他记得当老师听完他的诉说后，很严肃地开导说：一定要尽快摆脱这种关系！她答应给你除了爱之外的任何东西，可清醒地想一想，除了爱，你还想在她身上得到什么呢？她一边仍旧爱着她的恋人，一边又在这样应酬着你，实在是太不明智了，对你只有百害而无一益。“我说，这无异于在玩弄你的感情！”“不，老师，你并不了解她，你不能这么说！是我提出这种非分的要求的。”“那你就太脆弱了，完全不像你在我和你的那些同学的印象中那样。”“很有可能，但我只在她那里显得这样，可我并不在乎。”“那么你对她究竟了解得怎样呢？”他没有回答，是的，连他自己也说不清楚。老师接着替他勾勒了一幅美妙的前景，说他是有才华、有条件的，说他完全可以报考研究生，或准备成为一名专业作家，但必须得用功，并且首先要甩掉她。然而那些美梦他都做过，但现在的热情早已冷却。他觉得老师的这些话只不过是阴雨天里昏黄的路灯，而老师告诉他要知足，并且拿他和他的那些当了服务员，做了清洁工，甚至是进了少管所的同学相比，他以为这无非是让他做一个真正的阿Q。

他又想起了他们大哥的话，“别以为恋爱就真的能使一切烦恼空虚一消而散，你呀，还太小，跟你说你也不懂。为什么有人说谁谁在闹恋爱，一个闹字，这才是真谛！恋爱的神往不过只是凭着初恋时奔涌的热情罢了，接下去的便是无边无际的厌烦，就算你挺顺当，甚至结婚，有了一个舒适的家庭，优雅的住所，可亲可爱的小宝宝，只要你一旦坐下来拍拍自己的脑门，难道这就是生活的一切奥妙，你所有的追求吗？唉，所以说，你就别朝下坐，整天瞎忙你的吧。”他觉得这不像大哥嘴里说出来的话，这太一般，太幼稚了。难道这么简单的道理还用他告诉我吗？可是他不得不承认，人原来并不是怕痛苦，许多人甚至愿意找点苦吃，悲剧总要比没有剧情强得多。人真正最怕的，其实是空虚，是怕无所事事。

他突然又怀疑起自己一向珍视的爱来，甚至努力回想自己是不是也讨厌过她。他猛地发现，是的。自从那次游玩回来之后，他不断地询问自己，他要求她除了爱之外的一切到底是什么？而她仿佛也觉得已经给了他这一切，他以为这一切不过尔尔，或许这也是所谓的爱，不是吗？

他看到别人和她无拘无束地玩笑，看到她也那么一唱一和地去应承，他感到一种惋惜，在他的心目中，她应该像一个皇后，一个天仙那样，冰洁清高，金口玉言；尤其是在她规规矩矩地向别人询问一个或布置一件事情时，别人却以嬉笑的口吻来敷衍她、嘲弄她，而她竟毫不觉得难堪，甚至主动去和那些明显地在跟她“套瓷”的油面小生插科打诨，他感到伤心；当别人开始偶尔当着他的面却又做出故意不让他听明白的样子，不无轻蔑地议论她时，他感到气愤！爱的失望已经是久远的事了，但痛苦的是，在这种情形下，明明看到自己先前的情人被别人视如草芥，自己却不能做出任何表示，而且还要努力装出一副无动于衷的样子，这该是多么困难的呀。那一次，他曾怀着依然像初恋时的心情提醒她，但她非但没有任何表示，而且示威似的越发肆无忌惮了。他隐隐约约地觉得她变了，变成一个除了比别的女孩子勤换几次衣服，敢在大庭广众之下吃零食，上课时也要用花露水保养自己的鼻子，就也没有什么特殊的地方的普通一个女孩子了。正是她，第一次在小组游玩中用“我们姐妹”这个词来显示她的至尊，正是她，第一个在课堂上用极不文雅的口气来评判老师的教学安排，也正是她，第一个敢于和男同学打打闹闹，动手动脚。他不知道对一个中国的女孩子该如何要求，他也不知道对一个人的印象究竟是不是从这样一些细小的事上得出深刻的结论，但是他觉得，他现在宁肯容忍她挽着他的情敌在他面前示威似的走过，他也不愿意看到她这样放纵下去。他觉得她已不再是他心目中东方女性的典范，而他仍旧是那么热情地关注她的一言一行，但她越来越让他深深地失望着……与其说他依旧苦恋着她，倒不如说他在永远地在她身上回味着三年前那个恬静娇羞而又通情达理的佳贞。立刻他又觉得是自己的变色镜在欺骗他，他不能也加入不把她放在眼里的那些人当中，是自己对她提出了苛刻的要求，拿自己喜欢孤独，愿意独往独来的性格强加给她。她还是三年前那个佳贞，他永远是爱她的，即使到了古稀的年龄，她在他心中也永远是一个恋人的形象。这，他向她做过保证。这一切不过是自己狭隘的心胸在嫉妒，是的，在嫉妒。少说话是女子的一种美德，那是古希腊人的要求，他不是曾向她指出接触的社会面太窄了，让她大胆地锻炼吗？或许这些正是她听了他的话以后的行动。但是他觉得这又不能全怪他，如果她已经真的做了他的恋人，他想，即便她和别人一起看电影，逛公园，甚至亲昵地交谈，合影，他都会毫不在乎的，而谁又不愿意自己的爱人打扮得更能显出风韵呢，恐怕正是这种在他看来飘忽不定的关系，既不是爱人，又不是坦率的一般同学，才引来了他这纷杂的思绪与困惑。恋人最重要的烦恼大概也就是这种时时恐怕离异、说不定已被抛弃的担心吧。他感到了从来没有过的迷惘，他觉得自己的一切痛苦，正是对一切都这么疑神疑鬼，对一切都没有真正的热心和勇气。他现在觉得，哪怕自己沾染上了酗酒的坏毛病，或者对抽烟真的是那么上瘾，也要比这种没有着落的惶惑强得多。而致命的是什么也不能使他感兴趣，什么他都觉得自己早已经经历过了，一切都是在演戏。羽毛球从网这边打到那边；扑克牌永远是那“五十四号”文件；学校生活只是宿舍——教室——食堂三点一线：人也不过是从生到死，从死到生。一切都是假的，一切甚至还不如他的梦值得回味，值得留恋。而人仿佛一个个都是傻子，疯子，在这恢恢天网下，一个心眼地来回冲撞，没有一天醒悟的时候。正像他机械地在学校热切地盼望回家，回家后又急迫地想返回学校一样。

他不明白，为什么有那么多同龄青年，即使在许多具体的情况下都毫无掩饰地牢骚满腹，怨天尤人，无休无止地感叹百无聊赖，无所事事，而每当在一起议论起精神危机时都要指斥别人在无病呻吟。他们不相信自己也无可非议地就是危机中的一员，也可能是努力地不愿意去相信，总以为自己看到了黎明的些微光亮。他觉得这些人都是在把自己装扮得坚强、快乐，他觉得这是自欺欺人，他相信当他们离开了公共场合（有时可能也就那么两三个人），面对着自己心房的空空四壁时，他们同样也会感到孤苦零落。他不否认有些人可能暂时为某件事得意欢喜，他们这时当然绝不允许有人冲淡他们的这种狂热，他们需要炫耀，需要骄傲，需要领略比别人前进了一步、看到了光明的自豪和尊严。但是他清楚地知道，这些把戏迟早要像纸糊的灯笼一样，被戳穿，被焚毁。谁都喜欢独处，谁也都喜欢群居，但他深深地感到，并不是你想独处时就能独处，想群居时就能群居。

火车的速度允许他想了这么多才穿过了山洞，当然他的思绪要比车窗外的阳光快，比四周围的山还错杂。今天早晨的那个长得罕见的梦使他比任何时候醒得都晚，睁开疲倦的眼时，离开车总共只有半小时了。所以他不得不稀里糊涂地起床，慌里慌张地赶到火车站，而把对梦和昨天的回忆放到火车上。

一个急刹闸，他知道前面要下坡了，超过三十度的陡坡，不刹这一下就会急冲直下，所有的控制设施就会失去作用。车身的这一剧烈晃动把他一下子从灰色的冥想中唤醒了，他突然感到好像忘了什么东西，他开始清点自己的包裹。是御寒的棉衣？不，他已经抛弃了它，将代之以轻暖的羽绒服；是临走时姥姥给炸的满满一饭盒的荷包蛋？不，它硬硬地待在书包里；是忘了和妈妈那么随便的一个目别？也不，妈妈在他离开时躺在床上沉沉地睡着了。她似乎对他什么时候走、坐什么车走并不在意。到底是什么？难道是和雯雯或是和亮子的吻别，不不，他早已把她们忘了，像是长大以后失落的两枚纽扣。

他摸摸这个兜，看看那个袋，什么都没有忘记带。但他还是有一种朦朦胧胧的失落感，究竟失落了什么？他拿出自己所有的手稿，其中最厚的要算那篇用了他整整一个月写的小说了，他在这里试图阐述的就是这样的思想：我们大家仿佛都在失落着一切，抑或说我们原本就没有得到过任何。他知道他的同学们根本不会同意他的这种论点，他们会振振有词地跟他辩论，说中国毕竟是中国，外国人的苦闷彷徨，如同萨特毕竟是外国人一样，绝不会是中国种的。他相信他经不住他们的那种毫无逻辑的群起攻击，但他依然坚信这个早已被别人否定了的看法：他以为随着无阶级性的物质文明的高度发展而产生的精神空虚（虽然二者没有固定的比例），也同样是无国界的。他觉得这并不是泛泛的结论，恰恰是根据许多具体的问题而得到的分析、概括。他不明白，为什么对哪怕是一个细小的客观问题的探讨，一旦驰入“马克思主义”的中国，就一定要佩上红外套，蒙上红色的遮眼幕，他以为这恰恰是不够科学的。当然他很清楚，他的同学受不了他晦涩的论断，对他的滔滔不绝会嗤之以鼻，他感到不被理解的痛苦，虽然他已是在竭力说得平白些，像他手里的这篇小说这样没有一句艰深的哲理，但是他知道，他还会失掉最后一个听友。

当然也会有好心的人劝他别这么顽固了，大家和和气气、稳稳当当地像一家人一样过日子是最妥当不过的，这样你也就不会产生那样的歧想。但是他深知自己偏偏又是这么孤掷，虽然一次次地失望已经使他几乎失去了生活下去的勇气。啊，他忽然找到了，自己失落的正是对一切的追求和勇气，当然也包括了对她，不管是三年前的佳贞，还是现在的她的热衷和迷恋！

火车又在稀里咣当的闷响中缓缓地走着，车上的广播里放着两年前的流行歌曲，他感到一阵阵剧烈的恶心，拿出“国光”开始大口大口地嚼起来，他现在什么都不在乎了。什么风度，什么气质，什么派头，他觉得这一切不过是公子哥们在那些漂亮的脸蛋面前的拿手把戏。既然他再也不存有什么希望和企求了，他要这些干什么：变色镜，牛仔裤，花衬衣，一切都见鬼去吧！

“列车前方，青龙桥站，在这里我们将停车十分钟，大家可以……”够了够了，他早就知道，这里有一个什么建筑师的铜像。他小时候怀着极其崇敬的心情不知拜谒过多少次，可惜那时的他是凄凉地躺在路边。他一动不动地坐在车上，看到车下的人飞跑过去，匆忙地在那个工程师的墓碑前虔诚地合影，他觉得这些人是那样的可笑，难道和早已进入冥界里的伟人站在一起就觉得骄傲？况且这里不过是一个被后人凭着自己的意愿和要求铸造出来的模型、偶像，为什么火车偏偏有意等着这些人？他看看手表，因为他的慵懒，连最纤细的红针也一动不动了。他有些焦躁，看到车下有一个卖烟的，他随着人流迷迷糊糊地也下了车。

天空是晴朗的，太阳在山顶上射着白光，但他依旧辨不清方向，因为这里环绕着层层叠叠的山都是那么险峻。他抽出了支烟，“扔了啊？”这声音又在身边响了起来，“随便！”他在心里说道，漫无目的地穿过了墓地，来到一棵高大的白杨树下。他抬起头，看到树叶仍然还是郁郁葱葱的，只有树梢上的几片被秋风刚刚点染了些许黄意。

山坳里刮来一阵阵冷风，树叶哗哗地响个不停。突然，一片绿色的落叶，飘飘忽忽地落了下来，在他的眼前倏地闪过。他觉得有些奇怪，走过去，捡了起来，原来这叶子虽然是绿的，但已经干萎了。他想，一定是给这叶子提供养料的枝头被折断了，所以它才变成了一片没有了根的叶子，即使是一丝微风也能把它吹落，何况现在已经是深秋的冷风了。他觉得自己和这片叶子仿佛有一种微妙的相似之处。绿的，却摆脱不了落下来的命运。他捏着这片落叶，走出了墓地。奇怪，怎么一个人也没有了？他赶忙来到站台，眼前只有两条笔直的铁轨，火车不知什么时候已经无声无息地开走了。他看到山弯处还残留着一团团烟雾，气得把手里的这片叶子撕了个粉碎。

他要赶回学校，只好等下一趟车了，但必须花比刚才的市郊车贵得多的票价，补票！

1983年11月5日誊抄完毕

从结局到开端
——《绿色的落叶》初稿后记

随着人类从神话时期跨入现代社会，生存或死亡，这一对永恒而不可抗拒的矛盾，就由命运的悲剧转而成为一个问题，亦即从把它简单地归于一种无形而神秘的虚无寄托，发展成为一个人所共瞩的研究课题。形式上，这是从结局到开端，事实上则是由繁复到简约。

自然和社会对人构成的威胁，在现在，一般地说来已不是动辄致人丧生（指必然而非异常）。因此，生存的奥秘成了一个高深莫测的谜。关于人生的理论，恐怕有许多人能写出成本上册的书，但一些人，尤其是刚刚步入真正的生活激流的青年人，并不相信现成的理论，而是要自己探索前进的道路。大多数经历过重重挫折和磨难，终将扬帆远航，坚定地向遥远的灯塔破浪而行，但也有人像本篇中的“他”一样，被时代的列车所抛弃。

正是为了和广大的青年一起探究这些人颓唐落寞的缘由，我写下了这篇“弱”的独述。我力求在这里客观地描写“他”的一切，而不直接评判他的优劣，其目的在于让每一位读者通过对这个“厌恶者”的认识和否定，来考虑这样几个问题：他的命运仅仅是性格上的原因吗？我们每个人是否也有这种懦弱的一面？而他的命运只是个别现象吗？带不带一定的社会性？

我想说明的是，我们大家的内心世界都是有这种不够刚毅的一面的，但我们每个人只有努力地进行自我改造，才不至于重蹈“他”的覆辙，而“他”的忧郁苦闷，并不仅仅是某些人所说的那样，只是一个恋爱的反常现象。因为我不止一次地注意到，经过前些年的所谓动乱，许多我们的父辈当着我们的面议论“生存”这个永恒的问题时，常常发出灰冷而无可奈何的感叹。于是我想到，这种危机已不仅仅是一个年龄的问题，而长此以往，势必影响我们各方面的工作。所以我试图通过这个“他”，引起人们注意：对一颗变冷的心来说，一切都是毫无意义的，该如何不让每一个心灵再去变冷呢？

这篇小说从构思到脱稿，经过了很长时间，仅动笔来写就用了整整一个月。它不像我以往的那些涂鸦之作是一气呵成的，而是零零碎碎，断断片片，甚至大的架子都出来了，现在的这个开头和结尾还没有搞出来。我在这里无意以塑造一个复杂的性格，结构一个完整的故事而取胜（当然我也为这些用了不少脑筋），我觉得编写一个感动人心的事件是容易的，如果你有过那种经历或体验。正像前面所说的那样，我是在和大家一起探讨一个人人都在关心的老而又老的问题，即生存的意义。我尝试着用意识的流动，把“他”三年来的经历（也可以说更长一些的事情）融注到十一放假的三天里，打破时间和空间的顺序，运用大段的心理描写来直接展示人物内在的气质和精神。应该说这是很容易搞得一塌糊涂的。这个草草之作肯定是漏洞百出，因此我恳切地希望每一位读者能在表现手法方面提出这样那样的意见，就像我深信你们一定会对这里揭示的问题坦率地谈出你们的看法一样！

论文辑录

试论注重效益与兼顾公平的关系

人类社会发展到今天，从广义上来看，从来都是在妥善处理好效益与公平之关系的基础上才得以进步的。效益即效果和利益，我们做一件哪怕是最细小的事情，无不谋求其成效和收益；而公平亦即公正与平等，当我们在全力获取效益的同时，要想达到最佳的投入产出比，也就不得不兼顾事物的均衡与平和。效益与公平的关系，既有效益的最终目的性，也有公平的过程影响力，认清这一点，对处理好二者的关系也就不会存有疑义了。

从历史上来看，秦始皇一统中国的步伐不能不说是迅捷的，统一度量衡、修筑长城，即便是“焚书坑儒”，以现在的历史观来看，都可以认为他是在追求一种最终的效果和利益，对推动历史的发展和社会的进步产生了巨大影响，但秦帝国之所以存活了短短的十五年，正是当政者对破坏社会的均衡与民众的平和之后所产生的反作用力没有给予足够的重视，陈胜吴广的起义因而也就在所难免了，而秦王朝也就难逃最终被贾谊的《过秦论》慨而叹之！

如此看来，我们究竟怎样准确地理解在注重效益的大前提下，较好地兼顾公平呢？回顾改革开放以来二十多年的历程，作为执政党的中国共产党带领全国人民，在国民经济等方面取得了突飞猛进的基础上，使我国的国际地位日益提高，这里面首先得益于“发展才是硬道理”的提出和“让一部分人先富起来”等一系列理论的指导，而在各项事业都有了长足进步的情况下，新一代领导人不失时机地提出了“三个代表”的重要思想，尤其应该引人注目的是“三个代表”中“始终代表最广大人民的根本利益”的提法，恰到好处地为我们诠释了注重效益、兼顾公平的关系。而此后确立的科学发展观、注重农民利益、寻求共同富裕之路等讯息，更加明确地向我们昭示了继任者对党和国家发展全局的洞察和把握。

研读这一发展历程，我们不难看出，国民经济的发展，人民生活水平的不断提高，正是我们在开展各项工作中，“始终扭住经济不放松”，牢固树立了以经济建设为中心的这一工作方针，此所谓“注重效益”；但在我们“让一部分人先富起来”的同时，我们始终没有忽视社会的均衡发展和人民的共同富裕，“西部大开发”战略的适时提出，农民切身利益的不断关注，对下岗失业人员、低收入人群的关心，乃至刚刚对个人所得税起征点的翻倍提高（由原来的八百元提高到一千六百元），都是在实践着“兼顾公平”的理论。由此我们可以得出这样的结论，“注重效益、兼顾公平”这一法理要素正在我们现阶段的社会生活中被自觉有效地运用之中，也必将取得显著的成效。

回到我们所学的书本知识当中，法理学中所提出的“注重效益、兼顾公平”的理论，应该切实成为我们在制定各项法律、法令、规章制度的出发点和立脚点，同样也应该是我们在今后的专业知识学习和运用法律到工作实践中所应遵循的根本原则和主张。从法理学角度上来看，我们所提到的“效益”，可能没有上面论述的那样宏观和远大，它可能是某一具体法律款项中的一项特指，也可能是某一具体案例当中的一方利益，那么在这里我们就有必要对它分别加以论述了。而对于“公平”的理解，我们则有必要明确这样一点，那就是要想得到静止的绝对的公平，是不可能的，世界上也从来不存在这样的公平。换句话说，我们兼顾的“公平”，只能是动态的、相对的公平。

举例来说，全国几十个城市都曾制定过有关禁止、限制燃放烟花爆竹的法令，此后一些城市又先后解禁或修改此条例，那么当初制定时，我们可以说它确实注重了总体利益或可以解释成大多数人的利益，而之所以不是一纸令下便全面绝对“禁止”，而是划分区域、禁限结合，则正是体现了“兼顾公平”这一原则。同样，随着时间的推移和情况的变化，一些城市分别废止或修改了这一法令，则依然遵循了上述原则。这是从制定法律法令这个层面上来理解。那么我们在运用法律法令的过程中是否就可以忽略这一法理意义上的根本原则呢？回答同样是否定的。举一个最简单的例子，在民事诉讼中，离婚案件应该是最为寻常的了，我们在判定这类案件中，恐怕在应用“注重效益、兼顾公平”这一原则方面是最为普遍的了，在此无须赘述。

总之，上至统领一个民族，管理一个国家，下到制定一部法令，判定一个案件，妥善处理好“注重效益、兼顾公平”的关系，从理论到实践都能够准确无误地贯彻好这一原则，我们的社会生活才能够在迅猛发展的同时安定祥和，构建一个理想的和谐社会才能够真正得以实现，而人类历史的足迹也才能够一直向前延展。

演艺界的泛娱乐化现象应引起高度重视

娱乐，顾名思义，就是让人愉悦和快乐，现代汉语词典还有这样的补充：消遣；或者是快乐有趣的活动。显然，娱乐是人们在经历了紧张有序的工作学习之余，生活中必不可少的元素。这一点，自然不必赘述。“泛”可以理解为广泛、空泛，广泛的娱乐化不妥，而空泛地漂浮着的肤浅的娱乐化则更加不妥。倘若达到泛滥的程度，势必就会成了一场不大不小的“灾难”，虽然可能没有达到“隔江犹唱后庭花”误国误民的程度，但当我们真的被眼前的一派歌舞升平所沉醉的时候，其危害程度也不应该被小视，而在时下的演艺界，无论在怎样的境况下，对待任何事物都给予“娱乐化”，甚至有泛娱乐化现象的趋势，着实应该引起有关部门的高度重视。

一、现象的概括

如此的担忧和判断，绝不是危言耸听，且看如下信手拈来的简单概括：

满眼尽看黄金甲，极尽奢华午夜宴，加之此前的无聊太极，可以说是电影界泛娱乐化的先锋代表……电视剧中的这戏说那传奇，同一历史题材的秘史与外传，总让人感觉到全民娱乐化时代的訇然到来……

电视栏目极尽娱乐化的张扬，欢乐中国行、幸运五十二、非常六加一、梦想剧场、开心词典、全家总动员、星光大道、欢乐总动员、快乐大本营、每日文娱播报、娱乐天天谈，甚至同一首歌的单一模式，某一歌手同一曲目在不同场景下的反复咏唱，总让人感觉在他们深情告白的外表下有一种旧时代为达官贵人唱堂会时的尴尬，“唱”本无所谓，但每每的电视直播、重播、反复重播则凸显了编导们的江郎才尽，而无论何时何地何种场合都可再现陈慧琳舞跳得不得了、田震执着的铿锵玫瑰、杨坤无所谓的那一天就给人以胃口大倒的呕吐感，似乎我们的音乐人全部黔驴技穷，与此争奇斗艳的大型电视活动如梦想中国的举国欢腾，超级女声的燕舞莺歌，红楼选秀的梦里看花似乎恰恰正在为我们的全民娱乐大赛做最好的注脚。

电台里的娱乐杂货铺、娱乐抢先报、欢乐新时空、娱乐网天下等栏目更是步电影、电视之后尘，在与之交相辉映的同时，将一些时事话题类的栏目也引领得不娱乐不足以慰藉听众，甚至有些播音员主持人在评述哪怕是南京大屠杀之类的严肃事件时也被拐带得语气语式笑意盈盈。

需要说明的是，上述的罗列我们并未分出良莠，其制作水平也参差不齐，在此更无意对其做出褒贬评判，也绝没有“一竿子打翻一船人”的想法，将其不分青红皂白地拉将过来只是想印证一个问题：我们真的很是娱乐了，泛娱乐化现象绝不是空穴来风，在上述作品中出现的女声绝大多数都调门提高八度，嗲声嗲气，做小鸟依人青翠欲滴样；男声则虚着嗓音，急急火火，扮粉面小生少年花儿状，大有将娱乐天下为己任，不把芸芸众生“愚”到云里雾里誓不罢休的架势。而更加值得关注的是，演艺界的这种泛娱乐化现象不仅借助广播影视以及报刊网络等媒体高速全面地传播开来，同时媒体本身也如火如荼、热情高涨地投身其中，正所谓风借火势，风火一家。

二、现象的危害

麻痹大众的神经。以电影为例，似乎每一部大制作从酝酿到开机至封镜，轰轰烈烈、热热闹闹，而各路媒体则极尽能事满怀高度热情，给予详尽的报道，强烈的关注，不尽的溢美，其唯一主旨就是要宣泄一个理念，即高投入必定产生高回报。但如此闹剧的最终收场，则往往是一俟该片上映，便是大规模的“炮轰”，最终无论是投资制作方，还是媒体炒作方，甚至是参与演出的各路男女大侠之间，多半是恩恩怨怨扯也扯不清楚。但有一点，就是受众从头到尾都是在云里雾里，他们的客观知情权一刻也没有得到满足，他们的话语权从来也没有得到保障，推而广之，文化演艺市场的这种闹剧般的泛娱乐行为和手法，使得大众主管精神愉悦的那段神经总是处在被麻痹的状态，久而久之，似乎也就得出了这样一个结论，默默无闻怎敌一夜成名。而许多无毒无害亦无味的广播影视产品，所耗费的大量社会资源又应当引起怎样的关注和规避，则完全不必做出思考和关注。

干扰文化市场的正常走向。大众的这种被动的甘愿麻痹，也使得我们的各级文化主管部门在红火热闹的表象面前，时时露出虽然不是发自心底，但多少有些志得意满的微笑，对于泛娱乐化现象正在对传统文化产生的强烈冲击，似乎也可以归结为一种新的文化发展方向，谁在这样的热闹下再提什么“文以载道”“厚德载物”之类的说法，就简直是从墓地里跳出来的不合时宜。一俊遮百丑，有了高关注率、高产出率，似乎其他的问题就不再给予追究。而文化的多元化绝不等同于全民的娱乐化，广泛的包容性不能演变成对空泛愉悦的无原则纵容，就只能停留在夫子们的理论研讨中了。

长此以往影响其他社会范畴的正确决策。社会文化的厚重积淀，当然不是在一朝一夕中形成的，五千年的传统文明，也不可能转瞬即逝。然而，毁树容易种树难的道理恐怕无人不知，千里之堤毁于蚁穴也绝不是耸人听闻。演艺界无疑可以归入意识形态行列，广播影视当然属于上层建筑，当我们的声屏银幕都沉浸在一派莺歌燕舞的大好局面下时，当我们的“五行八作”都被反映成欢乐祥和时，当我们的“三教九流”都被影视明星的光鲜亮丽所掩映时，我们社会其他范畴的决策者想不懵懂怕也是一件不太容易的事情了。

三、现象的成因

造成这一现象的出现，究其就里，首先是一个浮躁与功利的问题，反映到演艺界，不外乎票房、收听收看率以及虚高的人气指数。

记得前几日读到一家音乐类报纸以“硕士歌手某某”为题介绍一年轻新秀时，开篇第一句倒也坦诚，说称这一歌手为硕士本不恰当，因为他正在某著名高校在读，尚未毕业，不过以其优异的成绩，获得学位不成问题。可越往下看越觉得大有文章，敢情这歌手读的是法律系，跟唱歌沾不上边，这便让人要问了，就算是他老人家有朝一日“顶戴花翎”了，又跟他做歌手有何相干呢？再往下看，就不仅仅是令人喷饭，简直鼻子都开始“跑偏”了，我们这位乐评人对其不足而立之年的爱将的崇拜简直无以言表，居然朴素客观地写道：提起他唱歌的经历，足足有二十年了，不过真正认识到歌唱，是在他上中学以后——乖乖，好一个“连唱带不唱二十多年”，如此“娱乐”读者，在我们的广播影视界，恐怕也不鲜见。如此的评述，可以说字里行间都充斥着浮躁和功利的色彩，其目的不外乎引起注意，获取利益，有的时候是自我行为，有的时候是公司行为，但无论是主动炒作还是被动迎合，明眼人都能看出当事者上上下下、里里外外的捕风捉影和急功近利。

票房的问题、收听收看率的问题以及所谓的人气指数，似乎早已成为衡量一部影视作品、一档广播电视节目、一名演艺从业人员是否成功的重要甚至唯一的因素，用最通俗的话来表述，就是您在这个行当里混，挣钱了吗？

看过一位作家的自白，其中的一段文字令人感慨：“人，本来是有七情六欲的，可不知从什么时候起，便只剩下了一个心眼，只认得钱了。”是啊，当人们只知道在利欲的大街小巷穿梭往来时，该是多么悲哀！而另一则来自美国一家权威调查机构早些时候的调查统计，向我们昭示的却是另外一种情形：五十个美国百万富翁和五十名索马里难民在被问及对目前的状况是否感到幸福时，五十个富翁竟大多感到既痛苦又乏味，而五十名难民却无一例外地表示又满足，也幸福，因为联合国难民署保障了他们的食物。在我们为这五十名难民感到欣慰的同时，也觉得那五十个富翁怪可怜的。如此，得出怎样的结论，怕不难吧？

其次，我们的相关管理部门的不作为、不到位，或者行政作为的滞后，不能不说助长了这一事态的扩大和蔓延。

之所以得出这样的结论，其实我们不必大惊小怪，甚至我们不必再做进一步的分析，观察一下我们的房地产行业、医药卫生行业，大同小异。2007年初，在“新形势下的电视剧市场合作研讨会”上，有关人士谈到今年的电视剧规划政策时说，2007年是电视剧质量年，并透露广电总局的要求：从2月起的至少8个月时间内，所有上星频道在黄金时段一律播出主旋律电视剧。为此，广电总局对电视剧设立了四级审查制度，即所有省级电视台播出的电视剧提前一个月报省广电局，而后由省广电局报送省宣传部，再由省宣传部审核后报送广电总局，最后广电总局报送中宣部文艺局，审批通过后再播出。此消息一经披露，便引来各方评论，“主旋律”的概念如何界定，“四级审查”怎样落到实处，“裁判员”与“运动员”又如何划清界限等问题不给出明确说法，“质量年”只能是纸上谈兵，其结果也只能是在一片你好我好他也好的“太平盛世”中继续广泛而虚幻地娱乐下去。

当然受众的拥趸与盲从，同样起到了推波助澜的作用，但大奖的诱惑、一夜成名的财源滚滚，又有谁能够真的彻底抵御呢？

在此，本人也娱乐一把，或者也尝试着“恶搞”一回，只给大家讲一个童话，个中滋味大家自会品出。

记得格林兄弟有一则童话，名字叫《当音乐家去》，故事很简单，童话嘛，都是用动物来打比方。说的是一头衰老的驴、一条濒危的狗、一只垂死的猫、一只栖息的雄鸡因为各自已经不再能够胜任本职工作，相约一道进城：“到了那里，我们也许能当一名音乐家了。”“不管怎样，总比待在这儿等死要好得多！要是我们轮着来唱歌，我们就能组织一场音乐会了。”于是，他们四个一起高兴地踏上了进城的路。“然而，城里不是一天能走到的，所以当天黑下来时，他们只好走进一片树林去安歇。”驴子哇呜哇呜地吼叫，狗汪汪汪地吠，猫喵喵喵地叫喊，公鸡尖声啼鸣……他们最终也只是吓跑了强盗，让强盗们再也不敢回自己的老巢，“而那些音乐家也就高兴地在里面住了下来。我敢说他们现在仍住在那里面呢。”这其实早对我们痴情向往的娱乐界给予了温柔而辛辣的讽喻。而现实生活中艺术专业乃至明星班的学员们的成名率能否达到百分之一，恐怕大家都是心知肚明。

四、现象的改变

“泛娱乐化”这一不正常现象，首先需要我们广大从业人员的自省和自律。

难，肯定很难！我们也不能奢望一朝一夕就能彻底改观。人人都在抱怨社会是个“大染缸”，人人都痛恨“有钱的王八大三辈”，演艺界的广大从业人员每一个个体都在力求证明自己的“出污泥而不染”，每一个个体又都在“潜规则”面前表现得无能为力，最终将其归结为见怪不怪的社会现象。其实自省自律的基本概念就是让我们搞清楚怎样做人，怎样做戏。而首要明白的就是为谁活着，为什么活着。人类数千年的历史，似乎都在探究这一问题；多少志士仁人，也都在用他们的行动试图回答这一问题。而无论怎样的高谈阔论、花言巧语，以及遮人耳目的偶然所为，都逃脱不了自我良心的噬食与嗔斥，因为谁都知道，每一个哪怕膨胀得比天高、比地大的人的个体，都不过有如沧海一粟，而千金散尽还复来的道理，即使懂得不愿意承认也在你死期将至时赤条条牵不走、挂不去。当我们不能完整而正面地回答为谁活着，为什么活着时，不妨先弄明白，至少我们不能为自己活着，为钱活着，这已经是再通俗不过了，而说到底，我们就是不能为名利活着——这只是最基本的准则。因为古往今来、域内海外，不管你是一介草民，还是贵为一国之主；也无论你是怎样在名利场上翻飞沉浮，抑或一生一世甘愿默默无闻，你终将不可逃脱地只有这一不可逆转的结局——死亡，而且永无归途。演艺界近年来频频发生的各种形态的英年早逝，应该早已给我们每一个人敲着警钟。

各级管理部门科学有效的干预和管理以及掌握着媒体话语权的专家与学者的引导和警诫对于改变上述现象无疑至关重要。

当然，新的形势下的干预和管理，绝不等同于以往的行政命令，这一点相信我们的相关部门一定在绞尽脑汁地进行思考和不失时机地积极实施。2006年底，国家广电总局出台的对青年导演小制作作品给予的政策倾斜和资金扶持，虽然其力度值得商榷，但可以说是一个明确的信号。而社会文化科学领域里的许多专家学者，当他们摆脱利益的诱惑，重归神圣的“象牙塔”时，从自己的良知深处给出冷静的分析和由衷的告诫，并充分利用自己在媒体方面拥有优先话语权的强势，对于遏制“泛娱乐化”现象的蔓延一定会有所作为。

受众的理智和眼界的打开，不做盲目的拥趸者和狂热的“粉丝”，也是减弱演艺界“泛娱乐化”现象程度的重要力量。

或许很多人都会有这样的质疑，有需求有市场的泛娱乐形态，如何还要给予高度重视呢，回答这个问题其实很容易，流感病毒似乎并不十分可怕，但不予及时有效地遏止，当它无节制地扩散之后，其危害程度又有谁敢掉以轻心。“众”者，难免有从众的盲动，“独木桥”的蜂拥而至，其后果往往令人不寒而栗。而在大浪淘沙的过程中，在市场规律的荡涤下，只能满足感官享受的肤浅“娱乐”和虚假“狂欢”一定会回归到正常的秩序和氛围中去。

当然，我们在这里讨论泛娱乐化的现象，不能被曲解为对健康向上的、合理有度的正常娱乐活动和方式的否定，记得一位业界的资深人士作过这样的比喻：人们对媒介的基本需求只有两个，当某一个个体濒临死亡时，他需要将这一信息传递出去；而他最后的愿望就是要求有一首安魂曲，于是新闻、音乐成为最有生命力的媒体构成。中国古代第一部诗歌总集《诗经》中也有过这样的说法 。在心为志，发言为诗。言之不足，故嗟叹之。嗟叹不足，故咏歌之。咏歌不足，舞之蹈之。可见，娱乐在任何状况下，都是不可或缺的，但有一点值得我们特别地注意，那就是无论怎样的娱乐，哪怕是对逝者的赞美和超度，也是要有所依附的；言为心声，娱乐也是需要一定的附丽的，就像无病呻吟总会遭人诟病一样，空泛的、肤浅的、泛滥的全民娱乐化现象一定不会有持久的市场，其最终的命运逃脱不了被人唾弃，而那些容忍这一现象非正常存在的决策者和管理者迟早会为此付出高昂的代价。

以上分析与论述，权当一孔之见，一家之言，仅供批判，欢迎板儿砖。

论广播的大众传媒属性与系列台专业化的关系

北京人民广播电台已经走过了半个多世纪，专业化办台也从启蒙时期、初具规模时期、加强规范时期步入了深入规范时期，如何在广播飞速发展的今天，把我们在实践中积累的经验加以总结，并在借鉴国内外同行业先进经验的基础上，使我们的事业更上一层楼，就具有了非常重要的现实意义和深远的指导意义。而随着北京电台专业化办台方针的确立与实施，处理好“广播”与“窄播”的关系，在强化“窄播”的同时不失去其大众传媒的特性，则是广播从业人员亟待探讨和研究的重要课题。

一、广播大众与窄播分众的关系

首先我们应当明确的是，广播是大众媒体，大众媒体的功能是传播信息、引导舆论、教育大众和提供娱乐，这是大众媒体的基本功能。而我们在谈到窄播与分众这两个概念时，其含义则是相对的，窄播“窄”到什么程度，分众“分”到什么层次，都不具备宽泛性。从逻辑学角度上说，“窄”和“分”的概念，由于划分的角度不同，且其本身具有相对不稳定性，因而它们的内涵和外延也就具备了不确定性。

结合我们北京电台的实际情况，在我们系列台专业化改革进程中，无论“专”到什么程度，其宗旨最终不能、不应该也无法脱离大众传播的性质和特点。而就我们现状而言，七个专业台的设置时间先后不一，划分角度不同，担当“窄播”和服务“分众”的功能也理所应当地会呈现出不同的格局。具体看来，我们从七个专业台的名称上就可以做出简单的分析，新闻台、经济台可以说是一个层面；文艺台、音乐台又是一个层面；而教育台、生活台、体育台和交通台则各有各的层面。

这里我们应注意到七个台的定名是不在一个范围内的，如果新闻台我们假设其为时政新闻，那么经济领域内的各种事件是否也有其时政意义，而既然全党工作的重点都早已转移到以经济建设为中心上来了，那么二者之间的联系该是多么密切；再看文艺台与音乐台的关系，如果我们将文艺通常理解为文学艺术，那么音乐自然是艺术的一个种类，因而二者的关系显然是包容与被包容的关系；此外，教育可以阐释的内涵就更加庞杂；生活也同样是包罗万象，即便是交通与体育，不同的人群同样可以做出不同的理解。所以作为广播的从业人员，尤其是对于北京人民广播电台的全体工作人员，当然更主要的是其各级管理人员，划清各自的属地，搞清自己的职责，则是在我们制定和实施各项办台方针和措施之前必须搞明白的头等重要问题。这里面首先要分工，然后要沟通，最终要配合，否则一定会有扯不清的“麻烦”，打不完的“官司”。因为从根本上我们的分工就不是像“小葱拌豆腐”那样一清二白，因此要在办台内容、节目确定和广告收益等领域说出个子丑寅卯来也就显得不很容易。当然解决这些方面的问题，我台曾确立了“红黄绿”灯的措施，具体实践中也发挥了显著作用，但在寻找目标听众的过程中，如何更加细致和精准，就需要进一步探讨和研究了。但有一点是明确的，即我们自身寻找和确定的目标听众，应不违背广播、大众这样一个大前提，因为即使走向“窄播”，更加明确地服务于“分众”，其最根本的需求也是共通的。

二、专业化办台不等于行业化办台

专业化办台的思想，目前已经很明确，在实践中也印证了它的正确性和可操作性，且取得的成绩也是有目共睹的。但在其发展到今天的过程中，我们也应注意到两种倾向的存在。一方面是在强调大众传媒属性时，一些专业化系列台是否有试图扩大领域的尝试，有追求所谓“大”的趋势，泛泛而谈，有没有“大教育”“大视野”“大生活”的意向，值得我们反思；相对应地，在实际运作中，是否也有走向另一个极端的可能，即当“大”路走不通时，又反过来将“专业化”理解为“行业化”，将某一领域内的主要内容延展为全部内容，最终偏离“大众传媒”这一根本属性的道路，这样的苗头在我们专业化办台过程中也是值得十分警惕的。

所以我们说，掌握好“火候”，避免出现忽“大”忽“小”的波动，对我们每一位广播从业人员尤其是其主要管理者来说，是慎之又慎的大问题，否则其造成的后果和影响将不是用及时调整而能彻底根本解决的。因为我们的每一次改弦易辙，在广大听众中产生的副作用是不容易在较短的时间内得以消除的。

之所以在“专业化”和“行业化”之间要给予如此的关注，这与我们的现状有着极大的关联。北京电台现有七个主要频率，对外各自有各自的呼号，短期内增加或撤并频率的可能性或许不大，因此我们是否可以这样假设，如果我们只有一个频率，那么就根本不必探讨专业化的问题，只要做好“喉舌”，当好“工具”就足够了；而如果我们有三五十个频率，那么由“专业化”走向“行业化”也是未尝不可的，但关键的问题是我们的一切工作的出发点要立足于现实，所以我们说专业化绝不能等同于行业化，而“绿地理论”的提出也正是为了解决这个问题，这不是某一个专业台的问题，只要将来专业台发展不到“七十二家”，这一理论就永远具有指导意义。

三、过年为什么吃饺子？

让我们先探讨这样一个问题，京剧作为一门久已成熟了的剧种，曾为世人酷爱，而一个不争的事实则是其知音日趋减少。打一个不怎么准确的比喻，京剧的程式如果已经发展到了“精粉”的阶段，其内容则多半是头三年的“剩馅”，即使这样的“饺子”仍然算作精美，也不会有多少人爱吃了。京剧艺术倘若真的死守着“精粉”这个“皮儿”，而不在“馅”和“型”上下点真功夫，怕是迟早会步入穷途末路的。

如此看来，广播发展到今天，其“程式”恐怕还不能与京剧相媲美，其地位甚至还没有京剧在同行当中那样高，因为电视、报纸依然把持着传媒的第一、二把交椅，而互联网的冲击又显而易见，所以在我们得意于广播迅猛发展势头的同时，一定要有“到了最危险的时候”的危机感，而提出过年为什么吃饺子这样的疑问，主要是基于这样几方面的考虑。

首先，在我们思考广播继续拓展其内涵和外延的同时，要“撇”开了想这个问题，即不能闭门造车，不能总在自己的“围城”里审视自己，记住“走出圈外方为本”的道理，仅仅关注广播自身发展的道路，包括国内外同行业的状况是不够的，研究一下其他传媒，探讨一下相关行当，甚至借鉴一下完全不同领域的经验，才能真正做到具有前瞻性、战略性、宏观性……因为经济管理学有这样一个命题，即任何企业和产品都有其孕育、生长、成熟、衰落的过程，自然界的万物也同样面临这样一个严峻而不容回避的问题。具体到广播业，或更具体地观察一下北京电台七个系列台的发生、发展和演变过程，到目前已经有过九个专业台名称了，其间确有各领风骚一两年的情况，也不能否认有曲折的过程，即使有些台呼号未变，其内核是否早已调整甚至与初衷大相径庭，怕也不是子虚乌有，而每一名置身其中的参与人员，能否在其孕育过程中深谋远虑，在其生长、成熟亦即登峰造极时高瞻远瞩，从而避免其过早步入衰败，则正是我们殚精竭虑的关键所在。

其次，同京剧发展的道路相比，徽班进京已有二百余年，广播发展的路途依然遥远。记得偶然接触到我们北京电台的史志，看到一九四九年前的节目时间表，给我的第一感觉是今昔对比万变不离其宗，现在我们有北京新闻，过去叫“北平新闻”，现在有娱乐音乐，有英语教学，那个“黑暗的旧社会”也有。如此，我们是否在剔除其糟粕的前提下做出这样的结论，广播的“程式”，即外在的模样和内在的属性即大众传媒的功能已基本确定（我们不妨将这些归置到广播这个“饺子”的“皮儿”上，当然这里面的不同是随着科技的发展，广播所采用的先进技术设备和由此而带来的花样翻新是不可同日而语的）。我们的工夫怕是要更多地投入到“馅”和“型”的历练上来，如此才不会重蹈“京剧”的覆辙。

那么我们就来看一看广播的“馅”和“型”。“馅”即其内容，用一个时兴的词“与时俱进”则可一言以蔽之，故不必多加讨论。而其“型”注意不是“形”，则是本文的主旨所在：在不失广播的大众传媒属性的前提下，如何将系列台准确无误地“专业化”，做到不“大”不“小”，“专业”而不“行业”，那么，专业化广播这一命题就能更多地保持其“青春期”“成熟期”，而较为迟缓地走向衰老和死亡。“新瓶装旧酒”也好，“旧瓶装新酒”也罢，抑或“新瓶装新酒”更佳，总而言之，为了广播的更加繁荣、更快发展。

谈到这里，我们不能不注意一位业内专家提出的关于培养目标听众的五项基本原则（参见北京电台《宣传业务》总第262期）， 在这里我认为试验在先的原则至关重要，同时要真正采用“换位思维”的方式，无论是广播，还是“窄播”，也不管是“大众”还是“分众”，我们考虑问题的出发点和立脚点，除了不失去其“喉舌”与“工具”这一特有本能外（这可以理解为在广播过程中不能“违法乱纪”），其他的一切都要从“受众”这一角度出发，因为我们作为“甲方”，如果没有“乙方”的呼应，一的一切、一切的一则全部为“零”。

所以在本文的最后我想引用这样一段话作为结语：“听众调查对于决策、对于专业化建设越来越重要，应努力改进和提高，使专业化办台走上科学，符合客观规律和需要的道路。”如此，广播的基本功能与专业化的关系；“广播”与专业“窄播”的关系；市场化与专业化的关系；竞争与专业划分的关系；对象专业化和内容专业化的关系等诸如此类的问题，才具备研讨和解决的基石。

谈谈主持人基本素质对广播节目品位的作用

随着北京人民广播电台系列化专业台的建立健全，各专业台的专业特色越发突出和显著，由主持人把握和操作的各类型节目逐渐成为广播节目的主体。与报刊的专栏主持人和电视专题节目的制作人不同，广播电台节目的主持人对广播节目的影响和作用更直接、更明显。这一操作方式不像报刊专栏主持人那样，每期节目一般均有相对较长一些的周期（每周或每月一到两次）；内容上相对更明确、更具体，针对性较强；而稿源则相对丰富，撰稿人较多，而且不一定是主持人一个人全权代理。同时，这一操作方式也不像电视专题节目制作人那样，一般情况下投入的人员和力量较多，播出前需广泛地采集和细致地编辑；而在播放过程中即使标明为直播类，也有大量的录播内容，且后期制作的决定作用非常大。由此看来，电台的这类节目，一般由一到两个主持人主要操作，自主性极强，同一类型的节目播出频率极高，往往为每天一次，可谓天天出声。主持人集采、编、播于一身，当主持人步入直播间后，在话筒前的权力可谓旁若无人，不受（且也不能受）任何外来因素的影响，加之电台直播类节目确为名副其实的直播，虽然在此状态下有延时技术等辅助措施，但实际操作过程中的情况往往是主持人有言即出，毫无遮拦，因而，我们说，广播电台的节目主持人对节目的影响比之报刊、电视台要大而又大，其基本素质对其所主持的节目内容。风格、样式、品位均产生着至关重要的作用。如何提高电台节目主持人的政治觉悟、业务知识甚至生活能力、心理素质，应该是广大主持人自己以及电台管理部门和各级领导尤为重视的问题。因为从一定意义上讲，今天的北京人民广播电台的大部分节目，主要把握在目前这一批以青年人为主的主持人手中，北京电台的节目，需要这一批年轻人去主持；北京电台的形象，也依靠这一批年轻人去塑造。

既然主持人的作用如此之大，那么我们目前的状况又是什么样子呢？应该说，我们的大部分主持人还是胜任的，我们的绝大多数节目还是比较好的，无论是新闻台、经济台、教育台等以语言为主体的专业台，还是音乐台、文艺台等以文艺节目为主体的专业台，抑或专业特色更突出、更明显的交通台、儿童台，在广大听众中的影响是积极向上的，是为老百姓称道的。但是，坦率地讲，我们各专业台主持的直播性节目，还存在着这样那样的问题，许多时候还不够尽如人意，抛开因技术性或意料之外而发生的播出事故不容原谅外，我们的许多节目还不够精彩，不够吸引人，甚至倒人胃口，有明显的硬伤，而产生这一现象，其根本原因，还是因为人——我们对此类节目起核心作用的主持人自己的不到位而造成的。

首先，我们看一下以语言为主的话题类直播节目。这类节目需要主持人有较宽的知识面，有较多的案头准备，有较强的临场应变能力。主持人不一定是每一个行当的专家，但他起码应该是一个懂行的人，不能想象一个不懂电脑的人却大谈网络，不了解股市的人却大讲牛市，尚未成家的人却对如何处理夫妻关系、如何调教孩子津津乐道。而现实情况却是，我们有的主持人魄力有余，能力不足，对不熟悉、不了解甚至从未接触过的事物也敢谈上个把小时，这里有节目设置的原则，更有主持人自身的责任。

那么，如何解决这一问题呢？第一，要在安排和选择上岗位置上扬长避短，最大限度地发挥主持人的能动作用。第二，主持人要虚心学习，不断充电，利用各种可能丰富完善自我；同时充分利用邀请的嘉宾（一般应为本次节目内容的专家）在节目之前广泛深入地交流，争取为我所用。第三，在直播过程中，要沉着冷静地应付各种可能发生的问题，不断积累经验，争取从必然王国尽快地步入自由王国。否则，我们的节目要么是空洞无物的，要么是漏洞百出的，要么是干涩乏味的，甚至将错误的知识传播出去，最终贻笑大方，影响节目的质量和电台的形象。

应该说以语言为主的访谈性节目对主持人全面素质的要求最高，主持人在把握这类节目过程中难度也最大，但唯其最高、最大，也最能锻炼人、培养人。只要主持人功力到家，那么节目的品位也就会越来越高，为广大听众所欣赏和信赖。

其次，以文艺类为主体内容的节目，是否对主持人的要求就可以降低呢？不然。随着北京音乐台的影响日趋扩大，紧随其后的文艺台也迎头赶上，加之交通台等专业台文艺节目的深入人心，对这类节目的主持人，听众在比较之后，便有了更进一步的要求。主持这一类节目，主持人首要地应力戒以我为中心，自我欣赏，自我陶醉，或将自己所偏爱的曲目或音乐人强行兜售给听众，久而久之，便会让人反感，令人生厌，最终抛弃之；其次应力戒浮躁，音乐、戏曲是人们茶余饭后的一种生活补充，它的功用是在娱悦中给人启迪，需要宽松和谐的气氛。但作为一档节目，主持人不能以此为缘由，将自己的主持状态和语言随意化，甚至庸俗化。此外，文艺类节目的主持还应力戒慵懒、单调，丝毫体现不出编辑的作用和主持的功能。而上述种种现象，在我台的节目中，都不难寻觅。改变这一状况，其方法和必要性都是毋庸多言的。

除上述情况之外，由于主持人基本素质而影响本台节目质量进一步提高的现象，还表现在以下各个方面。第一，如前所述，由于主持人的年龄结构普遍年轻，甚至过于年轻，其社会经验、工作能力、对广播特性的了解甚少，导致节目内容不够厚重、节目形式较为漂浮。第二，由于主持人性别比例不够协调，女性居多，男性较少，而为数较少的男性又较少男人味（指其主持的节目所透露出的味道），故目前电台直播类节目较少有成熟的社会性话题节目，甚至有几档节目的男主持人在话筒前或者说在收音机前播出的音调还是大男孩的感觉，缺乏阳刚之气，因而也就失去了电台的“磁性”吸引力。第三，个别主持人的政治嗅觉尚不敏锐，自己感兴趣的话题谈起来可以滔滔不绝，上级安排的活动应付了事，组织纪律性往往让位于个人的喜怒哀乐。凡此种种，只要打开收音机，便立即可以分辨出来。至于由于电台主持人性格的独特，心理素质的不够完善，也往往使其主持的节目“独树一帜”，严重时甚至可以使我们电台的节目失于大众传媒的特性，而成为其“一家之言”。

综上所述，主持人在广播中尤其是直播类节目中，很大程度上决定着这一档节目的品位和在听众中的影响，切实抓好对节目主持人的管理和培养，不仅仅是对某一个具体的工作人员负责，也是影响到电台节目质量和电台的社会影响的一件大事，切不可掉以轻心。而站在广播第一线的广大节目主持人，更应该时刻牢记党和人民的重托，不断从各个方面丰富自己，提高自身的政治业务素质，甚至包括完善自我的人格乃至改善自己的心理素质，从而为自己钟爱的主持人工作做出努力，为广播事业做出贡献。